M.J. Arlidge

KLEIN KLEIN KLEUTERTJE

De wraak van een gekwetste vrouw
zal genadeloos zijn…

BOEKERIJ

Eerste druk 2018
Achtste druk 2019

ISBN 978-90-225-8285-5
ISBN 978-94-023-1068-9 (e-book)
NUR 330

Oorspronkelijke titel: *Love Me Not*
Vertaling: Harmien Robroch
Omslagontwerp: Wil Immink Design
Omslagbeeld: iStock
Zetwerk: Mat-Zet bv, Soest

1

07.05 uur

Er hing een bloedrode gloed boven Southampton. Het was een frisse herfstochtend, de rijp lag nog ongerept op de grond, maar er gleed een warm licht over de stad op het moment dat de zon boven de horizon kwam. Het was een schitterend gezicht en Sonia Smalling glimlachte stilletjes terwijl ze over de verlaten landweg reed. Op dagen als deze was je blij dat je leefde.

Sonia werkte al bijna tien jaar in Southampton, maar had er nooit willen wonen. Ze gaf de voorkeur aan het rustige tempo van het dorpsleven. Ze woonde in de buurt van Ashurst aan de rand van New Forest en vond het heerlijk om de honden bij het ochtendgloren uit te laten. Haar man Thomas ging vaak mee en de jongens zo nu en dan ook, als ze ze hun bed uit kreeg. Met de zon laag aan de hemel zou het een schitterende dag zijn om met haar twee rode setters over de smalle beboste paden te banjeren, maar Sonia had daar vanmorgen helaas geen tijd voor. Vandaag begon een nieuwe groep kinderen en ze wilde vroeg op kantoor zijn zodat alles soepel verliep.

Het was geen vervelende rit ondanks de onvermijdelijke drukte op de A336 en als Sonia over landweggetjes als deze zoefde, was ze volmaakt gelukkig. De radio stond op haar favoriete zender, de verwarming loeide en ze genoot van het gegrom van haar nieuwe

Audi. Geheel tegen haar zuinige aard in had ze niet het basismodel gekozen, maar haar spaargeld aan de sportuitvoering verbrast. 'Geld moet rollen,' had ze tegen haar verbaasde echtgenoot gezegd.

De weg voor haar lag er verlaten bij en dus gaf ze stevig gas. Ondanks de vorst hadden de banden een goede grip op de weg en de auto raasde verder. Ze keek op de klok – 07.05 uur – en zag dat ze nog eerder dan anders op haar werk zou zijn. Dan hield haar baas in elk geval z'n mond.

Ze keek weer voor zich en verstijfde. Een vrouw stond midden op de weg voor haar te schreeuwen en te zwaaien. Intuïtief trapte Sonia op de rem, maar ze wist al dat het te laat was – ze zou de vrouw raken en dan was het haar schuld omdat ze te hard had gereden. In die paar kostbare tellen zag ze het helemaal voor zich – de gruwelijke klap, het verbrijzelde lichaam – maar tot haar grote verbazing kwam de auto een paar centimeter voor de doodsbange vrouw plotseling tot stilstand.

Sonia bleef doodstil zitten, haar hart ging tekeer en haar hoofd bonsde.

De vrouw rende om de auto heen en bonkte op het raam. 'Alsjeblieft, help me. Je moet me helpen.'

Sonia draaide haar kant op en probeerde te begrijpen wat er gebeurde. De vrouw droeg een cargobroek en een overjas. Door het open vizier van haar helm zag Sonia een straaltje bloed langs haar slaap omlaag lopen.

'Mijn vriend is onderuitgegaan op z'n motor. Hij beweegt niet...'

Sonia keek over de weg en kreeg haar tweede schok die ochtend. Voor hen lag een verwrongen motorfiets en daarnaast lag iemand roerloos op de weg.

De vrouw stond wanhopig te huilen en te trillen, dus gebaarde

Sonia dat ze een stap naar achteren moest doen, waarna ze haar gordel losmaakte en uitstapte. Sonia was zelf ook nog behoorlijk geschrokken, maar omdat ze een EHBO-cursus had gedaan, was het haar plicht te helpen. Ze keek achterom om te zien of de weg vrij was en rende toen naar de man, terwijl ze een schietgebedje deed dat zijn verwondingen niet al te erg waren. Ze had al veel gezien in haar leven, maar er was nog nooit iemand doodgegaan waar ze bij was.

'Kun je me horen?' Sonia ging op haar knieën op het koude asfalt zitten en rolde de man voorzichtig op z'n rug. Zijn vizier was gebarsten, zijn ogen zaten dicht en Sonia vreesde het ergste.

'Is alles goed met hem? Is het goed met hem?'

Sonia negeerde de hysterische vriendin en tilde zijn hoofd van de grond. Hij was nog warm, dat was al iets, maar hij reageerde niet en zijn hoofd voelde zwaar in haar hand.

'Alles komt goed,' zei ze tegen de gewonde man. 'Maar zeg iets tegen me.'

Geen reactie.

Sonia probeerde het vizier omhoog te doen, maar daar zat geen beweging in. 'Kun je me horen?'

Nog steeds niets, dus vroeg ze het nog eens, luider.

'Kun je horen wat ik zeg…'

Zijn ogen schoten open en keken haar recht aan. 'Luid en duidelijk, schat.'

En hij ramde zijn vuist in haar gezicht.

2

07.08 uur

Het was donker en mistroostig in de ondergrondse parkeergarage. Straks zouden de eerste yuppen er met hun auto's doorheen scheuren, maar op dit tijdstip was het er doods en niet erg uitnodigend met alleen het licht van de flikkerende tl-buizen. Helen Grace vormde een eenzame figuur die over het met olie besmeurde beton liep, terwijl het fluorescerende licht over haar motorpak danste.

Snel liep ze naar haar nieuwe motor die in volle glorie in vak 26 stond. Helen was geen extravagant type, maar had zichzelf verwend na haar recente ellende. Vanwege haar onterechte arrestatie en gevangenschap had ze een fiks compensatiebedrag gekregen en ze had ervoor gekozen het uit te geven. Het merendeel had ze aan een plaatselijke liefdadigheidsinstelling voor kinderen geschonken, maar met de rest had ze één enkele aankoop gedaan: een nieuwe Kawasaki Ninja.

Ze was blij dat hij haar vanmorgen gezelschap hield. De gevangenis had haar niet gebroken, maar had wel diepe sporen nagelaten. Slapen kostte moeite en de stilte van haar appartement op de bovenste verdieping was verstikkend. Als ze eindelijk toch in slaap viel, werd ze getergd door gruwelijke nachtmerries. Dan bevond ze zich weer in haar cel, bang en wanhopig. Soms trokken de geesten van Holloway aan haar voorbij; de vermoorde gevangenen die Helen verweten dat ze hen niet had gered. Andere keren was het haar zus Marianne die verscheen en haar smeekte om haar te vergezellen in de dood. Niet zoals Helen zich haar graag herinnerde, maar zo gruwelijk als ze op het eind was – met een kogelgat in haar voorhoofd dat glinsterde van het bloed.

Helen werd dan verward en badend in het zweet wakker en de angst bleef hangen, lang nadat de afschuwelijke beelden waren verdwenen. Ze had zich in haar kleine appartement altijd prettig gevoeld, maar negen maanden na haar vrijlating deed het nog vaak nietig en zelfs benauwend aan. Helen wist dat het allemaal tussen haar oren zat, dat haar gezellige thuis altijd haar toevluchtsoord was geweest, maar haar onrustige ademhaling en het bonzen van haar hart als ze opschrok uit deze koortsachtige dromen, kon ze niet negeren. Ze had nog geen totale paniekaanval gehad, maar had het idee dat dat een kwestie van tijd was, dus wanneer ze het gevoel kreeg dat het haar te veel werd, vluchtte ze. Naar de parkeergarage en haar motor. Alleen als ze op haar motor reed, trok dat duistere gevoel een beetje weg.

Ze was niet langer een gevangene, maar soms moest ze gewoon wég. Daarom keek ze uit naar de dageraad, het moment waarop de nieuwe dag op haar lag te wachten. Ze haalde de motor van de standaard, wachtte tot de slagboom omhoogging, gaf gas en scheurde vanuit de duisternis het licht in.

3

07.09 uur

Zo snel ze kon, kroop ze naar achteren over het asfalt. Er zaten schaafwonden op haar benen, haar nagels waren gebroken, maar Sonia ging door, terwijl haar aanvaller dichterbij kwam. Ze was duizelig, de tranen stonden in haar ogen en ze voelde dat er bloed van haar kin druppelde. Het liefst wilde ze hier liggen huilen, maar intuïtief wist ze dat ze door moest. Ze moest bij hem weg zien te komen.

Ze was zo geschrokken toen hij zijn ogen opeens opendeed, dat ze niet had gezien dat zijn vuist op haar afkwam. Te laat was ze zich bewust van het gevaar en een tel later was ze achterovergevallen. Haar neus was gebroken, dat wist ze zeker, en haar achterhoofd voelde ook kleverig. Ze voelde braaksel in haar keel opkomen, maar ze slikte het weg terwijl ze vocht om te ontsnappen.

Ze probeerde zich om te draaien, op handen en voeten weg te kruipen, maar zijn laars kwam hard tegen haar borst en dwong haar nogmaals op haar rug. Ze bleef bewegen, maar werd opeens overweldigd door beelden van wat hij met haar ging doen op dit stille landweggetje – dingen waar ze in de krant over had gelezen, dingen die ze in haar werk was tegengekomen. Ze had zo veel slachtoffers gezien, maar ze had nooit gedacht dat ze er zelf een zou zijn.

Hij lachte. De vrouw ook. Haat golfde door Sonia heen. Ze hadden het recht niet om haar dit aan te doen. Om haar uit haar auto te lokken. Haar te mishandelen. Haar op deze manier te tergen. Ze was een volwassen vrouw met een belangrijke baan, een baan die iets betekende. Ze was ook een echtgenote, moeder…

Plotseling klapte ze met haar rug tegen iets aan waardoor ze uit haar bittere gedachten werd losgerukt. Toen ze zich omdraaide, zag ze dat ze tegen haar eigen auto was gebotst waardoor haar vluchtroute werd afgesneden. Doodsbang draaide ze haar blik naar haar aanvaller die een meter voor haar bleef staan. Hij leek volkomen rustig, ontspannen zelfs. Sonia voelde zich opeens verlamd; zijn rustige houding leek een voorbode voor nare dingen.

'Ik heb geld…' hoorde ze zichzelf opeens zeggen. 'Ik heb geld, creditcards… Neem de auto, als je wilt…' Met een smekende glimlach gebaarde ze naar de Audi achter zich. Maar de man reageerde niet en staarde haar alleen maar ingespannen aan.

'Ik heb sieraden, een diamanten ring, een ketting. Neem ze, je kunt ze verkopen, alsjeblieft… alsjeblieft, laat me gaan…'

De man keek haar nog even aan en schudde toen kalmpjes zijn hoofd. 'Dat gaat helaas niet…'

Terwijl hij dit zei, haalde hij iets uit zijn jas en wees ermee naar haar. Tot haar afschuw besefte Sonia dat ze naar de afgezaagde lopen van een jachtgeweer staarde. Ze probeerde iets te zeggen, maar kreeg geen lucht en kon alleen maar machteloos aanhoren hoe hij uiteindelijk zei: 'Dit is het einde, schat.'

4

07.17 uur

De wind raasde over haar heen en rukte aan haar lijf. Helen zat ver boven de maximumsnelheid, maar nam geen gas terug. De weg was leeg en zij had de controle, over haar machine en zichzelf.

Haar leven was zo ingewikkeld en haar baan zo veeleisend dat deze momenten vroeg op de dag de enige waren die ze voor zichzelf had. Haar vorige baas, commissaris Jonathan Gardam, had kort na haar vrijlating het korps verlaten. Het was een enorme opluchting voor Helen geweest omdat ze hem niet wilde zien, al had ze geen rekening gehouden met de daaropvolgende complicaties. Negen maanden later hadden de machthebbers nog steeds geen opvolger aangewezen, met als gevolg dat Helen zijn taken erbij had gekregen.

Vroeger zou ze hier haar schouders over opgehaald hebben en zou ze op haar ondergeschikten steunen om de last te dragen. Helen was altijd een populaire en effectieve teamleider geweest, maar sinds haar gevangenschap was alles veranderd. Een jaar geleden was Helen door haar eigen team, onder leiding van brigadier Joanne Sanderson, onderzocht en gearresteerd wegens een drievoudige moord. Mogelijk was het met de beste bedoelingen gedaan, maar het had Helen tot op het bot geraakt. Haar team –

mensen die ze had geïnspireerd, aangemoedigd en in sommige gevallen zelfs bevorderd – hadden zich tegen haar gekeerd. Velen van hen werkten nog steeds op het hoofdbureau van politie van Southampton, maar nu kostte het hun moeite om haar recht in de ogen te kijken. Charlie Brooks was de uitzondering – haar vertrouwen in haar vriendin had niet gewankeld – maar Helen vond het bijzonder moeilijk om met de rest van het team samen te werken. Ze deden hun werk goed, gingen netjes met haar om, waren zelfs trouw, maar het kostte Helen moeite om ze te vertrouwen omdat ze het verraad nog altijd zo sterk voelde. Misschien had ze ergens anders naartoe moeten gaan, maar Southampton was haar thuis en dus had ze ervoor gekozen om te blijven. Toch begon ze hoe langer hoe meer te twijfelen aan die beslissing.

Dankzij dit soort momenten, als ze over stille landweggetjes kon scheuren en alleen was met de elementen, kon ze het hoofd koel houden. Ze had altijd van snelheid gehouden; snelheid leek de wereld om haar heen te veranderen, alsof hij even niet belangrijk was. Ze genoot van het gevoel dat haar motor haar gaf, alsof ze zweefde op...

Hij kwam uit het niets. De zwarte auto kwam bulderend op haar af en was duidelijk niet van plan te stoppen. Helen had maar een seconde om te reageren; ze bracht haar lichaam omlaag, rukte het stuur naar rechts en slaagde erin een aanrijding te voorkomen, al scheelde het maar een haar. De auto scheurde langs en de drukgolf bracht haar verder uit balans, waardoor de motor slingerend de berm naderde. Ze kon elk moment vallen, maar kneep in haar rem en trapte haar linkervoet omlaag, al was het op hoop van zegen. De motor schokte en schudde, en de banden piepten over het asfalt voordat ze uiteindelijk vlak voor de berm tot stilstand kwam.

Woedend keek Helen over haar schouder naar de auto die in de verte verdween. Het interesseerde de chauffeur kennelijk totaal niet dat hij bijna een ongeluk had veroorzaakt. Helen keerde de motor om achter de dader aan te gaan, maar op hetzelfde moment werd ze door iets tegengehouden. Vanuit haar ooghoek zag ze in de verte iets op de weg liggen. In eerste instantie ging ze ervan uit dat het waarschijnlijk een das of een vos was, platgereden door de roekeloze automobilist, maar toen ze zich omdraaide om beter te kijken, besefte Helen dat het een vrouw was die op haar rug midden op de weg lag.

Helen aarzelde geen moment; ze keerde de motor nogmaals en reed snel naar haar toe. Binnen enkele seconden had ze de afstand overbrugd; ze sprong van haar motor en rende naar de vrouw. Zodra ze haar helm had afgezet, bukte Helen zich om de gewonde vrouw te helpen, wier gezicht onder het bloed zat.

'Het is goed. Ik ben van de politie. Ik kom je helpen,' zei Helen zacht. Ze tilde het hoofd van de vrouw met één hand op en haalde met haar andere hand haar portofoon tevoorschijn.

De vrouw probeerde iets te zeggen, maar in plaats van geluid golfde er een grote hoeveel bloed uit haar mond. Ze dreigde erin te stikken en Helen hees haar een stukje overeind om de druk op haar luchtpijp te verlichten. Zodra ze dit deed, sloeg haar hart over. Voor het eerst zag ze de verwondingen van de vrouw goed en ze besefte dat er een enorm gat in haar borstkas zat. Dit was geen verkeersongeval.

Helen bleef haar rustig vasthouden en vroeg om assistentie, maar wist dat het een verloren zaak was. De verwondingen van de vrouw waren te ernstig – Helen had haar te laat gevonden. De vrouw klampte zich aan het leven vast en probeerde iets tegen haar te fluisteren. Ze tilde haar hoofd op, terwijl haar bloederige lippen een onverstaanbaar woord probeerden te vormen. Plotseling viel haar hoofd naar achteren en zakte ze ineen. Helen bleef haar vasthouden, maar de strijd was gestreden.

De vrouw was dood.

5

07.21 uur

Haar koffie was drab en haar carrière ook. Emilia Garanita zat voorovergebogen achter haar bureau en staarde naar het scherm, maar was niet in staat de puf te vinden om het saaie artikel waar ze mee bezig was af te maken. Het was vroeg, maar de redactie van de *Southampton Evening News* liep snel vol en het werd steeds rumoeriger toen alle journalisten aan het werk gingen. De meeste mensen vonden het een gemoedelijke sfeer, opwindend zelfs, maar zij niet.

Als iemand haar een jaar geleden had gezegd dat ze hier weer zou zitten, had ze diegene hartelijk uitgelachen. Na haar primeur over de beruchte sm-moorden die rechtstreeks had geleid tot de veroordeling van Helen Grace was ze op een holletje naar Londen vertrokken om het daar te gaan maken. Er lag een schitterende toekomst op haar te wachten… totdat bleek dat ze op het verkeerde paard had gewed. Soms wenste Emilia dat ze de onbedwingbare inspecteur van politie nooit had ontmoet.

Het werk voor de kwaliteitskranten was opgedroogd en kort daarna hadden de roddelbladen ook genoeg van haar gekregen. Toen zij de enige bron was over Helen Grace' leven in de gevangenis had iedereen met haar willen praten, hadden ze gretig haar artikelen gepubliceerd waarmee Grace' goede naam kapot werd gemaakt, maar toen bleek dat de politievrouw volkomen onschuldig was, had iedereen Emilia direct laten vallen.

Ze was in de hoofdstad gebleven zolang ze geld had, maar haar broers en zussen woonden allemaal nog in Southampton en waren financieel van haar afhankelijk, dus had ze zich genoodzaakt gezien om terug te gaan en haar oude redacteur te smeken haar oude baan terug te geven.

'Schiet het een beetje op met dat artikel?'

Emilia draaide zich om en zag dat haar baas vanuit de deuropening van zijn kantoor naar haar stond te staren.

'Bijna klaar,' antwoordde Emilia, die hem heimelijk vervloekte.

Natuurlijk had hij haar haar oude baan niet teruggegeven, want die was al vergeven. Maar hij had iets anders voor haar gevonden – een veredelde stageplek – zodat hij zich kon verkneukelen over haar falen. Haar opvolger kreeg alle sappige misdaadverhalen, terwijl zij genoegen moest nemen met artikelen over buurtwachten en particuliere beveiligingsdemo's. De kopij op haar beeldscherm ging over een recente golf graffiti in Southampton; niet iets waar het hart van de lezers, of dat van Emilia, sneller van ging kloppen.

Haar redacteur tikte aanstellerig op zijn horloge en trok zich toen terug op zijn kamer. Hij wist dat ze moeite had met het artikel en wilde haar dat nog even fijntjes laten merken. Ze wachtte tot hij zijn deur had dichtgedaan en deed haar oordopjes toen weer in. Niet alleen zodat haar collega's haar niet zouden aanspreken, maar ook voor haar eigen vermaak. Ze had nog niet zo lang geleden de frequentie van het politiekanaal ontdekt en luisterde ernaar, terwijl ze probeerde te bedenken welke woorden ze kon gebruiken om haar doodsaaie artikel af te maken. Niet dat het hielp, want eventuele spannende aanwijzingen mocht ze toch niet onderzoeken, maar het bood haar wel de gelegenheid om haar opvolger van zijn stuk te brengen door tussen neus en lippen door iets te zeggen over actuele gebeurtenissen waar hij nog niets van wist. Er was vanmorgen niet veel radioverkeer; het leek wel of er niets te beleven viel in Southampton. Emilia vroeg zich net af of ze een derde kop koffie zou nemen, toen ze iets hoorde waardoor ze doodstil bleef zitten.

'Alle eenheden naar Barton Lane. Dodelijke schietpartij. Onbekende dader nog op vrije voeten…'

Emilia zette de radio niet eens uit, ze rukte haar oordopjes uit en ging ervandoor.

6

07.44 uur

'Ze is getrouwd.'

Rechercheur Charlie Brooks staarde naar het verminkte lichaam. Ze was de stad door gescheurd om de plaats delict zo snel mogelijk veilig te stellen. Belangrijk bewijsmateriaal kon verloren gaan door slordig politiewerk en Charlie was heel voorzichtig naar het lichaam gelopen en had direct de dikke gouden ring om de vierde vinger gespot.

'Haar naam is Sonia Smalling.' Helen kwam naast haar staan en gaf Charlie een transparante bewijszak. Daarin zaten een tas, een telefoon en een keycord met daaraan het werkpasje van het slachtoffer. 'Ze is getrouwd, moeder van twee kinderen en werkt voor de plaatselijke reclassering in Totton.'

Een beeld van haar eigen kind – eigenzinnige peuter Jessica – kwam in haar op, maar Charlie duwde het weg. Ze was erg geschrokken van het lichaam van de arme vrouw, maar moest zich nu op haar werk concentreren.

'Hoe is ze hier terechtgekomen?'

'Volgens de Dienst Wegverkeer heeft ze een zwarte Audi A3. Die staat hier niet, maar ik werd daarstraks bijna overhoop gereden door eentje die bij de plaats delict wegscheurde. Ik heb het doorgegeven aan de recherchekamer, dus maar even afwachten waar die mee komen.'

'Waar woont ze?'
'In Ashurst.'
'Dan ligt dit op de route naar haar werk,' zei Charlie, die in gedachten de kaart voor zich zag.
'Waarschijnlijk.'
'Wat is er dan in vredesnaam gebeurd?'
Helen draaide zich om, liep weg en gebaarde dat Charlie haar moest volgen. Charlie staarde nog even naar het lichaam en kwam toen in beweging. Helen wees naar een team van de technische recherche rond een motor die een paar meter van de weg in de bosjes verborgen stond.
'Die is gisteren in het centrum van Southampton gestolen en heeft behoorlijk wat schade.'
'Waar denk je aan? Een ongeluk? Ruzie?'
'Mogelijk…' antwoordde Helen, al klonk ze niet overtuigd.
'Een beroving?'
'In dat geval was het erg amateuristisch. Haar geld, telefoon en creditcards lagen er nog…'
'Een carjacking?'
De twee vrouwen keken elkaar aan. Het was de meest logische verklaring, maar zoiets was in Southampton nooit eerder voorgevallen.
'Misschien was het een gerichte aanval,' ging Charlie verder. 'Als ze bij de reclassering werkt…'
'Dat is een mogelijkheid, maar ze werkt met winkeldieven en spijbelaars, niet met gewapende moordenaars.'
Charlie draaide zich om en keek weer naar het lichaam, alsof Sonia Smalling de antwoorden kon geven, maar de vrouw was nu aan het zicht onttrokken en lag onder een haastig opgetrokken tent. De redenen voor deze meedogenloze moord waren al even goed verborgen; zo'n brute schietpartij op een stille landweg tart-

te elke vorm van logica en ervaring. Het riep ook een aantal onaangename vragen op voor Charlie en de rest van het team.

Hoe was de moordenaar aan het wapen gekomen? Wat was zijn motief? En, veel belangrijker: waar was hij nu?

7

07.59 uur

Hij trommelde met zijn vingers op het stuur terwijl hij voor het stoplicht stond. Ze waren vlot Southampton binnengereden, maar kwamen nu in de ochtendspits terecht en stonden bij de Charlotte Place-rotonde tussen kantoormedewerkers en lekkere jonge moeders in hun dure bakken. Hij droeg handschoenen en genoot van het gevoel van leer op leer terwijl hij met zijn vingers op het handgestikte stuur tikte. Toch had hij haast. Hij was geen geduldig type. 'Moet je die freaks zien.' Een grote, zilvergrijze SUV was naast hem komen staan. Een Slavisch-uitziende vrouw, amper volwassen, zat achter het stuur. Achter haar zaten haar pupillen: twee jongetjes die ieder naar een scherm staarden, allebei oordopjes in. 'Stelletje godvergeten zombies...'

Alsof hij zijn afkeur kon voelen, wierp een van de jongetjes een blik opzij en keek de man recht aan. Hij staarde terug en het kind wendde zijn blik snel af, geschrokken van de vijandige uitdrukking. Grinnikend richtte hij zijn aandacht weer op de anderen in de rij: mannen in pak, vrouwen in mantelpakjes, gestreste moeders, nanny's die het allemaal geen reet interesseerde – stuk voor stuk verzonken in hun dagelijkse sleur, zich totaal niet bewust van hun omgeving. Wat zouden ze denken als ze konden zien wat hij zag? Een paar jachtgeweren naast zijn voeten, vakkundig afgezaagd, klaar voor actie. Zouden ze gillen? Zouden ze wegrennen? Of zouden ze vragen of ze een selfie mochten maken?

'Stelletje sukkels...' beaamde zijn metgezel, terwijl ze in het dashboardkastje rommelde en een half rolletje pepermuntjes en een beduimelde stratengids tevoorschijn haalde. Ze deed het raampje omlaag en smeet ze op straat, tot zichtbaar ongenoegen van de bejaarde in de auto naast haar.

De man keek de andere kant op; zijn aandacht werd getrokken door iets langs de kant van de weg. Een verkeerscamera aan een lantaarnpaal stond op dit drukke deel van de weg gericht. Het was net alsof hij op hem was gericht, alsof alleen dat ding besefte wie hier braaf stond te wachten. De man staarde er ingespannen naar en vroeg zich af wat de camera kon zien. Kon hij hem zien? Haar? Hoe goed wáren die camera's eigenlijk?

Hij was niet iemand die altijd het middelpunt wilde zijn. Hij kende veel mensen die wel zo waren, maar dat was nooit zijn ding geweest. Vroeger zagen mensen hem alleen als er iets fout was gegaan, als hij ergens voor was opgepakt. Maar nu, voor het eerst, was hij blij met de aandacht.

Hij leunde opzij, keek recht in de camera, bracht langzaam zijn arm omhoog en stak zijn middelvinger op, zodat die recht in de lens wees. Hij had heel lang in de schaduw geleefd, was genegeerd door een harteloze, misleide wereld, maar daar ging verandering in komen.

Binnenkort wist iedereen wie hij was.

8

08.01 uur

'Hebben we al iets?'

Brigadier Sandersons stem galmde door de recherchekamer, waarop rechercheur Edwards van zijn scherm opkeek.

'Nog niets,' antwoordde hij somber.

'Hebben agenten in uniform iets gezien?'

'Genoeg Audi's, maar niet degene die we zoeken. Weten we zeker dat de dader de stad in gaat? Zou hij de auto niet ergens gedumpt hebben en ervandoor zijn gegaan?'

'Dat zou ik nou graag van jou willen horen,' was Sandersons weerwoord, en ze liep in de richting van Helens kamer.

Het telefoontje was even na 07.20 uur binnengekomen. Sanderson was nog thuis geweest, maar was in recordtijd naar het hoofdbureau van politie gereden. Helen was al op de plaats delict, Charlie was daar regelrecht naartoe gegaan en dus was Sanderson de hoogste rechercheur Moordzaken in het gebouw. Snel was ze naar het onderzoeksteam Zware Misdrijven op de zevende verdieping gelopen om het onderzoek te starten, de standaardprocedure bij een ernstig misdrijf.

Edwards was er al, evenals McAndrew, en steeds meer politiemedewerkers druppelden binnen. Iedereen voelde aan dat dit een grote zaak was, al was het alleen maar omdat de schutter nog op vrije voeten was. Helen en de andere agenten ter plaatse waren verantwoordelijk voor het forensisch bewijsmateriaal, getuigenverklaringen en beelden van bewakingscamera's. Het was Sandersons taak om de voortvluchtige op te sporen, wat voor de korte termijn betekende dat ze de vermiste Audi moest zien te vinden.

Ze had direct een opdracht in het systeem voor automatische kentekenplaatherkenning gezet. Zodra een verkeerscamera het kenteken van de Audi signaleerde, kwam er een melding binnen. Het systeem was niet perfect – er zat een kleine vertraging in en als het voertuig te snel reed, was het moeilijk een exacte locatie vast te stellen, maar het kon hun vertellen waar de auto grofweg was en in welke richting hij reed. Agenten op straat, een helikopter en gewapende eenheden zouden ingezet kunnen worden om de voortvluchtige vervolgens in te rekenen.

Dat was de theorie in elk geval, maar tot nu toe waren er geen meldingen geweest. Sanderson had zich afgevraagd of ze een opsporingsbericht moest verspreiden, maar dat had Helen direct de grond in geboord, omdat ze niet wilde dat de inwoners van de stad zich ermee gingen bemoeien nu het dreigingsniveau zo hoog was. Dat was een goed punt, maar ze had het zo fel gezegd dat Sanderson ervan was geschrokken.

De waarheid was dat het niet lekker liep tussen haar en Helen sinds Helens vrijlating. Sanderson had een sleutelrol gespeeld bij de arrestatie van Helens neef, met haar vrijlating tot gevolg, maar dat kon niet verhullen dat ze voor die tijd had geloofd dat haar baas een koelbloedige moordenaar was. Gedurende hun onderzoek naar de sm-moorden was de verdenking op Helen gevallen; Sanderson was daarmee aan de haal gegaan en had niet beseft dat haar baas erin geluisd was. Onbedoeld was ze medeverantwoordelijk voor het feit dat een onschuldige vrouw drie gruwelijke maanden in de gevangenis van Holloway had gezeten. Ze had haar werk weliswaar naar eer en geweten gedaan, maar had hierdoor wel promotie gekregen en had Helens baan tijdelijk overgenomen. Haar handelen duidde op een gebrek aan vertrouwen in Helen en dat was moeilijk uit het collectieve geheugen te schrappen.

Een rechercheteam is hecht en hoewel Helen logischerwijs haar ondergeschikte had moeten prijzen voor het navolgen van het bewijsmateriaal, lag het emotioneel allemaal een stuk moeilijker. Sanderson had het idee dat Helen en Charlie nu een nog hechtere band hadden, dat anderen geen kans meer kregen en zij al helemaal niet. Sanderson was niet het paranoïde type, maar ze was ervan overtuigd dat ze zich de voortdurende kleinerende opmerkingen en minachting voor haar werk niet inbeeldde. Ze werd buitengesloten, gestraft voor haar verraad.

Het team was druk bezig, dus glipte Sanderson Helens kamer binnen. Een paar maanden lang was het haar kamer geweest, maar nu was hij weer van Helen en alle sporen van haar kortstondige aanwezigheid waren verwijderd. Sanderson vermoedde dat zij binnenkort ook verwijderd zou worden, van het team, misschien zelfs wel van het politiekorps van Hampshire. Daarom haalde ze een envelop uit haar binnenzak en legde hem met zorg in Helens postvak. Ze vond het een prettig team, vond Southampton een fijne stad en een paar maanden geleden had ze zich niet kunnen voorstellen dat ze een overplaatsingsverzoek zou indienen, maar de omstandigheden waren veranderd en ze wist dat ze haar geliefde hoofdbureau van politie achter zich moest laten als ze iets van haar carrière wilde maken. Het was niet wat ze wilde, maar er was niets aan te doen. En dus draaide ze zich met een zwaar gemoed om, liep Helens kamer uit en deed zachtjes de deur achter zich dicht.

9

08.13 uur

'Ik vraag niet om een voorkeursbehandeling. Vijf minuutjes, meer niet...'

'Daar vraag je dus wel om. En het gebeurt niet.'

'Ik zal heel discreet zijn. Een paar foto's van de plaats delict en...'

'Ben je gek? Heb je gezien hoeveel agenten er rondlopen? Je wordt in de boeien geslagen voordat je ook maar in de búúrt van...'

'Laat míj dat risico nemen.'

'En dan krijg ík het op m'n bord. Nee, dank je wel.'

Emilia onderdrukte een nijdige blik en dwong zichzelf te glimlachen. Toen ze bij de politieafzetting was gearriveerd, had ze tot haar blijdschap agent Alan Stark zien staan. Hij was tijdens eerdere onderzoeken heel bereidwillig geweest en was altijd genegen haar informatie toe te spelen in ruil voor geld. Maar vandaag was hij verrassend weinig behulpzaam.

'Daar hebben we het zo nog wel over,' ging Emilia luchtig verder. 'Eerst even de basis. Ik weet dat er één dodelijk slachtoffer is, neergeschoten...'

'Hoe weet jij dat nou weer?'

'Maar ik heb geen naam...'

'Wou je de familie soms bellen? Ze condoleren?'

Emilia staarde hem aan. Ze stoorde zich aan de minachting in zijn stem; zo had hij nooit eerder tegen haar gesproken. Het feit dat ze precíés van plan was wat hij zei, deed er niet toe.

'Moet je horen, Alan, dit is een noodzakelijk kwaad,' ging ze verder. 'Laten we het niet moeilijker maken dan het is. Ik heb geld en voor deze ene keer kan ik het tarief verhogen, zodat we allebei kunnen profiteren...'

'Ik moet je geld niet.'

'Echt niet? Gaat het je voor de wind? Zijn de paardenraces eindelijk goed voor je geweest?'

'Daar doe ik niet meer aan.'

Emilia stond even met haar mond vol tanden. Alan Stark was een onverbeterlijke gokker, stond altijd in de schuld bij de bookmakers. Meer dan eens had Emilia's geld hem uit de penarie geholpen en ze was verbijsterd dat hij haar geld nu weigerde.

'Kom op, Alan, ik weet dat we elkaar een tijdje niet hebben gesproken, maar dit is toch nergens voor nodig? Wat wil je... tweehonderd, driehonderd? Ik moet die naam hebben.'

Emilia wilde haar portemonnee uit haar tas halen, maar Stark pakte haar pols en trok haar naar zich toe. 'Waarom luister je niet naar me?' fluisterde hij wreed, en zijn stem trilde van emotie. 'Ik doe dat niet meer. Ik heb het beloofd... aan mijn vrouw, mijn dochter... en die belofte verbreek ik voor niemand, ook niet voor jou. Dus donder op en laat me met rust.' Daarmee duwde hij haar naar achteren.

Emilia zag tranen in zijn ogen en besefte opeens hoe slecht ze de situatie had ingeschat, hoe wanhopig graag hij zijn verslaving wilde overwinnen. Ze stak haar handen in overgave in de lucht, liep langs de afzetting en dook weg tussen de verzamelde journalisten, automobilisten en ramptoeristen. Ze staarde de weg af en baalde ervan dat de plaats delict net niet te zien was en dat ze niets te weten was gekomen. Ze had veel van dit verhaal verwacht, maar stond nu met lege handen dankzij Starks onbuigzaamheid. Zijn privéomstandigheden waren dus veranderd; die van haar ook. Toen ze nog een opkomend talent in de wereld van de misdaadverslaggeving was, hadden agenten maar al te graag haar smeergeld aangenomen. Nu was ze een veredelde stagiaire en wilde niemand haar nog kennen.

Voorlopig kon ze alleen maar toekijken.

10

08.20 uur

Helen deed de tentflap dicht om de wereld buiten te sluiten. Overal liepen mensen van de technische recherche die de berm en de kant van de weg afspeurden naar bewijs en de remsporen op het wegdek onderzochten om een reconstructie op te bouwen van de afschuwelijke gebeurtenissen van die ochtend. In de tent was het rustiger. De technische recherche had het eerste onderzoek rondom het lichaam afgerond; ze borgen nu het bewijsmateriaal op om nader te onderzoeken en lieten hun baas alleen achter in de tent.

Helen ging naast Meredith Walker staan die haar twee jachtgeweerpatronen gaf, verzegeld in een bewijszakje.

'Die komen uit een Webley kaliber 12,' zei ze, toen Helen het zakje aannam.

'Hoe veelvoorkomend zijn ze?' vroeg Helen, hoewel ze bang was dat ze het antwoord al wist.

'Veel gebruikt door boeren, tijdens jachtpartijen en bij wapenverenigingen. Het is een betrouwbaar Brits merk dat niet al te duur is. Waarschijnlijk staan er alleen in Hampshire al meer dan twintigduizend geregistreerd.'

'Akkoord,' antwoordde Helen, die haar best deed niet teleurgesteld te klinken.

'Als je het wapen vindt, kan ik het waarschijnlijk met de afgevuurde patronen matchen, maar hiermee lukt dat helaas niet.'

'Heb je afdrukken op de hulzen gevonden?'

'Tot nu toe niet, maar dat controleren we in het lab nogmaals.'

'Wat kun je me over de verwondingen vertellen?'

Meredith draaide zich om en keek naar het verminkte lichaam. 'Ze is twee keer van dichtbij beschoten. De dader stond niet meer dan anderhalve meter voor haar.' Meredith ging voor het lichaam staan, bracht haar armen omhoog en richtte ze op het slachtoffer alsof ze met een geweer schoot. 'Hij heeft recht op haar lichaam geschoten, twee keer in de borst, nagenoeg op dezelfde plek. De inslag moet enorm zijn geweest – als de shock de doodsoorzaak niet is, dan zijn het de inwendige bloedingen wel. Het zal snel gegaan zijn.'

Als dat bedoeld was om Helen op te beuren, dan had het niet het gewenste effect. Ze bedankte Meredith, verliet de tent en liep de straat een eindje af. Ze kon hier niet veel meer doen, het was tijd om terug te gaan naar het hoofdbureau, maar toch aarzelde ze. De zon scheen over Southampton en normaal gesproken zou dit een prachtige plek zijn met de warme gloed van herfstbladeren. In plaats daarvan was deze afgelegen plek nu het tafereel van... wat? Een aanval zonder aanleiding? Een wrede roofoverval? Een hinderlaag?

De rustige omgeving, het gebruik van een jachtgeweer... het deed Helen denken aan misdrijven van weleer – een struikrover die op de loer lag op een stille weg. Maar was zoiets mogelijk in de eenentwintigste eeuw? En als diefstal het motief was, waarom had de aanvaller haar geld en sieraden dan achtergelaten? Had Sonia Smalling misschien iets gezien of gehoord waardoor haar het zwijgen opgelegd had moeten worden? Omgekeerd, als het een persoonlijke aanval was – een vorm van wraak – waarom had de dader haar auto dan gestolen? Een auto die gegarandeerd gevonden zou worden?

Er waren veel onbeantwoorde vragen, maar slechts eentje die Helen niet losliet. Was de moordenaar bewust op pad gegaan om Sonia Smalling te vermoorden of had hij haar vermoord omdat hij de gelegenheid had gehad? Deze brute moord voelde aan als een executie en Helens zenuwen waren tot het uiterste gespannen. Het was de laatste tijd rustig geweest in Southampton, maar terwijl ze op de eens zo rustige weg stond, kreeg ze het stellige gevoel dat deze rust elk moment wreed kon worden verstoord.

11

08.46 uur

De radio stond nog steeds aan toen ze in het centrum een parkeerplaats vonden. De vorige eigenaar van de Audi hield kennelijk van gouwe ouwen – de door haar gekozen zender stampte een eindeloze reeks 'klassiekers' uit de jaren zeventig en tachtig uit. Bob Geldofs stem vulde de auto met 'I Don't Like Mondays' en echode tegen de ruiten. De chauffeur luisterde er even met plezier naar en keek hoe zijn metgezel in de stoel naast hem heen en weer wiebelde voordat hij hem opeens uitzette.

'Hé, ik zat daarnaar te luisteren,' klaagde ze.

Hij schudde zijn hoofd goedmoedig, duwde het portier open en stapte uit. Terwijl hij om de auto heen liep, keek hij naar de passerende mensen. De zon stond steeds hoger aan de hemel en hoewel de dag koel was begonnen, werd hij nu al behoorlijk warm. De meeste mensen hadden hun jas al uitgetrokken en hij wist dat ze opvielen met hun lange, zware overjassen, dus treuzelde hij niet en deed de kofferbak open. Zijn metgezel kwam naast hem staan, maar zei niets. Ze voelde dat zijn stemming was veranderd.

Snel keek hij van links naar rechts om te zien of er niemand in de buurt was, trok het kleed weg dat de inhoud van de kofferbak verborg en liet het achteloos op de grond vallen. Hij dook naar binnen, greep een handvol patronen en duwde ze in zijn zak. Zij deed hetzelfde, tot er alleen nog een jachtmes lag. Snel pakte hij dat, bevestigde het aan zijn borst en knoopte zijn jas dicht zodat het wapen verborgen was.

'Je ziet eruit als iets uit een van je videospelletjes,' zei ze. Haar lokale accent was hoorbaar, ondanks haar poging Amerikaans te klinken.

Hij haalde zijn schouders op, maar was blij met het compliment. Hij had zichzelf altijd als een krijgsman gezien en nu zag hij er ook zo uit. Hij gooide de autosleutel in de kofferbak, sloeg hem dicht en keek haar aan. 'Klaar?'

Langzaam schudde ze haar hoofd. 'Eerst nog iets anders...' zei ze plagerig, en ze haalde een potje uit haar jaszak. Ze draaide de veiligheidsdop open, liet twee amfetaminetabletten in zijn hand vallen en keek hoe hij ze achteloos in zijn mond stopte. Zij deed hetzelfde en haalde toen nog een derde uit het halfvolle potje. 'En nog eentje voor geluk.'

Behoedzaam legde ze het witte pilletje op het puntje van haar tong. Vervolgens sloeg ze haar armen om haar metgezel heen en trok hem naar zich toe. Gewillig opende hij zijn mond en zij duwde haar tong naar binnen. Ze kusten lang en hartstochtelijk en lieten de pil oplossen. Het effect van de eerste twee drong al tot hen door en ze hielden zich stevig aan elkaar vast, lieten zich opgaan in de opwinding.

Langzaam, onwillig, maakte hij zich los. Hij streek een lok haar uit haar gezicht, liet zijn vinger langs haar neus glijden, draaide zich om en trommelde met zijn knokkels op de kofferbak. 'Kom schat, we moeten aan de slag.' Energiek en doelbewust beende hij weg.

Zij keek hem even na, liet toen snel de auto achter zich en liep achter haar minnaar aan in de richting van de winkels.

12

08.57 uur

Ze wist niet wat ze had verwacht, maar niet dít.

Op de foto's die haar zojuist in de hand geduwd waren, lag een vrouw naakt op een roestvrijstalen tafel. Geen alledaagse foto's, maar Emilia had ze vaak genoeg gezien dankzij haar zorgvuldig gekoesterde contacten bij het politiemortuarium van Southampton. Toch waren deze van een heel ander kaliber. De huid van de vrouw zag bleek, haar ogen zaten dicht en het beeld zou er bijna vredig uitzien, ware het niet dat er een enorm, vuurrood gat midden in haar borstkas zat. Het leek wel alsof de foto halverwege een operatie was genomen en niet na een simpele moord, zo groot was het geweld van de inslag.

'Met een jachtgeweer?' wilde Emilia weten.

David Spivack knikte. Hij was een magere, kalende man in een lange witte jas. Als assistent van patholoog Jim Grieves had hij toegang tot alle kadavers in het mortuarium – de meeste had hij zelf dichtgenaaid – maar het ontbrak hem aan de ethiek en discretie van zijn baas.

'Van dichtbij,' weidde hij uit, terwijl hij een blik over zijn schouder naar de nooduitgang van het mortuarium wierp. Hij stond met de journaliste op de metalen trap en hoewel hij uit het zicht was, wist hij niet zeker of niemand hen kon horen.

'Eén schot of twee?'

'Twee. Bijna dwars door haar heen.'

Emilia glimlachte inwendig. Spivack was geen man die woorden verspilde aan emoties. Of hij gewoon harteloos was of haast had, wist ze niet.

'Nog sporen van geweld of misbruik na de dood?'

'Te vroeg om te zeggen.'

'Was het lichaam gekleed?'

'Ja. Ze had haar trouwring nog om en had andere waardevolle spullen bij zich.'

'Wie heeft haar gevonden?'

'Inspecteur Grace. Het schijnt dat de moordenaar zo langs haar is gereden.'

Nog een sappig detail dat Emilia van plan was uit te melken. 'En weten we wie ze is?'

Snel bracht Spivack haar op de hoogte van de details; zo nu en dan onderbrak ze hem om te controleren of ze hem goed had verstaan. Een getrouwde vrouw met een verantwoordelijke baan die op een rustige landweg was vermoord. Als er iets was waar de brave burgers van Southampton overstuur van raakten, dan was dit het wel. Nog beter: de moordenaar liep vrij rond...

'Meer weet ik niet,' concludeerde Spivack. 'Maar als je wilt, kan ik je de gegevens van de nabestaanden nog wel geven.'

Zijn ogen gleden naar haar tas en Emilia had er geen enkele moeite mee deze nogmaals open te ritsen. Ze had zo lang niets fatsoenlijks te doen gehad, dat ze zich had afgevraagd of ze ooit een tweede kans zou krijgen. Maar de moord op Sonia Smalling, een idioot met een jachtgeweer en een loslippige lijkverzorger hadden haar haar kans gegeven.

Terwijl Emilia nog een briefje van honderd in Spivacks hand

duwde, zei ze in stilte een dankgebedje voor het bestaan van zwakke mannen.

13

09.11 uur

Hij zag eruit alsof hij ging flauwvallen. Charlie had Peter Smalling zojuist het nieuws verteld en ze stonden elkaar in zijn gezellige woonkamer in stilte aan te staren. Zijn handen trilden en zo te zien had hij moeite met ademhalen, dus wenkte ze de familierechercheur, pakte de verbijsterde echtgenoot bij de arm en leidde hem naar de bank.

Sinds hun komst had hij geen woord gezegd. Zodra hij hun penning had gezien, was het alsof hij wist waar ze voor kwamen. Charlie had dit al vaak gedaan en was direct ter zake gekomen. Ze had hem wat basisinformatie gegeven en de onaangename details weggelaten. Peter had geluisterd, geknikt en was toen naar de woonkamer gelopen. Charlie was hem achternagegaan en had hem daar schijnbaar compleet verbijsterd aangetroffen. De familierechercheur had geprobeerd hem een reactie te ontlokken, had gevraagd waar zijn zoons waren en of er iemand was die ze voor hem kon bellen, maar hij had haar aangekeken alsof ze wartaal uitsloeg. Hij zag eruit alsof hij ging hyperventileren, dus toen hij op de bank zat, stuurde Charlie haar collega naar de keuken om een kop thee te zetten. Peter Smalling had lucht nodig.

Tien minuten later, na een halve kop thee, leek hij zijn stem terug te hebben. Hij was een bescheiden man, een wetenschapsjournalist, die het grootste deel van de dag in zijn thuiskantoor zat, maar Charlie moest hem aan het praten zien te krijgen en daarom probeerde ze hem voorzichtig uit zijn shocktoestand te halen. 'Ik begrijp hoe moeilijk dit is. Ik snap dat je liever niet met me wilt praten, maar ik moet je wat vragen stellen, Peter. Is dat goed?'

'Ja,' fluisterde hij uiteindelijk, terwijl hij in zijn thee staarde.

'Hoe was het vanmorgen met Sonia? Maakte ze zich ergens zorgen over, was ze afgeleid?'

'Nee, nee... Ze wilde vanmorgen vroeg naar haar werk, had geen tijd om de honden uit te laten, maar verder...'

'Waren de jongens thuis?'

'Ja, zij had ze wakker gemaakt. Dat doet ze meestal. Daar is tegenwoordig nogal wat voor nodig...'

'En toen?'

'Na het douchen ontbeet ze snel en toen ging ze weg.'

'En jij?'

'Ik... ik heb de jongens naar school gebracht, daarna de honden uitgelaten...'

Alsof op commando stoven er twee onstuimige rode setters de woonkamer binnen, op de voet gevolgd door een geagiteerde familierechercheur.

'Sorry, ik wilde ze in de keuken houden, maar...'

'Het is al goed,' zei Charlie. 'Geen probleem.'

De honden doken op Peter af en overlaadden hem met liefde. Hij schonk ze aandacht en aaide hun lange oren. Charlie zag ontroerd dat er tranen in zijn ogen stonden. De ongecompliceerde toewijding en liefde van zijn honden doorboorde de schrik en onthulde de ware omvang van zijn verwoestende verdriet.

'De route die Sonia vanmorgen nam, was dat haar normale

rit?' vroeg Charlie, die wist dat ze moest doorzetten voordat ze hem helemaal kwijt was.

'Ja,' antwoordde Peter, en hij wreef langs zijn ogen. 'Ze was ervan overtuigd dat het de snelste weg was.'

'Waarom wilde ze zo graag vroeg op haar werk zijn?'

'Er zouden vandaag veel kinderen aan hun taakstraf beginnen.'

'Dan hebben we het over jeugddelinquenten?'

'Ja, Sonia is reclasseringsambtenaar. Ze werkt met jonge mensen die slechte keuzes hebben gemaakt en helpt ze om hun leven weer op de rit te krijgen.'

'Heeft ze ooit problemen op haar werk gehad? Is ze ooit bedreigd? Of het slachtoffer van geweld geweest?'

'Denk je dat iemand dit... exprés heeft gedaan?' vroeg hij, alsof die gedachte nog helemaal niet bij hem was opgekomen.

'Daar proberen we achter te komen. Heeft ze het de laatste tijd met u over haar werk gehad, waren er dingen waar ze zich zorgen om maakte?'

'Nee, helemaal niet. De kinderen zijn onbetrouwbaar, zo nu en dan brutaal, maar... het zijn gewoon kinderen. Als je eenmaal met ze aan de praat raakt, ze wat aandacht geeft, ze iets te doen geeft... Veel mensen noemen ze rotte appels, maar dat zijn ze niet.'

'En in het verleden? De afgelopen maanden of jaren?'

Peter schudde zijn hoofd opnieuw. 'Sommige kinderen gedroegen zich beter dan andere, maar ze hadden respect voor Sonia. Ze ging met hen mee als ze het moesten goedmaken met hun slachtoffers, hielp ze nieuwe vaardigheden leren terwijl ze hun taakstraf deden. Ze móchten haar... en zij hen.'

'Hoe was de thuissituatie? Problemen binnen het gezin? Met de buren?'

'Nee, nee...' zei Peter monotoon. Hij klonk steeds verwarder.

'Jullie hadden een gelukkig huwelijk?'

'Natuurlijk.'

'Geen problemen, spanningen?'

'Nee, ze hield van me, ze hield van de jongens. Ze miste haar familie in Polen, haar moeder vooral...'

'Je vrouw komt hier oorspronkelijk niet vandaan?'

'Nee, wat dan nog? Waarom wil je dat allemaal weten? Dit moet een vergissing zijn. Persoonsverwisseling of verkeersagressie. Daar lees je zo vaak over in de krant.'

Daarna stortte hij in en liet zijn hoofd in zijn handen zakken. Het beeld van zijn vrouw dood op de weg was zijn bewustzijn binnengedrongen en de afschuw was overweldigend. De honden merkten het, begonnen zenuwachtig rondjes te draaien, probeerden zijn aandacht te trekken en beseften dat er iets aan de hand was. Peter huilde zachtjes, zijn bovenlichaam schokte. Charlie kon alleen maar toekijken, terwijl zijn keurige, geordende leven in elkaar stortte. Ze wilde hem troosten, maar wat kon ze doen? Zijn vrouw was dood, zijn zoons waren hun moeder kwijt en het hoe en waarom van dit wrede misdrijf was nog altijd onduidelijk.

14

09.12 uur

'Ik kan het niet goed zien. Hebben we niets beters?'

Helen stond weer in de recherchekamer van het hoofdbureau. Op het scherm was een haastig verkregen zwart-witfoto van een verkeerscamera te zien, maar hij was wazig en onduidelijk.

'De technische jongens zijn ermee bezig, maar dit is voorlopig het beste dat we hebben,' antwoordde rechercheur McAndrew behoedzaam.

Helen keek weer naar de foto. Hij was met een camera aan de noordkant van de Charlotte Place-rotonde genomen. De ruimere beelden toonden duidelijk de vermiste Audi bij het stoplicht, die vervolgens in de richting van Bevois Mount en Portswood reed. Op deze uitvergrote beelden leek de chauffeur naar de camera te gebaren, maar dat was alles wat met zekerheid te zeggen viel, omdat zijn gelaatstrekken moeilijk te zien waren door de schittering op de voorruit.

'Weten we zeker dat het een man is?' vroeg Edwards op zangerige toon.

'Zo te zien wel,' antwoordde Helen snel. 'Zijn postuur, de lengte van zijn arm en hier, die plek in zijn hals op het moment dat hij naar voren leunt...'

'Zijn adamsappel,' concludeerde rechercheur Reid.

'Precies. Kunnen we inzoomen op die donkere plek?'

Helen wees naar een zwart plekje onder aan de hals van de chauffeur. McAndrew deed wat haar gevraagd werd, maar het beeld bleef vaag.

'Wat is dat? Een tatoeage?' vroeg Helen.

'Of een litteken.'

'Het is te donker voor een litteken.'

'Een wond? Bloedt hij?' opperde Sanderson, blij dat ze ook een bijdrage kon leveren aan de discussie.

'Niets wijst erop dat Sonia Smallings moordenaar tijdens de aanval gewond is geraakt,' antwoordde Helen. 'Ik vermoed dat het een tatoeage is. Laten we een lijst maken van alle voorwaardelijk veroordeelden met wie Sonia Smalling heeft gewerkt, in het bijzonder de jongens. Bekijk hun politiefoto's om te zien of een van hen een tatoeage in zijn hals heeft.' Helen wist dat het een gok was, maar op dit moment hielden ze zich aan strohalmen vast en elke aanwijzing moest opgevolgd worden.

McAndrew zoomde uit en Helen wilde net met haar briefing verdergaan toen rechercheur Reid opeens zei: 'Wat is dat?'

'Wat is wat?'

'Dát,' herhaalde Reid, terwijl ze naar het scherm liep en naar een schaduw links van de chauffeur wees.

Helen en het team kwamen om haar heen staan. Reid had gelijk, er was een kleine, donkere vorm op het dashboardkastje zichtbaar.

'Zoom eens helemaal in.'

McAndrew deed dit en het beeld werd een fractie duidelijker. Het was te donker om huid te zijn, er was geen glans zichtbaar, maar toch leken het wel... vingers. Vijf vingers in een handschoen op het dashboardkastje.

'Laat de agenten in uniform weten dat we op zoek zijn naar

twéé verdachten,' zei Helen gedecideerd, en ze wendde zich tot Sanderson. 'En geef nogmaals aan dat uiterste voorzichtigheid geboden is.'

Snel vertrok Sanderson om deze opdracht uit te voeren, terwijl McAndrew iedereen opdracht gaf om de aanwijzingen wat betreft Sonia Smallings werk op te volgen.

Er zat wat schot in: Helen had alle agenten in uniform naar het noorden van de stad gestuurd en gewapende eenheden patrouilleerden in Portswood, St. Denys, Bevois Mount en verder. Toch waren de daders nog altijd op vrije voeten. De vraag was: wat gingen ze nu doen?

Vluchten? Of zich schuilhouden?

15

09.13 uur

Alan Sansom werkte al meer dan dertig jaar in Portswood. Hij had zijn vader altijd geholpen in de apotheek en had de leiding uiteindelijk overgenomen toen die het te veel werd. Als jongeman had hij uitbreidingsideeën gehad, had meer filialen willen openen, misschien wel de Lloyds van het zuiden willen worden, maar zo was het niet gelopen, al mocht hij niet mopperen. Het gaf hem nog altijd een goed gevoel om de familienaam boven de deur te zien.

Dag in dag uit, jaar in jaar uit kon het winkelend publiek van Portswood Alan in zijn witte jas achter de balie zien staan en in die tijd had hij alles wel gezien. Portswood begon langzaam maar zeker een yuppenwijk te worden, al was het nog steeds een aantrekkelijke wijk voor studenten en immigranten. Er werd veel goedkope huuraccommodatie geboden en jonge mensen woonden gebroederlijk naast elkaar in slordig verbouwde huizen. Zo nu en dan zat er wel een foute figuur tussen en veel van dat soort types wisten de weg naar Alans zaak te vinden. Junks die smeekten om drugs, patiënten die tekeergingen tegen God, scholieren die hun zakken vulden met snoep, de lijst was eindeloos. Het was Alans roeping om goed te doen, maar soms maakte de mens hem wanhopig.

Vanmorgen stond hij gespannen te kijken naar een stel bij de ingang. Ze waren nu al een tijd binnen, maar hadden kennelijk geen haast. De vrouw stond met haar rug naar hem toe en hing bij het zonnebrillencarrousel rond, draaide eraan en giechelde terwijl ze verschillende modellen uitprobeerde. Ze zag eruit alsof ze alleen wat tijd wilde doden... maar van de man was hij minder zeker. Alan kon hem niet zien, zag niet waar hij mee bezig was en dat maakte hem nerveus. Meestal wist hij de situatie goed in te schatten en zijn gevoel zei hem dat er iets niet klopte aan dit stel. Het was een mooie dag en toch droegen ze allebei zware lange jassen tot over de knie – een gebruikelijke truc van winkeldieven wereldwijd.

Normaal gesproken zou hij ze wat langer in de gaten houden, maar hij was moe en chagrijnig en had alweer niet goed geslapen. Daarom tilde hij de klep van de balie op en liep met grote stappen door de winkel. Het was een grote ruimte, een populaire drukke winkel, maar het was nog te vroeg voor de ochtenddrukte en Alan hoopte dat hij dit stel snel en discreet de deur uit kon werken. Het was zíjn winkel en hij liet zich niet voor paal zetten.

'Tijd om te gaan, koop iets of vertrek. Het is hier geen pretpark.' Hij had deze tekst vaker gebruikt en meestal had hij het gewenste effect. Maar deze keer niet, zo te zien. Sterker nog, er gleed een glimlach over het gezicht van de man. Sansom bekeek hem voor het eerst goed. Het was een grote forse vent, ongeschoren en met een tatoeage in zijn hals.

'Wegwezen. Dit is geen liefdadigheidsinstelling en ik heb meer te doen...'

'Rustig aan, man,' antwoordde de jongeman. Hij haalde een jachtgeweer onder zijn jas vandaan en richtte het op de verbijsterde apotheker. 'Je gaat vandaag wat eerder dicht.'

Alan bleef stokstijf staan, te geschrokken om te reageren. Maar de jonge vrouw kwam in beweging en tot zijn afschuw zag hij dat ze de sleutel van het veiligheidsslot boven de ingang omdraaide. Met een zware metalen kreun kwamen de beveiligingsluiken omlaag, tot ze met een klap de grond raakten.

16

09.35 uur

Zijn ogen waren aan het beeldscherm gekluisterd. De honden werden onrustig, onzeker door het gebrek aan actie, maar hij negeerde ze. Het beeld op het scherm eiste zijn aandacht op, hoe walgelijk het ook was. Een helikopter van de pers was erin geslaagd het luchtruim boven de plaats van het 'politie-incident' te bereiken en zond nu live beelden uit. Peter Smalling zag de witte tent, de technische recherche en de agenten in uniform die het terrein bewaakten, doelbewust en gewichtig. Veel te godvergeten laat, dacht hij verbitterd.

Het was net half tien. Wat kon een leven in een paar uur veranderen. Hij was vanmorgen zo blij geweest, had samen met de honden door het bos gewandeld. Hij had vol plannen en ideeën gezeten, had bedacht dat de jongens volgend weekend bij zijn zus zouden kunnen logeren, zodat hij en Sonia op stap konden om hun trouwdag te vieren. In zijn hoofd had hij het helemaal uitgewerkt, een paar leuke B&B's gevonden... het leek onbegrijpelijk dat ze nooit meer een mijlpaal zouden vieren.

Vanaf het moment dat de politie was vertrokken had hij naar het nieuws zitten kijken. Hij had niemand gebeld, al hadden ze er wel op aangedrongen. Ze hadden gezegd dat mensen zich slecht konden concentreren als ze in shock waren, dat het gevaarlijk was om achter het stuur te zitten en ze hadden behoedzaam geopperd dat zijn zus de jongens vandaag van school zou halen. Maar dat ging mooi niet gebeuren. Het was zijn verantwoordelijkheid om de jongens het nieuws te vertellen, ook al had hij geen idee hoe. Wat kón hij zeggen?

De nieuwslezer vertelde dat het om een overval ging, al had de politievrouw, rechercheur Brooks, dat bewust niet bevestigd. Zij vermoedde dat het iets anders was – gerichter – ook al wilde ze niet zeggen wat. Haar terughoudendheid had hem zenuwachtig gemaakt, omdat het op duistere motieven wees. Ze hadden haar auto gestolen, reden op dit moment misschien wel door Southampton. Het móést wel een overval zijn, toch? Maar haar tas en haar sieraden hadden ze laten liggen...

Een traan viel op zijn hand en Peter besefte dat hij weer huilde. Sonia had nooit van opzichtige sieraden gehouden, maar ze was bijzonder gehecht geweest aan haar trouwring. Ze hadden hun ringen bij een kleine juwelier in Portsmouth laten maken. Witgoud, iets hoekig van vorm, zodat ze een beetje apart waren en met hun initialen aan de binnenkant, om altijd dicht bij elkaar te zijn.

De ringen hadden veel voor hen betekend, symbolen van de onuitgesproken belofte die ze elkaar hadden gedaan. Ze zouden samen oud en dik worden, maar de vrouw van wie hij meer had gehouden dan van het leven zelf, lag nu dood in een politiemortuarium. En de ring die ze zo had gekoesterd werd op dit moment door een onbekende lijkverzorger van haar vinger getrokken.

Het was een beeld dat hem diep raakte en Peter liet zijn hoofd zakken en snikte.

17

09.40 uur

'Zijn ze al ergens gesignaleerd? Hebben we enig idee welke kant ze op zijn gegaan?'

Helen stond naast Sonia Smallings Audi, geflankeerd door Charlie en Sanderson. Een oplettende agent had het gedumpte voertuig op een gehandicaptenparkeerplaats in het centrum van Portswood zien staan en had er direct melding van gemaakt.

'Nog geen nieuwe info,' antwoordde de agent. 'We zijn bij Sainsbury's en een paar kiosken en slijters geweest, maar niemand heeft iets gezien...'

Helen bedankte de agent en richtte zich tot zijn baas, brigadier MacDonald, die te midden van een zee aan blauwe uniformen stond. 'Ik wil dat jouw agenten winkels, bedrijven en woningen in een straal van achthonderd meter van de gedumpte auto langsgaan. We zoeken twee verdachten – ze zijn opgefokt, mogelijk agressief. Zeg tegen je mensen dat ze uiterst voorzichtig zijn. Een of beiden zijn mogelijk gewapend.'

Terwijl de brigadier zijn team aan het werk zette, wendde Helen zich tot Charlie. 'Zitten er reclasseringskantoren in de buurt?'

'Nee, die zitten allemaal in Totton.'

'Heeft Smalling voorwaardelijk veroordeelden die hier uit de buurt komen?'

'Nee, ze werkt met jongeren uit het zuiden van de stad.'

'Wat doen ze dan híér?'

Charlie haalde haar schouders op, terwijl Helen nogmaals naar de auto keek. De parkeerplaats waar hij stond, was bedoeld om gehandicapten gemakkelijk toegang te bieden tot het winkelgebied en Helens ogen gleden nu die kant op. Het was nog vroeg, maar in de winkelstraat was het al druk met bejaarden, moeders en jonge werkenden.

'Jij en ik onderzoeken het winkelgebied,' zei ze tegen Charlie. 'Je kunt er gemakkelijk opgaan tussen de mensen, bovendien zijn er allerlei winkels, voor het geval ze voorraad willen stelen...'

'En voldoende potentiële gijzelaars.'

'Inderdaad. Ondertussen,' ging Helen verder, en ze keek Sanderson aan, 'wil ik dat jij camerabeelden opspoort. Probeer de agenten in uniform niet in de weg te zitten, maar sommige bedrijven hebben vast en zeker camera's. Ik wil een goed beeld van onze verdachten.'

'Zou het niet handiger zijn als ik...'

'Nu, alsjeblieft.'

Onwillig liep Sanderson weg. Helen kon merken dat haar ondergeschikte niet blij was, maar had geen tijd om rekening te houden met haar gevoelens – niet nu er zo veel op het spel stond. Ze wenkte Charlie en stak snel de straat over naar het winkelgebied. De voortvluchtigen waren Southampton niet ontvlucht, maar waren naar een dichtbevolkt gebied gegaan en ze wilde weten waarom.

18

09.41 uur

Zweet drupte langs zijn slapen omlaag en zijn hart ging tekeer, maar Alan Sansom maande zichzelf om rustig te blijven. Hier was hij op getraind en hij wist hoe het moest: bij een overval doe je wat er gezegd wordt en je belt de politie als de daders allang weg zijn. Maar ja, training was één ding, de werkelijkheid was heel anders. Hij was nog nooit met een écht wapen bedreigd.

Hij zat op zijn knieën met zijn handen stevig achter zijn rug vastgebonden. De lompe vent had hem onder schot naar het kantoortje gebracht, waar hij hem had gedwongen de kluis te openen. Die had hij prompt leeggehaald en nu doorzocht hij alle medicijnen die hier veilig lagen opgeborgen. Alan had met zijn gezicht naar de muur moeten gaan zitten, vijf centimeter ervanaf, maar vanuit zijn ooghoek kon hij zien wat de man deed. Zoals te verwachten liet hij alle standaardproducten liggen – ibuprofen, neusdruppels, energiepoeders – en koos hij de duurdere producten. Zo te zien richtte hij zich voornamelijk op methadon, amfetamine en sterke codeïnetabletten, en hij propte de verpakkingen in een canvas reistas.

De vrouw stond bij de deur met haar rug naar hem toe, terwijl ze het winkelgedeelte in de gaten hield. Zo te zien, wilde zij graag weg, maar had de man het duidelijk naar zijn zin. Hij leek wel een kind in een snoepwinkel, pakte doosjes medicijnen en kuste ze voordat hij ze in zijn tas liet vallen.

'Schiet nou op, schat,' siste ze tegen haar handlanger, 'we hebben niet de hele dag de tijd.'

Alan wist dat hij geen kant op kon, maar toch begon zijn bloed te koken. Dit was zíjn winkel, zíjn bedrijf. Waar haalden ze het lef vandaan om hier te komen, hem vast te binden, en hem te koeioneren? Hij was een gerespecteerd zakenman, iemand die een bijdrage leverde aan de maatschappij en wat waren zij nou? Een stelletje tuig.

Alan kreeg opeens het overweldigende verlangen ervoor te zorgen dat deze twee rekenschap zouden moeten afleggen, hij wilde ze ter verantwoording roepen als de tijd rijp was. Hij wist ongeveer hoe de man eruitzag, maar had de vrouw niet goed kunnen zien. Ze had een pilotenzonnebril van het carrousel gepakt die afstak tegen een zuurstokroze honkbalpet. Het was een kleurrijke manier om je identiteit te verbergen, maar het werkte wel. Als hij haar zou moeten beschrijven, zou hij geen enkel zinnig detail kunnen opnoemen, behalve haar lange, blonde haar, natuurlijk.

Ze stond nog altijd met haar rug naar hem toe, dus besloot hij het erop te wagen. Beter dan hier suf te blijven zitten, terwijl zijn winkel leeggeroofd werd. Hij moest natuurlijk niet gesnapt worden, dus draaide hij centimeter voor centimeter zijn hoofd om. Nog een kleine beweging en hij kon haar zien. Dan kon hij haar in zich opnemen, terwijl zij door de winkel keek, en daarna zijn gezicht weer naar de muur draaien totdat deze afschuwelijke beproeving voorbij was.

De vrouw was erg stil geworden, dus bleef Alan even roerloos zitten, bang om ontdekt te worden. Maar toen hij niet verrot werd gescholden, bewoog hij zijn hoofd verder.

Toen zag hij haar. Maar tot zijn verrassing had ze haar ogen niet op de winkel gericht. Nee, ze keek hem recht aan.

Met een glimlach tuurde ze over de rand van haar pilotenzonnebril en vroeg: 'Kijk je nou naar míj, schatje?'

19

09.43 uur

'Godsamme, zeg!'

Martin Gardener spuugde zijn koffie bijna over zijn bureau toen hij de foto's bekeek die Emilia voor zijn neus had gelegd. 'Hoe kom je hier in godsnaam aan?' vroeg hij.

'Een vindingrijke journalist weet altijd raad...' antwoordde Emilia, en ze probeerde niet al te triomfantelijk te klinken.

'Die kunnen we niet publiceren.'

'Nee, natuurlijk niet, maar ik dacht dat je ze wel wilde zien. Sonia Smalling was getrouwd, had twee kinderen, een keurige baan... en iemand heeft een gapend gat in haar geschoten. Twee om precies te zijn, maar het lijkt er een omdat...'

'Oké, oké...'

Gardener was een eikel, maar hij was getrouwd, had een gezin en werd duidelijk geraakt door de beelden die voor hem lagen. Dat was precies waar Emilia op had gerekend.

'Nog iets van de weduwnaar?'

'Hij neemt de telefoon niet op en er staan agenten in uniform bij zijn huis, voor en achter.'

'Ik dacht dat jij elke smeris om je vinger kon winden,' merkte Gardener op, iets te sarcastisch, vond Emilia.

'Hij moet zijn zoons straks ophalen van St. George's Prep

School,' zei ze, en ze negeerde zijn spottende opmerking. 'Ik hoop dat ik hem daar even kan aanschieten.'

'Zorg dat je foto's neemt.'

'Waar zie je me voor aan?' Toen Gardener geen antwoord gaf, ging Emilia verder. 'Ik heb in grote lijnen de kopij klaar, maar ik heb wel de eerste drie pagina's nodig. Op de voorpagina wil ik groots inzetten op de vredige landweg, een vrouw alleen, een gruwelijke schietpartij, dood op een rustige herfstdag. Op de binnenste pagina's wil ik dat we ons op haar en haar gezin concentreren. Verklaringen van mensen die ze heeft geholpen, collega's, vrienden en dan een paragraaf over de mensen die ze heeft achtergelaten, de jongens die nu zonder moeder moeten opgroeien. De echtgenoot lijkt een keurige vent – nog geen boete voor fout parkeren. Ik denk dat die invalshoek niet veel zal opleveren, dus richtten we ons op een verscheurd gezin, de schrik in het dorp…'

'Wé?'

'Ja, "we",' reageerde Emilia snel, gebeten door de implicatie. 'Ik was de eerste ter plaatse, dit is mijn verhaal.'

'Maar het is míjn krant.'

'Kom op, Martin,' zei ze op vleiende toon. 'Ik weet dat ik me hiervoor een beetje als een idioot heb gedragen, maar ik ben beter dan de opdrachten die ik nu krijg. Jonathan had niet eens door dat er iets gaande was, tot ik het hem vertelde. Ik vind dat ik het recht heb verdiend om mijn naam bij het artikel te zetten. Desnoods naast die van hem, maar…'

'Niks ervan,' blafte Gardener terug. 'Jouw naam komt er niet bij.'

'Maar…'

'Jij bent geen senior misdaadverslaggever. Dat is Jonathan Simmons. En daarom gaat híj dit verhaal verslaan.'

'Dat is niet eerlijk,' kreunde Emilia, zich er ten volle van bewust dat ze wel een klein kind leek.

'Dat is absoluut eerlijk, gezien jouw ontrouw naar de krant toe. En zo gaat het gebeuren.' Gardener liep om zijn bureau heen, duwde de foto's in Emilia's handen en kwam iets te dichtbij staan. 'Jij vindt jezelf misschien heel wat, Emilia, maar onthoud dit goed: je zult met een flink aantal van dit soort verhalen moeten komen, voordat je bij mij weer in een goed daglicht staat...'

20

09.44 uur

Helen liep zigzaggend tussen de menigte winkelende mensen door en bekeek het voetgangersgebied. Charlie liep vlak achter haar, maar had moeite om haar bij te houden door alle obstakels op haar weg. Bejaarden die bleven stilstaan om een praatje met elkaar te maken, kleuters die alle kanten op stoven en schoolmeisjes die zonder van hun telefoon op te kijken tegen haar aan botsten. Te midden van dit alles maakte Helen zich lang om iedereen te bekijken.

Alles leek rustig, ontspannen zelfs. Wat had ze dan verwacht? Een vuurgevecht? Een spoor van vernietiging? Ze wisten niet eens waar ze naar op zoek waren. Twee mannen? Een man en een vrouw? Ze hadden geen signalement, wisten niet eens wat de daders droegen.

'Zie je iets?'

'Nee,' antwoordde Charlie achter haar. 'Jij?'

Helen schudde haar hoofd. Alles zag er zó normaal uit, als een doodgewone werkdag, dat Helen zich afvroeg of de moordenaars zich soms wilden schuilhouden. Misschien hadden ze hier vrienden of hadden ze iets gehuurd omdat ze wisten dat ze een schuilplek nodig zouden hebben? Misschien was Helens intuïtie daarstraks verkeerd geweest; misschien was de moord vanmorgen ongepland – een ogenblik van woede of een afschuwelijke vergissing – en wilden de verdachten alleen verdwijnen, de koppen bij elkaar steken om te bedenken wat ze gingen doen.

Terwijl ze om zich heen keek, zag ze het opeens. Dit was een populair gebied waar winkels goede zaken deden. Daarom viel op dat een van de meest centraal gelegen winkels gesloten was. De winkels aan weerszijden zagen er uitnodigend uit, waren duidelijk open, maar de vieze luiken voor Sansoms apotheek zaten dicht. Het zag er ongewoon en misplaatst uit, als het eerste tandje in de mond van een peuter. Een paar verbaasde mensen stonden buiten te kletsen, zichtbaar verrast dat hun plannen verstoord waren.

Helen veranderde direct van richting en liep in de richting van de winkel. Ze werd nu geleid door haar intuïtie, het gevoel dat er iets niet klopte. Ze hoopte dat ze het mis had, dat er een doodgewone, logische verklaring was voor het feit dat de winkel gesloten was. Maar op het moment dat ze dichter bij de deur kwam, werd haar hoop plotseling de grond in geboord. Er klonk een harde knal, gedempt door de luiken, maar nog altijd goed hoorbaar. Daarna nog eentje, scherp en schokkend. Het winkelend publiek maakte zich uit de voeten, geschrokken en verward door het vreemde geluid, maar Helen haastte zich langs hen en sprintte in de tegenovergestelde richting.

Zij wist precies wat het was.

21

09.46 uur

Melissa Hill dook weg achter de vitrine en durfde niet te kijken.

Daar was ze weggedoken zodra het was begonnen. Na het ontbijt was ze naar de apotheek gegaan omdat ze geen flesvoeding én geen luiers meer hadden. De babyafdeling was achter in de winkel, voorbij een L-vormige hoek, en in eerste instantie had ze de confrontatie bij de ingang niet gemerkt. Daarna had ze geschreeuw gehoord en tot haar afschuw had ze gezien hoe de eigenaar onder schot naar de achterkant van de winkel was gebracht.

Daarna was het een tijdje stil geweest. Melissa had geen idee wat er achterin gebeurde – ze wilde het ook niet echt weten – maar ze wilde wel weg. De beveiligingsluiken zaten dicht en ze vroeg zich af of de overvallers de sleutel hadden. Hoe dan ook, er was weinig kans dat ze ongezien de voorkant kon bereiken: de vrouw hield de winkel goed in de gaten.

Het was een langzame martelgang om hier te zitten en niets te kunnen doen, maar Melissa had geen keus. Dus hield ze zich verborgen en wiegde Isla zachtjes heen en weer in haar draagdoek, zodat ze zou blijven slapen. Achterin leek alles redelijk rustig en even vroeg Melissa zich af of de situatie tot rust was gekomen.

Toen hoorde ze opeens harde stemmen en daarna een oorverdovende knal en nog een, gevolg door een akelige stilte.

Even later kwamen de twee personen het kantoortje uit gerend. Ze gooiden onderweg een carrousel met dvd's om. Het kletterde met een harde klap tegen de grond en op hetzelfde moment, net toen Melissa nog dichter tegen de vitrinekast aan kroop, begon Isla zich te verroeren.

'Nee, nee, nee...' fluisterde Melissa, en ze wiegde de baby heen en weer.

Maar de trillingen van de klap leken door de ruimte te echoën en Isla vertrok haar gezicht, boos en overstuur dat haar rust was verstoord. Melissa zocht jachtig naar een speen. Ze wist dat ze er ergens een had en graaide in haar zakken. Als ze Isla stil kon houden, zouden ze haar misschien niet zien, zouden ze misschien gewoon weggaan...

Isla begon wat te murmelen en Melissa zocht steeds paniekeriger verder. De stomme speen zat niet in haar jaszak, dus grabbelde ze in haar spijkerbroek, tot ze bedacht dat ze hem in het zijvakje van haar rugzak had gedaan. Ze duwde haar hand naar achteren in het netje en slaakte een zucht van verlichting toen haar vingers de plakkerige, kunststof speen vonden. Ze rukte hem eruit en bracht hem naar de mond van haar baby.

Maar ze was een seconde te laat en Isla slaakte een doordringende gekwelde kreet.

22

09.48 uur

Emilia stormde terug naar haar bureau en vervloekte haar leven. Ze wist dat ze soms roekeloos en egoïstisch was, maar was dit écht wat ze verdiende? Ploeteren onder het juk van een middelmatige redacteur bij een regionale krant? Ze had meer journalistieke intuïtie in haar pink dan hij in zijn hele lijf. Ze had meerdere grote primeurs gehad. Wat had híj nou gedaan? Reclame-inkomsten gegenereerd? Hij was een mislukte journalist die zich voordeed als redacteur en ze werd er niet goed van. Misschien was het tijd dat ze de journalistiek achter zich liet – ze was niet van plan zich te vernederen in een rol die eigenlijk was bedoeld voor schoolverlaters zonder enig verstand of vernuft.

De rest van de redactie was op de hoogte van haar voortgang en haar humeur toen ze stampend naar haar bureau liep. Toen ze opkeek, zag ze Jonathan Simmons kijken, maar hij liet wijselijk zijn blik naar zijn monitor zakken. Op papier was hij haar manager, maar na zijn eerste poging zich te laten gelden – die resoluut en onwelvoeglijk was afgewezen – had hij gekozen voor de zachte aanpak. In feite ontliep hij Emilia, leefde hij van de kruimels die de politie en andere nieuwsbureaus hem toewierpen en liet hij haar haar gang gaan. Emilia vermoedde dat het zijn strategie was om haar uit te hongeren – en het werkte. Haar geduld begon op te raken en nog even en ze gooide het bijltje erbij neer.

Ze liet zich op haar stoel ploffen en sloeg haar laptop open. Ze was geneigd het hier en nu te doen: een korte, bijtende ontslagbrief te schrijven. Ze had er vaak over gefantaseerd en alleen de gedachte aan haar familie weerhield haar ervan. Vroeger hadden ze een goed leven gehad, helemaal toen ze een fatsoenlijk tarief had kunnen eisen van de landelijke kranten, maar nu ze het salaris van een stagiaire had, was het leven een stuk zwaarder. Ze had een aantal jongere broers en zussen die allemaal op haar rekenden sinds hun vader in de gevangenis zat. Het was voor Emilia een prijs die ze graag wilde betalen – ze had een hekel aan die waardeloze hufter – maar de verantwoordelijkheid was zo nu en dan wel heel zwaar. Ze hield van haar broers en zussen, maar ze waren zwak en leken niet in staat een baan te houden of bij te dragen aan het huishouden.

Ze sloeg haar laptop dicht in de wetenschap dat ze vandaag toch geen ontslagbrief zou schrijven. Kinderachtig schopte ze haar prullenbak omver en liet zich verslagen achterover in haar stoel zakken. Het artikel moest vandaag af, maar op de een of andere manier kon ze zich er niet toe zetten. Misschien moest ze even een sigaretje roken. Of nog een kop koffie nemen. Zelfs daar had ze geen zin in, dus toen ze zag dat haar radio nog aan stond, pakte ze haar oordopjes. Ze duwde ze in haar oren, leunde achterover en sloot haar ogen in de hoop op te gaan in de korte berichten vol ellende.

'Schoten gelost in Sansoms Apotheek. Alle gewapende eenheden naar het winkelgebied Folly Lane. Er zijn twee schoten gemeld...'

Emilia schoot overeind. Aan de andere kant zat Jonathan Simmons háár stuk te schrijven, maar dat kon haar plotseling niets schelen. Ze griste haar laptop mee, zette de politiezender uit en liep zo stilletjes mogelijk weg.

23

09.49 uur

Helen rukte uit alle macht aan het luik, maar er zat geen beweging in. De eigenaar was kennelijk een groot voorstander van veiligheid; het had hem in het verleden waarschijnlijk gerustgesteld, maar wat zou het hem nu kosten? Helen gaf nog een ruk, maar het verdedigingswerk weigerde koppig mee te geven.

Helen hoorde voetstappen achter zich en twee agenten in uniform kwamen hijgend en opgewonden bij haar en Charlie staan.

'Help ons dat ding omhoog te krijgen.'

De agenten deden wat hun gevraagd werd, het luik kraakte, maar bleef zitten, alsof het vastbesloten was tot het bittere eind tegenstand te bieden. Vloekend verdubbelde Helen haar krachten; langzaam begon het ding te bewegen en schoof vijf centimeter omhoog. Het was niet genoeg en Helen spoorde iedereen aan. Nog een paar centimeter en dan zou een van hen er misschien onderdoor kunnen schuiven.

Terwijl ze hesen, luisterde Helen ingespannen. Ze kon binnen niets horen. Was dat een goed teken of juist niet? Waren ze te laat? Waren de schutters al weg? Of lagen ze op de loer, bereidden ze een hinderlaag voor? Even verderop zag Helen een gewapende eenheid uit een busje stappen en ze wenkte ze. Haar eigen veiligheid interesseerde haar weinig, maar zelfs zij weigerde de confrontatie met twee gewapende aanvallers aan te gaan met alleen een portofoon en een wapenstok. Ze kon in dit geval maar beter de professionals de leiding laten nemen; Helen had sterk het gevoel dat ze nog nodig zou zijn bij de nasleep.

Vier gewapende agenten renden hun kant op, karabijnen in hun hand. Ze waren klaar om de winkel binnen te vallen, maar nog altijd weigerden de luiken voldoende omhoog te gaan, vastbesloten iedereen die binnen was aan het zicht te onttrekken. Elke seconde telde en dus deed Helen een stap opzij en beval de potige agenten om te helpen.

'Het is aan jullie!' blafte ze. 'Zorg dat die luiken NU omhooggaan!'

24

09.50 uur

'Doe ons alsjeblieft niets. Doe ons alsjeblieft niets...'

Melissa kon haar mond niet meer houden en smeekte voor haar leven en voor het leven van haar baby, terwijl de moordenaars boven haar uit torenden. Toen Isla begon te huilen, was Melissa in paniek geraakt, had de speen laten vallen en had haar hand over het mondje van de baby geslagen. Daar was haar dochter alleen maar meer van geschrokken en vervolgens was ze helemaal niet meer stil te krijgen. Ze had gekrijst en gekrijst, was steeds roder aangelopen en uiteindelijk had Melissa het opgegeven en was ze zelf ook in tranen uitgebarsten.

Ze was pas gestopt toen ze voetstappen hoorde en de angst had haar gedwongen haar gesnik in te slikken. Langzaam, nonchalant, waren de man en de vrouw om de vitrine heen gelopen.

'Wat hebben we hier?'

De man – zeker een meter tachtig, met indringende blauwe ogen en een spottende uitdrukking – leek het naar zijn zin te hebben, ondanks het bloedvergieten van daarnet. Hij leek dronken van macht, vastbesloten om de ervaring uit te melken. De vrouw, die een stuk kleiner was, hing over zijn schouder.

'Een verstekeling,' ging de man met een grijns verder. 'Hebben we de baby wakker gemaakt?'

Melissa staarde hem met betraande wangen aan. Ze was te geschrokken, te bang om te reageren.

'*Pang!*'

De man bulderde het woord naar hen, waardoor Isla nog harder begon te krijsen.

'Stil maar, meisje, alles komt goed,' fluisterde Melissa, terwijl ze haar hoofd in Isla's hals begroef, woedend dat die man haar kind zo tergde. Wat voor beest was hij?

'Pak haar portemonnee,' beval de man.

De vrouw gehoorzaamde, rukte Melissa's tas uit haar hand en rommelde erin tot ze de portemonnee had gevonden. Ze trok een lelijk gezicht bij het zien van de magere inhoud, maar liet hem toch in de reistas vallen.

'Nou, wij zijn klaar,' zei de man, en hij wierp een blik op de veiligheidsluiken.

Dat was het moment waarop Melissa zich bewust werd van geluiden buiten. Het was doodstil bij de winkel geweest sinds de eerste schoten, maar nu klonken er stemmen. En er werd aan de luiken getrokken. De reddingsploeg was er.

Toen Melissa zich omdraaide, zag ze dat de man haar aanstaarde. Een glimlachje gleed over zijn gezicht toen hij haar in zich opnam. Hij leek zich te voeden met haar angst, te genieten van haar ongemak.

'Zo...' zei hij loom. 'Wie van jullie wil eerst?'

Melissa staarde hem aan. Waarom sloeg hij niet op de vlucht? Waarom bleef hij hier hangen? 'Doe dit alsjeblieft niet. Je hoeft dit niet te doen...'

Maar de man leek haar niet te horen en bracht zijn jachtgeweer ter hoogte van Melissa's ogen. Melissa dook ineen en sloeg haar armen om zich heen, vastbesloten haar kind te beschermen tegen het schot. Maar de lopen van het geweer gleden omlaag en werden nu op Isla gericht.

'Nee, nee... ze is nog maar een baby... Ze kan helemaal niets zeggen...'

De lopen zwaaiden weer naar Melissa's gezicht. Eén moment van opluchting, waarna de man ze weer op de baby richtte.

'Doe wat je wilt met mij, maar laat haar gaan.' Melissa was wanhopig en bad dat de reddingsploeg binnen zou stormen, maar ze kwamen nog altijd niet.

'Misschien doe ik dat wel, misschien ook niet,' zei de man, en hij richtte de lopen weer op Melissa's ogen en deed een stap naar voren.

Melissa jammerde, haar hele lichaam trilde. Ze wilde wanhopig graag leven, maar kon geen kant op. Dus beschermde ze haar baby, sloot haar ogen en zette zich schrap voor wat ging komen.

25

09.58 uur

'Naar achteren! Allemaal naar achteren, alsjeblieft!'

Sandersons stem was hees van het schreeuwen, maar ze spande zich opnieuw in omdat ze de ramptoeristen op afstand wilde houden. De gewapende eenheid had nog steeds geen toegang tot het pand en de situatie was kritisch; toch moesten passanten zich er zo nodig mee bemoeien. Sommigen hadden hun telefoon al tevoorschijn gehaald om te filmen, al hadden ze geen idee wat er aan de hand was.

Buiten was de situatie nog steeds chaotisch; uit verschillende delen van de stad kwamen agenten naar het winkelgebied en met Helen en Charlie in de vuurlinie, was het aan Sanderson om de versterking zo goed mogelijk te delegeren. Ze had een aantal van hen ter ondersteuning naar de gewapende politiemensen gestuurd, maar had de rest instructies gegeven om een menselijk scherm te vormen rond de apotheek om het publiek op een veilige afstand te houden. Ze waren met weinig mensen en de rij werd uitgestrekt, maar tot haar opluchting zag Sanderson nog een handjevol agenten haar kant op rennen.

'Vorm hier een rij en zorg dat die mensen naar achteren gaan.'

Ze deden wat hun gezegd werd en eindelijk werd de groeiende menigte langzaam bij de gevarenzone weggeduwd.

'Hé, kijk 's uit!'

'Rustig aan!'

'Wat doe je? Het is een vrij land...'

Het gebruikelijke gezeur, vergezeld van de geijkte beledigingen. Het maakte Sanderson woedend dat die lui het niet snapten – ze probeerde hen te beschérmen – maar ze waren alleen maar bang dat ze iets zouden missen. Stelden hun levens zo weinig voor dat ze zichzelf in gevaar wilden brengen om op het nieuws te komen? Het was een onderdeel van het moderne leven dat Sanderson verafschuwde: iedereen zag zichzelf tegenwoordig als ooggetuige, als journalist. Terwijl mensen hun best zouden moeten doen een misdrijf te voorkomen of als de wiedeweerga te vluchten, wilden zij het juist filmen alsof het allemaal voor hun vermaak was.

Een van de agenten had politielint gevonden, rolde het af en gaf het door. Sanderson pakte het dankbaar aan en gaf het ook weer door. Een paar minuten later was het geregeld: het gebied was afgeschermd. En net op tijd ook, want met een vonkenregen en gekreun van metaal gaf het beveiligingsluik het eindelijk op. Het team had besloten de luiken met specialistisch gereedschap open te snijden en toen ze zich omdraaide, zag Sanderson dat leden van de gewapende eenheid zich klaarmaakten om het pand binnen te vallen.

'Wat is er aan de hand?'

Sanderson draaide zich weer om en zag dat een bejaard stel haar aanklampte.

'Zijn dat wapens die ze bij zich hebben?'

'Ik kan u op dit moment niets zeg...'

'Is er iemand gewond?'

'Wat gebeurt er?'

'Is er iets met meneer Sansom?'

Allerlei vragen werden op Sanderson afgevuurd. Ze pareerde ze zo goed mogelijk en gaf geen informatie, simpelweg omdat ze niets wíst. Ze was tevergeefs bezig geweest om camerabeelden van de voortvluchtigen te vinden toen Helen zich plotseling had gemeld en alle rechercheurs had bevolen naar de apotheek te komen. Sanderson was direct aangesteld om de menigte te beheersen, eigenlijk meer een taak voor een agent, en had sindsdien aan de rand van het gebeuren gestaan. Ze wist dat er was geschoten, maar had geen idee hoe vaak en met welke gevolgen.

Elke vraag leek haar gevoel van onmacht en onwetendheid te benadrukken en deed haar beseffen hoe ver ze in de rangorde was gedaald. Ooit had ze Helens vertrouwen genoten, maar door haar ondoordachte handelen had ze al haar goede werk kapotgemaakt en niets – niéts – leek de situatie te verbeteren.

Ze zou voorgoed een uitgestotene zijn.

26

10.00 uur

Adjudant Sean O'Neill dook door het gapende gat en rende naar de dichtstbijzijnde vitrinekast. Hij hurkte erachter, telde tot tien, kroop eromheen en liep langzaam verder. Aan het eind stak hij een spiegel om de hoek, zag tot zijn tevredenheid niets bewegen en keek toen zelf snel om de hoek.

Alles was stil, de sfeer was gedempt en gespannen. Hij draaide zich om en wenkte zijn tweede man. Brigadier Ed McGarvey snelde naar binnen en liep haastig naar zijn collega voordat hij de andere twee leden van het Rode Team wenkte. O'Neill keek tevreden hoe ze snel maar behoedzaam zijn kant op kwamen en zo veel mogelijk dekking zochten. Ze werkten nu een jaar samen en gedurende die periode hadden ze behoorlijk wat actie gezien. Ze hadden geen van allen hun wapen hoeven gebruiken – godzijdank, als je keek naar de administratie die dat met zich meebracht – maar hadden veel spannende situaties meegemaakt: een man met een kapmes ontwapenen, een lading wapens in beslag nemen, een complete bende arresteren. Deze ervaringen hadden een onderlinge band gecreëerd en hadden een goed geoliede en effectieve eenheid van hen gemaakt.

O'Neill keek de winkel in en overdacht hun volgende zet. Normaal gesproken zou hij de aanwezigheid van gewapende agenten bekendmaken en iedereen verzoeken met opgestoken armen naar buiten te komen. Maar de dreiging van een hinderlaag was hier te groot, de schutter had zijn minachting voor een mensenleven al getoond. Ze zouden niets bereiken met het bekendmaken van hun positie.

Nogmaals keek hij naar de achterkant van de winkel en gebaarde naar zijn collega's dat ze zich moesten verspreiden. Hij nam de leiding, zoals gebruikelijk, maar de anderen zouden een defensieve positie aan weerszijden van hem innemen om zo nodig terug te vuren. Ze hadden hier jaren voor getraind en O'Neill wist dat zijn mensen niet in paniek zouden raken als er plotseling geschoten werd.

Voorzichtig haalde hij de veiligheidspal van zijn wapen en deed een stap naar voren. Daarna nog een en nog een. Hij stond nu voor een volgende vitrinekast, hurkte en kroop eromheen. Hij had zijn wapen in de aanslag... maar er was niemand. Hij liep verder, sneller nu, geschaduwd door zijn team. Aan de achterkant van de winkel was een opslagruimte die hij wilde controleren, maar dan moest hij eerst langs de laatste vitrinekasten die een goede dekking boden.

Behoedzaam sloop hij verder, maar bleef abrupt staan. Het was niet zozeer dat hij links achterin iets zag, maar dat hij iets vóélde. Hief iemand zijn wapen? Maakte diegene zich klaar voor een aanval? Hij sloop verder, zijn ogen flitsten heen en weer en hij berekende waar de schutters tevoorschijn zouden kunnen komen. Met zijn wapen op ooghoogte keek hij langs de loop, klaar om de trekker over te halen, ervan overtuigd dat hij de dader zo nodig zou raken. Hij had in zijn carrière tot nu toe geluk gehad.

Zonder dat er een woord werd gesproken, sloop het viertal als eenheid steeds verder naar de laatste vitrinekast. Er klonk een geluidje voor hen – er werd ergens tegenaan geduwd misschien – en adjudant O'Neill aarzelde geen moment. Razendsnel dook hij rond het uiteinde van de vitrinekast.

'Gewapende poli...'

Hij werd onderbroken door een hoge gil. Voor hem zat een trillende vrouw heen en weer te wiegen met een vinger in de mond van een baby geduwd.

'Niet schieten,' gilde ze. 'Niet schieten, alsjeblieft...'

O'Neill keek ingespannen naar de achterkant van de winkel om te bevestigen dat de kust veilig was. Hij kroop naar voren en pakte de vrouw vast. Met haar baby in haar armen liet ze zich tegen hem aan vallen.

'Gaat het? Bent u gewond, is de baby gewond?'

De vrouw zei niets.

'Kunt u me zeggen waar de schutters zijn?' ging hij verder.

Maar de vrouw kroop dichter tegen hem aan en toen ze haar mond opendeed, fluisterde ze alleen: 'Niet schieten, alsjeblieft...'

27

10.07 uur

'Kijk eens uit! Waar denk je dat je mee bezig bent?'

Emilia draaide zich naar de onbehouwen sukkel naast haar, wierp hem haar meest vernietigende blik toe en hield haar perskaart voor zijn neus. Onwillig gaf hij op en ging een paar centimeter opzij, zodat zij zich een weg naar voren kon banen.

Ze was zo snel mogelijk naar Portswood gereden en had tot haar ontzetting gezien dat er al een grote menigte bij de apotheek stond. Met haar hoofd omlaag en haar ellebogen uitgestoken wist ze zich met geweld langs de kinderwagens en bejaarden te werken, maar eenmaal vooraan besefte ze dat het een zinloze actie was geweest. De afzetting lag een eind van de apotheek en door een strategisch geplaatste rij agenten werd de apotheek aan het zicht onttrokken. Hoezeer ze ook haar best deed, ze kon niets zien.

Met haar camera tegen haar borst liep ze terug en wurmde zich langs dezelfde mensen die ze enkele seconden geleden opzij had geduwd, met voorspelbare resultaten. Er werd geklaagd en gescholden, maar ze negeerde hun bijtende opmerkingen. Ze was de redactie uit gerend, had haar artikel niet af en wist dat ze met meer moest komen dan derdehands getuigenverklaringen, wilde ze Gardener gunstig stemmen.

Ze maakte zich los uit de meute en staarde naar het tafereel. De rij agenten voor de winkel haakten hun armen ineen waardoor het ‘scherm’ nog ondoordringbaarder werd. Achter hen zag ze wel mensen bewegen, maar ze had geen idee wat er gaande was en wie erbij betrokken waren. Toch kreeg ze de indruk dat er iets heftigs aan de hand was, gezien de reactie van de agenten, dus ging ze op zoek naar een plek waar ze meer kon zien. Die waren niet een-twee-drie te vinden: de agenten en de geparkeerde politievoertuigen vormden een barrière...

Emilia kwam in beweging toen ze het dichtstbijzijnde voertuig, een politiebusje, onbeheerd zag staan. Nog beter: het zat niet op slot. In de haast om de daders te pakken, had de chauffeur vergeten af te sluiten. Emilia haastte zich ernaartoe en rukte het portier open. Ze zette haar voet binnen, legde een hand boven op het portier, ging toen met haar beide voeten op de stoel staan en duwde zich omhoog. Daarna legde ze haar handen op het dak, plantte een voet op het dashboard en zette af.

Even later stond ze op het dak. Iedereen die toevallig haar kant op keek, zou haar kunnen zien, dus liet ze zich op haar buik vallen en kroop naar voren. Vervolgens keek ze over de rand en zag tot haar genoegen dat ze onbelemmerd zicht had op de ingang van de winkel. Helen Grace hing rond een gat in een metalen luik, maar deed snel een stap naar achteren toen gewapende agenten naar buiten kwamen. Emilia griste haar camera uit haar tas, haalde de lenskap eraf en was klaar om foto's te nemen. Ze was in de veronderstelling dat de daders in handboeien naar buiten geleid zouden worden, maar tot haar verrassing zag ze een jonge vrouw die door een van de gewapende agenten werd ondersteund.

Klik, klik, klik.

Emilia schoot achter elkaar plaatjes en was verrukt toen ze zag dat de vrouw een baby tegen zich aan had. De vrouw zei niets en hield alleen haar baby vast, maar het beeld zei alles en tevreden ging Emilia verder met foto's maken. De vrouw was lijkbleek en zag er heel, heel bang uit.

28

10.15 uur

Het was een misselijkmakend gezicht.

Gewapende eenheden hadden het gebouw veiliggesteld – de voortvluchtigen waren allang weg – en dus was Helen snel de apotheek binnengegaan. Ze hadden haar gezegd dat ze direct naar achteren moest gaan en zonder aarzelen was ze die kant op gelopen, zich ervan bewust dat haar een akelig tafereel wachtte. Haar jaren als politievrouw hadden haar gehard, maar toch gleed haar hand naar haar mond toen ze de kleine ruimte binnenliep. Een man van middelbare leeftijd zat voorovergezakt op zijn knieën; zijn kaak en halve gezicht waren weggeschoten, zijn bloed en hersenen lagen verspreid over de vloer. Helen nam de afschuwelijke details in zich op: de verbrande huid rond de ingangswond, het samengeklonterde haar, het bloed dat in de stof van zijn broek sijpelde. Daarna bracht ze haar ogen omhoog naar de lege kluis. Waarom hadden zijn aanvallers dit gedaan, terwijl hun gijzelaar had meegewerkt?

'Ze zijn via de achteruitgang vertrokken.'

Helen draaide zich om en zag Charlie in de deuropening staan.

'Ze hebben een paar kratten op de binnenplaats op elkaar gezet en zijn over de muur geklommen,' legde haar ondergeschikte uit. 'Sanderson is daar nu met een agent in uniform, maar...'

Helen knikte en keek weer naar het tafereel voor zich. 'Ze zijn niet met lege handen vertrokken,' zei ze uiteindelijk. 'Ze hebben de kluis leeggehaald en het goeie spul grotendeels meegenomen.'

'Maar wat zijn dit? Waaghalzen? Junks?' vroeg Charlie, terwijl ze de zakjes amfetamine rond het lichaam van de eigenaar bekeek.

'Ze hebben in elk geval een voorliefde voor drugs. Maar dat is niet wat hen motiveert. Alles wat er tot nu toe is gebeurd, is strak gepland. Ze wachten Sonia Smalling op en lokken haar in een hinderlaag. Vervolgens gaan ze hiernaartoe, sluiten zichzelf in, gaan rustig te werk. Ze vermoorden een man in koelen bloede, terwijl hij zo te zien meewerkte...'

'Denk je dat dit niet hun eerste moord is? Dat ze dit vaker hebben gedaan?'

'Het stikt tegenwoordig van dat soort types,' zei Helen. 'Mensen die beroemd willen worden, die in een bepaalde zaak geloven. Normaal gesproken zou ik nu Antiterreur inschakelen, maar de diefstal pleit daartegen...'

'Er moeten toch gemakkelijkere manieren zijn om mensen te beroven?' was Charlies weerwoord. 'Dit gaat ze levenslang opleveren.'

'Misschien was het tóch persoonlijk. Het slachtoffer is Alan Sansom,' ging Helen verder, en ze keek weer naar het lichaam. 'Wat is het verband tussen hem en Sonia Smalling? Zij ging elke dag om met junks en dieven. Is dat het verband? Is Sansom eerder overvallen, heeft hij mensen ontslagen, koesterde iemand wrok tegen hem? De apotheek ligt totaal niet in de buurt van de plaats waar Smalling is vermoord, dus lijkt het een merkwaardige plek om naartoe te gaan.'

'Misschien zagen ze de winkel onderweg? Waren ze weggevlucht van de eerste moord en zagen ze een gelegenheid om drugs en geld in te slaan. De kans om wat lol te hebben...'

'Als dat het geval is, moeten we daarmee verder, maar vooralsnog wil ik dat we verbanden zoeken. En we hebben een betere beschrijving van de moordenaars nodig. De beveiligingscamera's hier zijn kapot – de kabels zijn doorgeknipt – dus moeten we hopen dat onze overlevende ons iets kan vertellen.'

Charlie knikte en vertrok, maar Helen bleef nog even staan en keek naar het verminkte lichaam voor haar. Ze had gehoopt – gebeden – dat de moord van vanmorgen iets eenmaligs was. Maar hier lag het bewijs dat ze te maken had met iets verdorveners, iets groters. Ze had het gevoel dat ze er niet klaar voor was, dat ze er de kracht niet voor had, maar opnieuw werd ze meegezogen in een nachtmerrie. Dit waren meedogenloze, ijskoude moordenaars die geen enkele genade kenden.

Melissa Hill besefte het misschien nog niet, maar ze had ongelooflijk veel geluk gehad.

29

10.18 uur

'Ik ben haar zus! Goddomme, laat me erdoor...'

De agent die haar tegenhield was niet ouder dan achttien, negentien en keek haar verschrikt aan.

'Dat mag ik eigenlijk niet...'

'Kijk dan naar haar!' drong Emilia aan, en ze gebaarde naar de jonge moeder die achter in de ambulance zat, met haar baby nog altijd in haar armen. 'Ze heeft me nodig.'

De agent staarde naar de vrouw die in een politiedeken gewikkeld zat en toen weer naar Emilia.

'Oké, geef me je naam, rang en nummer. Ik ga een klacht indienen bij de korpschef. Ik ben hier helemaal naartoe gerend, gek van de zorgen, en ik wil alleen weten dat alles goed met haar is.'

'Oké, oké.' De agent zwichtte en liet haar door de afzetting. 'Maar als iemand vragen stelt... Ik was het niet.'

Emilia hoorde hem al bijna niet meer. Ze liep zo snel mogelijk naar de ambulance, voordat een van zijn meerderen haar zou herkennen. Ze stapte in en ging op het bankje zitten.

Toen pas keek de vrouw op.

'Hoe gaat het met jullie?' vroeg Emilia op bezorgde toon.

'Wel goed... Het gaat wel goed met ons...' antwoordde Melissa met een vragende uitdrukking op haar gezicht.

'Daar ben ik heel blij om. Je hebt iets verschrikkelijks meegemaakt.'

De vrouw knikte, maar zei niets en keek weer naar haar baby die eindelijk stil was.

'Hoeveel waren het er?'

'Twee,' antwoordde Melissa aarzelend, die van de wijs leek door de vraag.

'Twee mannen? Een man en een vrouw?'

'Wie ben jij?'

Emilia haalde haar visitekaartje uit haar tas – een van haar oude kaartjes waarop MISDAADVERSLAGGEVER stond – en gaf het aan Melissa.

'Ik ben journaliste bij de *News*. Je bent door een hel gegaan, maar je bent de enige getuige van een afschuwelijke tragedie,' zei Emilia snel, zich ervan bewust dat ze op de gok iets zei. 'En onze lezers willen heel graag weten hoe het voor je was. We hoeven de naam van je kind niet te noemen als je dat niet wilt, maar ze willen lezen hoe je het leven van je baby hebt gered, hoe dapper je bent geweest...'

'Hoor eens, ik ben er nu nog niet aan toe om met iemand te praten...'

'Vijf minuutjes, meer niet.'

'Ik heb nog niet eens fatsoenlijk met de politie gesproken, ik kan niet met de pers praten.'

'Dat begrijp ik en we kunnen dit zeker op een later tijdstip voortzetten. Als ik nu even snel een foto van jullie maak, dan...'

'WEGWEZEN!'

Emilia draaide zich om en zag dat een woedende Charlie Brooks op haar afrende.

'Charlie. Leuk je weer te zie...'

'Ik weet niet hoe je erdoor bent gekomen, maar je gaat nú weg.'

Charlie pakte Emilia bij haar mouw vast en sleurde haar de ambulance uit.

'Kalm aan...'

'Het spijt me...' zei Charlie tegen Melissa. 'Je zult niet meer lastiggevallen worden.'

Emilia wilde haar het liefst zeggen dat ze kon oprotten, maar glimlachte liefjes terwijl een boze Charlie zich tot haar wendde.

'Is het waar dat inspecteur Grace de daders heeft laten ontkomen? Na de moord op Sonia Smalling?'

'Verdwijn.'

'Wil je nog iets zeggen? Ik begrijp dat er twee da...'

Charlie greep Emilia ruw bij de kraag en duwde haar in de richting van de afzetting. 'Als ik je nog eens in de buurt van een getuige zie, zorg ik dat je gearresteerd wordt,' siste ze, waarna ze Emilia opeens losliet.

De journaliste wankelde even en hervond haar evenwicht toen. Ze streek haar jas glad en antwoordde: 'Laat nog eens van je horen, Charlie. Er is meer dat ons verbindt, dan scheidt.'

Charlie wilde net reageren – met geweld – toen Emilia zich omdraaide en wegliep. Winst of verlies, ze had graag het laatste woord.

30

10.28 uur

Het was verbijsterend waar mensen toe bereid waren.

Matthew Pritchard was, na een avond flink zuipen, laat opgestaan. Hij was derdejaars psychologiestudent aan de universiteit van Southampton en gisteravond was het eerstejaarsfeest van de faculteit geweest. Meestal hadden de ouderejaars – die in de ogen van jonge vrouwen die voor het eerst ver van huis waren verfijnd en intelligent waren – het dan voor het kiezen. Veel vrienden van hem waren niet in hun eentje naar huis gegaan, maar om onbegrijpelijke redenen was hem dat niet gelukt. Daarom was hij aan de whisky gegaan, had zijn verdriet weggedronken en was hij uitgedroogd, sloom en chagrijnig wakker geworden. Drie koppen venkelthee en een lange douche hadden wel geholpen, maar hij voelde zich nog steeds brak. Daarom zat hij nu bij het raam op de eerste verdieping te kijken hoe de wereld aan hem voorbijtrok.

Daar genoot hij van. Allerlei mensen liepen over straat: moeders, bejaarden, studenten, oplichters, agenten, zelfs zo nu en dan een junk of prostituee die na een lange nacht naar huis slenterde. Je kon veel opmaken uit iemands uiterlijk en manier van lopen en Matthew verzon verhalen bij ze, beeldde zich in hoe hun leven eruitzag. Hij stelde zich hun leven voor, hun familie, waar ze naartoe gingen, wat hun doel was. Soms verrasten mensen hem door werkelijk iets interessants te doen – kotsen, gieren van het lachen, zelfs een tas jatten – maar de twee naar wie hij nu keek, spanden de kroon.

Hij had ze al gezien toen ze nog vijftig meter verderop liepen. Er viel iets aan ze op. Misschien waren het de lange jassen die ze droegen, of haar merkwaardige combinatie van een pilotenzonnebril met spiegelglazen en de roze honkbalpet. Ze zagen eruit alsof ze een kostuum droegen dat niet bij de gelegenheid paste.

Ze voorspelden in elk geval niet veel goeds, zoals ze haastig over straat liepen en zo nu en dan een blik over hun schouder wierpen. Op een gegeven moment had Matthew het idee dat ze hem recht aankeken en hij had zich even teruggetrokken, maar ze waren onverstoorbaar verdergelopen, dus misschien had hij het zich ingebeeld. Hij had verwacht dat ze zo langs zijn flat zouden lopen, maar tot zijn verbazing waren ze opeens gestopt. Na een snelle blik om zich heen hadden ze in een kleine Fiat ingebroken die voor het gebouw stond. Hondsbrutaal. Toen hij het slot niet open kreeg, pakte de stevige man de bovenrand van het passagiersportier vast en begon eraan te trekken. Dat gaf vrij snel mee en zo kon de man zijn hand naar binnen steken en het portier van binnenuit openmaken. Het zou een stuk moeilijker zijn geweest als de auto een alarm had gehad, maar de auto's in deze buurt waren allemaal van studenten.

Het ging allemaal zo snel dat Matthew nu pas aan zijn telefoon dacht. Snel pakte hij het ding, opende de camera-app, zette hem op VIDEO en drukte op OPNEMEN. Het stel bevond zich in zijn zoeker en hij keek hoe ze het portier opentrokken. Ze stopten even om elkaar te zoenen en stapten toen in. De man begon direct met het blootleggen van de bedrading om op die manier de oude auto te starten.

Binnen twee minuten waren ze verdwenen. Geschokt en bewonderend stopte Matthew de opname. Hij was vaker getuige geweest van criminele activiteiten in deze buurt, maar weinig die met zo veel geoefend gemak waren gepleegd. Deze dieven waren beslist geen amateurs en waarschijnlijk wisten ze precies in welke straten ze moesten zijn. Het bevestigde maar weer eens wat hij al heel lang dacht: in dit deel van de stad was niemand te vertrouwen.

31

10.31 uur

'Vertel me precies hoe het ging.'

Melissa Hill omklemde een beker thee terwijl ze samen met Helen achter in de ambulance zat. Melissa's baby werd verzorgd door een ambulancemedewerker die het meisje op haar knie op en neer wipte. Zo te zien was ze haar doodsangst vergeten en ze kirde en glimlachte naar haar speelkameraad, iets wat Helen ontroerde en verraste.

'Ik... ik wilde snel even naar binnen om wat spullen voor Isla te halen. Flesvoeding, luiers en zo...' begon Melissa haperend. 'Ik had nog niet eens iets gepakt, ik was net binnen toen de eigenaar langsliep. Hij zag me helemaal niet, hij wilde met de twee mensen praten die met de zonnebrillen aan het klooien waren.'

'Beschrijf ze voor me.'

Melissa deed haar ogen even dicht en er ging een rilling door haar lichaam.

Helen kon zien dat ze in gedachten weer in de winkel was en legde troostend een hand op haar arm. 'Doe maar rustig aan...'

Melissa slaakte een zucht, lang en langzaam. 'Een man en een vrouw. Hij is lang, een meter tachtig, misschien wel langer. Zij is kleiner, een meter zestig, zoiets...'

'Blank, zwart, Aziatisch...?'

'Allebei blank. Hij heeft kort bruin haar, zij heeft blond haar tot op de schouders.'

Helen knikte en keek snel naar Charlie. Nu schoten ze tenminste op.

'Hoe oud zijn ze?'

'Hij iets van begin twintig, denk ik, zij achttien, negentien.'

'En wat droegen ze?'

'Ze droegen allebei een lange overjas tot op de knieën, kakikleurig. Hij had niets op z'n hoofd, zij een roze honkbalpet en een pilotenzonnebril. En hij had een mes… een soort jachtmes tegen zijn borst.'

Tranen prikten in Melissa's ogen toen de angst weer tot haar doordrong.

Helen streelde haar arm en troostte haar zo goed mogelijk. 'Je doet het heel goed, Melissa.'

Melissa glimlachte dankbaar en probeerde zich te vermannen.

'Waren ze allebei gewapend?'

Melissa knikte.

'Met jachtgeweren?'

'Ja, maar ze waren afgezaagd.'

'Hebben ze jou en Isla bedreigd?'

Melissa knikte weer en pakte Helens hand iets steviger vast. 'Ze… hij wilde me vermoorden. Hij grapte… hij grapte over wie hij als eerste zou neerschieten, mij of Isla…' ging ze met trillende stem verder.

'Waarom heeft hij dat niet gedaan, denk je? Werd hij gestoord? Schrok hij van ons?'

Melissa schudde hevig haar hoofd. 'Ik kon horen dat jullie probeerden binnen te komen, zíj konden het ook horen, maar het deed hem niks, leek het wel. Hij zou ons hebben vermoord, maar zij hield hem tegen.'

Helen knikte. ‘Hoe deed ze dat?’

‘Ze pakte hem bij de arm en zei dat hij het moest laten zitten.’

‘Wat waren haar exacte woorden, Melissa?’

Melissa sloot haar ogen nogmaals en keerde onwillig terug naar haar trauma. ‘Ze legde haar hand op zijn arm en zei: “Kom op, J, ze is het niet waard.”’

Toen stortte Melissa in.

32

10.35 uur

Samen met Charlie liet Helen de ambulance haastig achter zich. Melissa had hun verteld wat ze kon en dus had Helen ervoor gezorgd dat ze verenigd werd met haar man en onder politiebescherming naar huis kon. Ze zouden haar natuurlijk nogmaals willen spreken – voor een officiële verklaring – maar vooralsnog had ze meer dan genoeg voor hen gedaan.

Toen ze het einde van het winkelgebied hadden bereikt, sloegen ze rechts af en kort daarna nog een keer, zodat ze bij de achterkant van de apotheek uitkwamen. De winkel grensde aan een rustige straat met verlopen victoriaanse huizen en goedkope auto's. Helen vermoedde dat het hier normaal gesproken doodstil was, maar vandaag liepen er agenten in uniform die overal aanklopten en voorbijgangers aanspraken.

Sanderson stond midden op straat het gebeuren te coördineren. Helen treuzelde niet en liep met grote stappen naar haar toe. 'Wat weet je?' vroeg ze.

'De bejaarde mevrouw van nummer tweeëntwintig heeft een half uur geleden een man langs zien rennen, maar ze zweert dat hij alleen was. Mogelijk zijn ze ieder een kant op gegaan.'

'Kon ze beschrijven wat hij droeg?'

'Een T-shirt en een spijkerbroek, zei ze.'

'Had hij nog iets in zijn handen?'

'Ze dacht van niet.'

'Lijkt me een dood spoor. De twee die wij zoeken hebben wapens, dragen lange jassen en hebben spullen bij zich die ze uit de apotheek hebben gestolen... Trouwens, ik denk niet dat ons stel vrijwillig uit elkaar gaat. Waarschijnlijk was het iemand die de schoten of de sirenes hoorde. Zijn er auto's gestolen?'

'Een studente op nummer vijf zag iemand in een donkere sedan op hoge snelheid wegrijden. Dat moet rond dat tijdstip zijn geweest, maar ze kon niet zeggen wie er achter het stuur zat...'

'Merk? Type?'

'Dat wist ze niet en ze heeft geen kenteken genoteerd.'

'En verder?'

'We zijn nog steeds bezig.'

'We hebben dus geen idee welke kant ze op zijn gegaan en of ze per auto of te voet zijn?'

'Nog niet. Maar met wat meer tijd...'

'We hebben geen tijd,' was Helens weerwoord. 'Dit stel heeft binnen een paar uur twee mensen vermoord en ik vermoed dat ze nog niet klaar zijn. Zorg dat ik concrete informatie krijg, iets waarmee ik wat kán...'

Met een knikje haastte Sanderson zich naar haar collega's in uniform.

Ziedend van frustratie door hun gebrek aan voortgang keek Helen haar na. Er waren twee moordenaars op vrije voeten in Southampton die straffeloos mensen doodden en niemand had ook maar íéts gezien. Hadden de daders geluk of waren ze sluw? De tijd zou het leren, maar vooralsnog leken ze in staat ongemerkt het leven van mensen binnen te glippen, ze te vermoorden en zonder een spoor te verdwijnen.

33

10.57 uur

De auto kwam rustig tot stilstand en hij zette de motor uit. Ze stonden uit het zicht in een steeg bij South Hants Hospital. Aan weerszijden stonden rijen garageboxen – garageboxen waar bijna nooit iemand kwam. Het was de perfecte plek voor hen om zich een uurtje of zo schuil te houden totdat de situatie weer een beetje rustig was.

Onderweg hadden ze de radio aan gehad. Nieuws was bekendgemaakt over een 'ernstig incident' in Portswood – geweldig, vond hij dat – en plaatselijke journalisten begonnen een verband te leggen met de eerdere wegafsluiting in de buurt van Ashurst. Er was nog weinig informatie, maar de angst en opwinding in de stemmen van de nieuwslezers was hoorbaar: er was iets groots gaande.

Hij zette de radio uit en stapte uit. Zijn metgezel deed hetzelfde en liep snel om de auto naar hem toe. Ze pakte hem bij zijn kraag en kuste hem stevig. Hij reageerde, zijn handen gleden naar haar billen, trokken haar naar zich toe, maar op hetzelfde moment hoorde hij iets.

Het was een diep, dof en hard geluid dat zich bleef herhalen. *Fapfapfap*. In eerste instantie was hij in de war – hij voelde een eerste prikkel van angst – en langzaam bracht hij zijn hoofd omhoog en volgde de richting van het geluid.

'Kijk eens, schatje...'

Zij had hem al gezien en hij zag hem nu ook. Er gleed een glimlach over zijn gezicht.

'Ze hebben een helikopter op ons af gestuurd...'

Helikopters waren geen ongewone aanblik in Southampton. Je had wat rijke stinkerds die zich naar de haven lieten vliegen, plus de onvermijdelijke verkeershelikopters. Maar die vlogen snel en op vaste routes. Deze nam de tijd, cirkelde boven de stad, zoekende, zoekende, zoekende...

Het geluid werd harder, dus deed hij intuïtief een stap naar achteren en trok haar met zich mee. Ze verstopten zich onder een afdakje en bleven doodstil staan, terwijl ze met hun ogen de trage, afgemeten gang van de helikopter volgden die boven hen leek te hangen, cirkelde en uiteindelijk naar het westen vloog en de ziekenhuisomgeving achter zich liet. Ze bewogen zich pas weer toen het ritmische gedreun een geluid in de verte was geworden.

Ze giechelde en hij deed hetzelfde. Het was bizar dat er een helikopter was opgestegen om hen te zoeken – het was meer dan waar ze op gehoopt hadden – en het was spannend om te bedenken dat ze nu het onderwerp van een klopjacht waren. Had de politie een signalement van hen verspreid? Wat wisten ze? In eerste instantie had hij er spijt van gehad dat hij een getuige had laten leven, maar het verhoogde wel de inzet. Zouden ze hen te pakken krijgen, nu ze iets hadden om mee te spelen? Of zouden de voortvluchtigen door hun vingers blijven glippen?

Hij voelde zich opeens oppermachtig, zelfverzekerd. Alsof ze onaantastbaar waren. In staat om te doen wat ze maar wilden, wannéér ze maar wilden. Hij draaide naar haar toe en nam haar in zijn armen. Zij voelde het ook. Misschien waren het de pillen. Misschien was het de adrenaline. Allebei voelden ze zich opgewonden en vrij.

Ze kuste hem opnieuw en deze keer hield hij zich niet in. Hun tongen vonden elkaar, hij liet zijn handen over haar rug glijden en voelde zijn opwinding groeien. Hij duwde haar op de motorkap, trok haar jas uit, opende de knoopjes van haar bloes en duwde zijn handen naar binnen. Zij reageerde, knabbelde aan zijn oor. Ze hunkerde net zo naar hem als hij naar haar, wellustig. Nu nam zij de leiding; in een vloeiende beweging schoof ze haar broek en slipje omlaag, waarna ze haar minnaar op zich trok.

34

11.01 uur

De trillingen leken door haar lijf te gaan toen de helikopter over haar hoofd vloog. Anna Sansom zat in haar auto vast in het verkeer, ze kon geen kant op en voelde de helikopter voordat ze hem zag. Hij vloog heel laag, de rotors klapten een nijdig ritme en de hele auto leek te trillen toen hij overvloog. Ze was al zenuwachtig en de helikopter maakte de spanning alleen maar erger.

Ze probeerde nu al bijna een uur Alan te pakken te krijgen, maar ze kreeg steeds zijn voicemail. Dat was niets voor hem, zijn telefoon was altijd opgeladen en lag altijd naast hem voor het geval een leverancier of klant hem belde. Ze hoopte maar dat hij gewoon geen bereik had, maar ze betwijfelde het. Haar buurvrouw was langs geweest en had verteld dat er een 'incident' in het winkelgebied was geweest en had gevraagd of alles goed was met Alan. Anna luisterde niet vaak naar de radio en had geen idee waar Joan het over had. Haar buurvrouw overdreef vaak, creëerde toestanden die er niet waren en Anna was ervan overtuigd geweest dat een telefoontje met haar man alles zou ophelderen. Maar meer dan tien pogingen later was ze nog steeds niets wijzer geworden. Lagen de mobiele netwerken plat, net als tijdens de terroristische aanslagen in Londen van juli 2005? Ze huiverde bij de gedachte. Zoiets was er toch zeker niet aan de hand?

Maar de aanwezigheid van een politiehelikopter stelde haar niet gerust. Hij leek in steeds grotere banen boven het centrum van Portswood te cirkelen, waarna hij weer terugvloog. Ze had een hekel aan vliegen, maar zou willen dat ze in die helikopter zat in plaats van op deze plek waar ze geen kant op kon. Dan wist ze in elk geval wat er aan de hand was. Ze had aan de knop van de radio zitten draaien, Alans jazz-zender verruilt voor het nieuws. Het scheen dat er in een winkel in Portswood schoten waren gevallen en dat er slachtoffers waren, maar de politie had geen persconferentie gehouden en had geen tastbare informatie vrijgegeven. De rest was gissen.

Misschien bood Alan hulp, zorgde hij voor de gewonden, zo was hij wel. Hij was ervoor in de wieg gelegd – maar had ook verstand van zaken – en zou zijn opleiding vast en zeker willen gebruiken. Ja, dat was het waarschijnlijk. Ze hoopte maar dat hij er niet te veel van slag door was – hij was veel gevoeliger dan hij liet merken.

Anna zat met haar blik aan de helikopter gekluisterd en schrok op toen de telefoon ging. Razendsnel nam ze op, maar hoorde tot haar verrassing een vrouwenstem aan de andere kant van de lijn.

'Mevrouw Sansom?'

'Met wie spreek ik?'

'Mijn naam is Emilia Garanita. Ik ben...'

'Wat het ook is, het zal moeten wachten. Ik wil de lijn vrijhouden voor het geval mijn man belt.'

Meestal had dat het gewenste effect, maar de vrouw aan de andere kant van de lijn liet zich niet afschrikken.

'Ik neem aan dat u over het incident in Portswood hebt gehoord?'

'Ja, en?' zei Anna gejaagd, omdat ze van deze vrouw af wilde.

'Moet u horen, mevrouw Sansom, ik ben journaliste bij de

News en het is mijn plicht om de informatie die ik heb door te geven.'

Opeens ging er een rilling door Anna heen. 'Waar heb je het over? Ik zeg toch net dat ik zit te wachten op...'

'Ik vind het heel erg dat ik u dit moet zeggen, maar uw man was betrokken bij het incident vanmorgen... Bij de schietpartij bedoel ik.'

'Ik wil niet met je praten.'

'Ik vraag u niet om commentaar,' ging de stem aan de andere kant van de lijn weinig overtuigend verder, 'maar ik vond dat u het moest weten. De politie neemt nooit snel contact op met de nabestaanden...'

'Het is niet waar.'

'Echt, ik zou willen dat het niet zo was, maar...'

Anna hing op. Even later ging haar telefoon opnieuw, maar ze negeerde hem. NUMMER ONBEKEND. Wat waren dat voor mensen die je uit het niets opbelden, van alles suggereerden?

Anna omklemde het stuur en staarde voor zich uit. Het verkeer kwam weer in beweging en agenten in uniform leidden de voertuigen weg van Portswood. Weg van wat? Akelige beelden schoten door Anna's gedachten, maar ze duwde ze weg. Er was niets met Alan aan de hand. Anders zou ze het heus wel weten. Op de een of andere manier zou ze het weten.

Toch?

35

11.15 uur

Snel liepen ze door de gang naar de recherchekamer. Charlie had zich afgevraagd hoe ze er het beste over kon beginnen – óf ze erover moest beginnen – maar had geen idee hoe ze het subtiel of slim moest aanpakken. Toch had ze het idee dat ze íéts moest zeggen, dus toen ze de recherchekamer naderden, vatte ze moed. 'Kan ik, voordat we met de briefing beginnen, nog even met je praten over brigadier Sanderson?' vroeg ze op rustige toon.

'Wat is er met haar?' vroeg Helen, zonder haar tempo te vertragen.

'Ik denk dat ze zich een beetje kwetsbaar voelt, een beetje geisoleerd…'

'Van wie?'

'Van jou,' antwoordde Charlie snel, omdat ze het gezegd wilde hebben voordat ze naar binnen gingen.

'En waarom zou ze zich zo voelen?' vroeg Helen kort. Eindelijk liep ze wat langzamer en ze keek Charlie aan.

'Door alles wat er is gebeurd, het Robert Stonehill-onderzoek, haar aandeel in jouw arresta…'

'Daar hebben we het al over gehad. Ik heb met haar gepraat…'

'Maar je hebt het haar niet vergeven,' onderbrak Charlie haar, verrast door haar eigen botheid.

Helen zei niets en staarde haar aan. Charlie wist dat haar baas niet graag aan haar arrestatie en tijd in de gevangenis werd herinnerd – het was begrijpelijk dat ze verder wilde met haar leven, een nieuw hoofdstuk wilde beginnen – maar Charlie had het gevoel dat Helen Sanderson strafte.

'Ik begrijp dat het moeilijk voor je is om haar weer te vertrouwen – dat snap ik echt – maar ze is een goede politievrouw en ze is het afgelopen jaar een goede vriendin voor me geweest,' ging Charlie verder.

'Begin je er daarom over?'

'Nee, natuurlijk niet. Ik denk alleen dat we haar meer kunnen inzetten...'

'En is dat jouw beslissing? Hoe ik mijn team inzet?'

'Praat met haar. Als er een probleem tussen jullie bestaat, dan moet je dat uitpraten. Omwille van iedereen.' Charlie had gehoopt het te brengen als een proces dat voor iedereen goed zou zijn. En het was waar: ze deed het voor Sanderson, maar ook voor Helen. Ze wilde niet dat haar oude vriendin en bondgenoot verbitterd raakte, blijvend beschadigd zou zijn door haar traumatische ervaringen.

'Moet je horen, Charlie,' zei Helen behoedzaam, terwijl ze met haar emoties worstelde, 'ik weet dat je wilt helpen, maar dit is niet het moment of de plek. Misschien zit er een kern van waarheid in je woorden, misschien steun ik te veel op jou, maar we zitten midden in een gróót onderzoek...'

'En dus hebben we onze beste mensen nodig.'

'Ik besluit wie ik inzet en wie...'

'Sluit haar niet buiten, Helen. Meer zeg ik nie...'

'Er is vanmorgen een vrouw in mijn armen overleden,' onderbrak Helen haar bot, en ze verhief haar stem. 'Ik wilde haar redden, maar kon niets doen. Ik moest toekijken hoe ze voor mijn ogen overleed...'

Charlie staarde Helen aan, tot zwijgen gebracht door deze plotselinge uitbarsting.

'Mijn eerste verantwoordelijkheid – mijn énige verantwoordelijkheid – is het oppakken van de dader. Tot die tijd moeten alle... personeelskwesties wachten. Is dat duidelijk?'

Overdonderd door Helens harde toon, zweeg Charlie.

'Is dat duidelijk?' herhaalde ze, iets luider.

Helen staarde haar aan met een blik die zei dat ze het niet moest wagen om tegen haar in te gaan. Charlie knikte zwijgend.

'Dan gaan we aan de slag,' concludeerde Helen. Ze deed de deur naar de recherchekamer open en liep met grote passen naar binnen.

Boos en geïrriteerd keek Charlie toe en liep haar vervolgens achterna.

36

11.21 uur

'Onze eerste taak is het achterhalen wie J is.'

Het was drukker in de recherchekamer dan anders omdat alle verloven waren ingetrokken. Charlie ging naast rechercheurs Edwards en Reid vooraan in de groep staan en liet haar ogen langs de gezichten van de rechercheurs glijden, terwijl Helen de briefing begon. Er hing de laatste tijd een rare sfeer binnen het team Zware Misdrijven, maar vandaag was iedereen alert.

'Hoe staat het met de lijst voorwaardelijk veroordeelden van Sonia Smalling?'

'Nou, er zijn vierendertig mannen of jongens met een naam die begint met een J,' antwoordde rechercheur Reid, en ze zette de lijst op het grote scherm.

'Dat zijn er te veel,' zei Helen. 'Laten we die terugbrengen tot mannen van begin twintig die het afgelopen anderhalf jaar contact met haar hebben gehad.'

Reid typte wat en de lijst slonk snel. 'Dan houden we acht namen over.'

'Selecteer nu degenen met een drugsverleden.'

'Oké,' antwoordde Reid, en ze typte weer iets.

'En zet mensen die zijn beschuldigd of veroordeeld voor mishandeling, gewelddadige beroving of wapenbezit boven aan de lijst.'

'Drie namen,' concludeerde Reid. 'John MacDonald, Jason Swift en James Bennett.'

'Dank je.' Helen wendde zich tot McAndrew. 'Rechercheur McAndrew, ik wil dat jij hun foto's aan Melissa Hill laat zien. Vraag of ze een van deze mannen herkent.'

'Doe ik meteen,' zei McAndrew, en ze pakte haar spullen.

'De anderen gaan deze drie verdachten onderzoeken,' ging Helen verder, en ze richtte zich tot de rest van de groep. 'Hun medische achtergrond, strafblad, familie, bekende verblijfplaatsen en natuurlijk eventuele connecties met Sonia Smalling of Alan Sansom. Duik in hun levens en kijk of we deze plotselinge explosie van geweld kunnen verklaren.'

Het was nu stil in de ruimte. De aanwezige medewerkers konden merken dat Helen nog niet klaar was.

'Er moeten tekenen zijn geweest dat dit zou gebeuren. Het roofelement lijkt een middel om een doel te bereiken: een auto stelen om naar Portswood te gaan, amfetaminen om door te kunnen blijven gaan. De moorden zijn een heel andere kwestie. Onze daders zijn bóós, op hun families, hun werkgevers, de gemeenschap waarin ze leven, omdat ze zich gekleineerd voelen of omdat ze vinden dat hun onrecht is aangedaan...'

'Betekent dat dat ze niet zullen stoppen?' vroeg rechercheur Edwards.

'Waarschijnlijk niet,' antwoordde Helen. 'Ze zijn op dreef, ze zijn te ver gegaan om zich nu terug te trekken en ze zullen vermoedelijk doorgaan tot ze gearresteerd of gedood worden of hun munitie opraakt. Ze hebben wapens en financiële middelen, dus het is essentieel dat we ze zo snel mogelijk vinden en uitschakelen.'

Er daalde een sombere sfeer in de kamer neer en Helen ging snel verder. 'Als je hun medische achtergrond onderzoekt, kijk dan naar een verleden van zelfverwonding en zelfmoordpogingen. Mogelijk zijn we op zoek naar twee *spree killers*: mensen die in een zo kort mogelijke tijd een zo groot mogelijk bloedbad willen aanrichten. Als dat het geval is, is hun wereld vermoedelijk, om wat voor reden dan ook, onlangs ingestort. Dan zijn ze mogelijk depressief, gebruiken medicijnen en hebben in het verleden waarschijnlijk geprobeerd zichzelf van het leven te beroven. Hun poging tot zelfmoord is omgeslagen in moord. Er zal medisch bewijs zijn dat ons die kant op wijst. Als er een naam bovenkomt, duik dan in het recente verleden van die persoon. Ga naar de familie, praat met buren en vrienden. Negen van de tien keer is er iets gebeurd wat de aanleiding is geweest – een misdrijf, een ruzie of overlijden binnen de familie – iets wat betekent dat er geen weg meer terug is. Zoek uit wat die aanleiding is. Zoek uit op wie ze boos zijn, zodat we misschien…'

'… kunnen ontdekken waar hun volgende aanval zal zijn,' vulde rechercheur Osbourne aan.

'Precies. We hebben natuurlijk mensen op straat, maar het is aan ons om hun activiteiten te voorspellen en te proberen ze een stap voor te zijn. In dat geval hebben we een redelijke kans om ze zonder verdere incidenten te arresteren. Mogelijk hebben ze moedwillig eigendommen kapotgemaakt van mensen of instellingen die ze verafschuwen – in aanloop naar iets groters – dus pluis hun strafblad uit. Over het algemeen zijn dit soort moordenaars afkerig van elke vorm van autoriteit. Op wie hebben ze het gemunt en waarom? Komen ze terug om de klus af te maken?'

'Maar stel dat het willekeur is? Stel dat ze geen echt plan hebben?' vroeg Edwards met een bezorgde blik.

'Dan wordt onze taak een stuk zwaarder. Maar als ze willekeurig mensen vermoorden, waarom verplaatsen ze zich dan? In zulke gevallen zijn de moorden meestal geconcentreerd – in een gebouw, een dorp – maar deze daders verplaatsen zich naar andere delen van de stad en ze zijn heel voorzichtig. De technische recherche heeft niet één vingerafdruk en geen DNA in de Audi gevonden. Ze dragen dus handschoenen en hebben ervoor gezorgd dat ze geen haren zouden verliezen. Ik denk dat ze een plan hebben dat ze willen afmaken.'

'Weten we zeker dat Sonia Smalling een belangrijke link is? Dat de moordenaars in verband staan met haar?' Rechercheur Osbourne liet nogmaals dapper van zich horen.

'Nee, maar heb jij een beter idee?' antwoordde Helen.

Hier en daar werd gegrimast.

'De eerste moord was misschien willekeur, maar ze lagen op de loer, lokten haar in een hinderlaag en mijn gevoel zegt me dat het geen toeval was. Op het eerste gezicht zijn er veel verschillen tussen de slachtoffers: Sonia was getrouwd en had een gezin, Sansom had geen kinderen en woonde in de buurt van het centrum. Hun privélevens vertonen geen overeenkomsten, ze delen geen hobby's, hij is geboren in het Verenigd Koninkrijk, zij niet, maar... ik denk dat hun moorden met elkaar in verband staan. Dus ga aan de slag en vind dat verband.'

Helen had genoeg gezegd en het team ging aan het werk. Charlie regelde het verder: ze verdeelde de rechercheurs in drie groepen en delegeerde de taken en hun inspanningen zo goed mogelijk. Helen liep ondertussen naar haar kamer en piekerde over de gebeurtenissen van die ochtend. Vanuit haar ooghoek zag ze rechercheur Reid snel dichterbij komen. Aan haar manier van lopen kon ze zien dat ze nieuws had.

'Dit is net binnen,' zei ze ademloos, en ze hield een iPad op. 'Een student uit Portswood had het nieuws op de radio gehoord en stuurde dit.'

Helen pakte de iPad en staarde naar het beeld op het scherm:

twee figuren, een lange man en een jonge vrouw, die een oude Fiat stalen. Ze droegen lange, kakikleurige jassen. Helens ogen werden naar de jonge vrouw getrokken met haar blonde haar, roze pet en pilotenzonnebril.

Eindelijk hadden ze een afbeelding van hun mysterieuze moordenaars.

37

11.59 uur

'Dit zijn de twee die we zoeken.'

Helens stem klonk luid en helder door de overvolle persruimte. Het beeld van de twee figuren vulde het scherm boven Helens hoofd.

'Hij is ten minste een meter tachtig met rossig, bruin haar. Zij is een meter vijfenvijftig tot een meter zestig en heeft blond haar tot op de schouders. Allebei dragen ze een kakikleurige overjas tot op de knie. Ze zijn rond half elf vanmorgen voor het laatst gesignaleerd aan Alma Road in Portswood. We vermoeden dat ze in het bezit zijn van een voertuig – een bruine Fiat Punto, kenteken LB05THX. We verzoeken iedereen die deze auto of deze personen heeft gezien onmiddellijk contact op te nemen met de politie. Ik wil met klem zeggen dat deze personen niet benaderd moeten worden.'

'Brengt u deze twee in verband met het incident in Ashurst en de schietpartij in Portswood?' riep een plaatselijke journalist.

'Ja.'

'Om hoeveel slachtoffers gaat het?'

'Ik treed niet in detail.'

'Zijn er doden?'

'Zoals ik net zei, treed ik niet in...'

'Zijn dit terreurdaden? Van IS of Daesh of hoe ze tegenwoordig ook heten?'

Er werd wat gegrinnikt en Helen wist weer waarom ze een hekel aan dit soort gelegenheden had. Meestal wist ze onder persconferenties uit te komen, maar ze had nu geen baas die het kon afhandelen en trouwens: dit was te belangrijk om aan een ander over te laten. 'Nee, dat is vooralsnog geen richting in het onderzoek.'

'Wat dan? Twee gestoorde kinderen? Een soort vendetta?'

'Ik zou ze geen kinderen noemen,' antwoordde Helen rustig. 'De mannelijke verdachte is begin twintig, zij achttien, negentien. Het zijn jongvolwassenen die om onbekende redenen...'

'Wat weet u wél zeker?' was de botte reactie van de plaatselijke journalist van de BBC.

'We onderzoeken verschillende sporen in het onderzoek, maar onze waardevolste informatiebron zijn de oren en ogen van de inwoners van de stad.'

'U wilt dat de inwoners van Southampton uw werk doen?'

'Nee, ik wil dat ze ons helpen...'

'Hebt u enig idee waar de verdachten zijn?'

'Ze zijn voor het laatst in Portswood gesignaleerd...'

'Waar zijn ze nú?' drong een journalist van *The Times* aan.

'Dat weten we niet, maar tientallen agenten kammen op dit moment de stad uit, om nog maar te zwijgen van de verschillende mobiele gewapende eenheden...'

'Dus waar het op neerkomt is dat er twee schutters vrij rondlopen,' viel een andere journalist zijn collega bij, 'en u hebt geen idee wanneer ze opnieuw zullen toeslaan?'

'Het is een situatie in ontwikkeling.'

'Wat doet u concreet om de mensen van Southampton te beschermen?'

‘Moet er een avondklok komen? Moet het leger ingezet worden?’

‘Dat zou naar mijn mening voorbarig zijn,’ antwoordde Helen met klem, en ze verhief haar stem om boven het geroezemoes uit te komen. ‘Alle verloven voor het korps zijn ingetrokken. Er staan vierentwintig getrainde en gewapende agenten klaar om ingezet te worden, bovendien hebben we steun van de politiehelikopter en van onze collega’s van de verkeerspolitie van Hampshire. We doen alles wat we kunnen en zullen niet rusten voordat de daders zijn gearresteerd. Máár ons beste wapen is de waakzaamheid van de burgers. Daarom vraag ik jullie om deze belangrijke foto te verspreiden en de bevolking bewust te maken van deze misdrijven.’ Helen zag dat een van de journalisten iets wilde roepen en was hem voor: ‘Daar wil ik het voorlopig bij laten. Zoals jullie je kunnen voorstellen ben ik in de recherchekamer nodig.’

Dat weerhield hen er natuurlijk niet van vragen te stellen – ze werden nu achter elkaar op Helen afgevuurd. Maar ze bleef niet wachten, kwam overeind en liep naar de deur. Ze had geen zin in belerende opmerkingen en wilde niet te schande worden gezet; ze had al genoeg op haar bord zonder publiekelijk aan de schandpaal genageld te worden. Terwijl ze zich een weg door de menigte baande, nam haar boosheid toe; naar haar bazen omdat die deze mediaverplichtingen aan haar overlieten en naar de journalisten die liever met hun vingertje naar haar wezen dan dat ze het nieuws versloegen. Hun paniekerige toon, hun verontwaardiging, hun agressieve beschuldigingen… het was allemaal zo deprimerend vertrouwd en voorspelbaar. Het enige verrassende aspect aan deze publiekelijke lynchpartij was de afwezigheid van een hardnekkige, oude criticaster.

Emilia Garanita.

38

12.04 uur

Haar telefoon zoemde indringend, maar Emilia negeerde hem. Gardener had al drie keer gebeld, maar ze had de telefoontjes direct op de voicemail over laten gaan. Hij wilde haar ongetwijfeld op haar donder geven omdat ze de redactie had verlaten, of ondervragen over haar activiteiten. Hoe dan ook, Emilia had besloten hem nog een tijdje in zijn eigen sop te laten gaarkoken. Ze hield wel van een beetje sensatie en wilde hem helemaal gek maken voordat ze hem met haar bescheiden primeur voorgoed het zwijgen op zou leggen.

Haar vervanger op de misdaadredactie was een slappe zak. Simmons zat waarschijnlijk braaf aantekeningen te maken bij de politiebriefing, terwijl zij al veel verder was. Ze kende het aantal slachtoffers, had een (weliswaar kort) ooggetuigenverslag van de enige overlevende, inclusief dramatische foto's van de jonge moeder en haar baby die haastig in veiligheid werden gebracht door gewapende agenten. In het tijdperk waarin nieuws vierentwintig uur per dag, zeven dagen per week werd gebracht en waarin iedereen met een camera op zijn telefoon journalist was, was exclusiviteit essentieel. En niemand anders had beelden van de dramatische redding van Melissa Hill.

Zouden ze vanavond op de voorpagina van de *Southampton*

Evening News staan? Emilia was er nog niet over uit. Haar gevoel zei haar dat ze contact moest zoeken met de landelijke pers, omdat dit verhaal groot nieuws zou worden. Maar ze had zich eerder gebrand aan de Londense kranten en haar reputatie was nog altijd niet smetteloos na haar blunder met Helen Grace. Misschien kon ze het beter lokaal houden en het tot de laatste cent uitmelken. Maar zou Gardener meewerken? Hij wilde niets van haar weten – ze had zo'n vermoeden dat hij sowieso geen belangstelling voor vrouwen had en hij stond erom bekend dat hij koppig en strijdlustig was. Zou hij ooit háár een promotie geven in plaats van Simmons, of zelfs haar vervanger ontslaan, aangezien hij daarmee zou laten blijken dat zijn besluitvorming ontegenzeglijk bedenkelijk was geweest? Zou hij ooit toegeven dat hij het mís had?

Maar ze liep op de feiten vooruit. Eerst moest ze haar artikel schrijven. Ze zat weggedoken in een café met uitzicht over het winkelgebied van Portswood. Vanuit haar verhoogde plek kon ze Meredith Walker en de technische recherche in en rond de apotheek hard aan het werk zien – ze had zelfs een paar foto's van ze genomen om haar artikel meer kleur te geven. Ze sloeg haar laptop open en terwijl ze wachtte tot hij was opgestart, werkte ze in gedachten de eerste paragrafen uit. Tot haar verrassing verscheen haar oude artikel in beeld en ze besefte te laat dat ze was vergeten de computer uit te zetten voordat ze de redactie had verlaten. Ze vloekte om haar eigen stommiteit; de laptop was nu bijna leeg en er was geen stopcontact in de buurt. Boos wilde ze het artikel van het scherm halen toen ze stopte.

Haar half afgemaakte artikel was een klassiek stuk van burgerlijk gezever over een recente graffitigolf in Southampton. Het was niet bepaald bijzonder of vernieuwend, maar het zou plaatselijke vaders en moeders vast verontwaardigen. Emilia keek nu met een nieuwe blik naar het artikel, want naast haar kopij stonden een paar foto's van de betreffende graffiti. Haar oog viel op een opvallende afbeelding van een verlopen kantoorgebouw waarop een slang stond die zijn eigen achterkant verslond.

Precies diezelfde afbeelding had ze namelijk zojuist op de achterkant van Sansoms apotheek zien staan.

39

12.37 uur

'Ik laat je vijf gezichten zien. Bekijk ze goed en vertel me dan of je de man ziet die jou vanmorgen heeft bedreigd.'

Melissa Hill zat aan de keukentafel met haar baby op de arm. Haar man Gary was haastig naar huis gekomen en had meerdere keren aangegeven dat hij Isla wel even kon vasthouden, maar Melissa wilde er niets van weten en klampte zich aan het kind vast, zelfs toen rechercheur McAndrew over serieuze politiezaken begon.

Gary bleef in de buurt en keek zenuwachtig toe hoe McAndrew vijf politiefoto's uit een dunne map haalde en ze over tafel schoof. Toen ze de laatste had neergelegd, bracht ze haar hoofd omhoog en zag dat Melissa ingespannen naar haar baby keek.

'Je moet naar ze kijken, Melissa. Ik begrijp dat het moeilijk is, maar je bent nu veilig, er kan je niets gebeuren.'

Melissa sloeg haar ogen op, maar vermeed de foto's op tafel. McAndrew had het idee dat ze nog altijd in shocktoestand verkeerde. Ze zou moeten rusten, misschien zelfs een kalmerend middel moeten nemen, maar ze weigerde zich te ontspannen, bleef alert.

'Alsjeblieft, Melissa. Met een positieve identificatie hebben we de meeste kans om deze vent te pakken. Anders weten we niet waar we moeten zoeken. Als we eenmaal weten wie hij is, kunnen we zijn naam in de media bekendmaken, zijn foto verspreiden...'

'Oké, oké, je hoeft me niet zo op de huid te zitten,' onderbrak Melissa haar snel, en haar stem trilde.

Langzaam richtte ze haar blik op de politiefoto's. Terwijl ze naar de vijf gezichten keek, deed McAndrew hetzelfde. Van drie begon de naam met een J, de andere twee waren controlefoto's uit het systeem. Twee van de J's hadden tatoeages en zo te zien bestudeerde Melissa die nu. McAndrew bekeek haar goed, terwijl de ogen van de vrouw heen en weer flitsten.

Uiteindelijk slaakte ze een lange, hartgrondige zucht waarna ze haar arm uitstak en er een aanwees. 'Dat is hem.'

McAndrew knikte. 'Weet je het heel zeker?'

'Honderd procent.'

'Waarom weet je het zo zeker?'

'Vanwege die tatoeage in zijn hals. Ik weet nog... dat die bewoog toen hij tegen me praatte. Ik zou dat walgelijke ding overal herkennen.'

McAndrew bedankte Melissa uitgebreid en vertrok toen haastig, terwijl ze haar telefoon uit haar zak haalde.

Eindelijk hadden ze een naam.

40

12.48 uur

'Onze hoofdverdachte is Jason Swift.'

Direct na McAndrews telefoontje had Helen iedereen bijeengeroepen voor een nieuwe briefing. McAndrew was de enige afwezige – de anderen zaten hutjemutje op elkaar in de kleine ruimte en konden niet wachten op de nieuwe informatie. Helen bracht Swifts politiefoto in beeld – ongeschoren, lichtbruin haar met een opvallende tatoeage van een schedel rechts in zijn hals – met daarnaast zijn strafblad.

'Hij is vierentwintig. Veel officiële waarschuwingen wegens vandalisme, winkeldiefstal en ongeregeldheden, maar slechts één veroordeling: voor zware mishandeling met een wapen. Hij is wel verhoord in verband met een aantal incidenten waarbij etnische minderheden en buitenlanders werden bedreigd en aangevallen. Er hebben de laatste tijd behoorlijk wat haatmisdrijven in Southampton plaatsgevonden en Jason Swift lijkt telkens vooraan te staan. Hij is werkeloos, heeft contact met andere onruststokers en is ondervraagd in verband met drie aanvallen in het bijzonder: op een Aziatische winkelier, een jonge zwarte man en een Poolse ober...'

'Dan gaat dit dus om racisme, om háát?' vroeg rechercheur Edwards.

'Mogelijk. Sonia Smallings meisjesnaam is Wojcik. Ze is tien jaar geleden vanuit Polen hiernaartoe gekomen. Hoewel ze is getrouwd en hier een gezin heeft, is ze haar accent nooit kwijtgeraakt en was ze trots op haar afkomst. Alan Sansom is hier geboren en getogen nadat zijn ouders tijdens de Tweede Wereldoorlog vanuit Duitsland naar Engeland zijn gevlucht. Hij speelt een belangrijke rol binnen de Joodse gemeenschap in Southampton en is orthodox wat betreft zijn religieuze opvattingen. We weten allemaal dat het aantal aanvallen op synagogen sinds het referendum is toegenomen...'

'Omdat we natuurlijk allemaal weten dat zíj verantwoordelijk zijn voor de brexit...' spotte Edwards droogjes en hij schudde zijn hoofd.

'Organisaties als Britain First en de English Defence League gebruiken steeds hardere bewoordingen tegen moslims, joden en anderen,' ging Helen verder, 'met vrij voorspelbare gevolgen.'

'Waarom is hij dan niet aangeklaagd? Als hij in verband is gebracht met drie aanvallen...'

'Omdat de slachtoffers geen aanklacht tegen hem wilden indienen. Ze waren bang, wilden geen problemen...'

Het werd stil... Helens antwoord was voorspelbaar maar minstens zo deprimerend.

Helen merkte dat de sfeer in de kamer bedrukt werd, dus ging ze snel verder. 'Drie maanden geleden heeft Swift zijn maatschappelijk werkster bedreigd met een spijkerpistool. Hij woont bij zijn moeder, leeft van een uitkering en de maatschappelijk werker trof hem kennelijk op een slechte dag. Hij had er celstraf voor moeten krijgen, maar zijn advocaat wist er een taakstraf uit te slepen... zodoende kwam hij in contact met Sonia Smalling. Geheel volgens de verwachting kwam hij na de eerste paar dagen niet meer opdagen.'

'En... laat me raden... Niemand heeft actie ondernomen?' Edwards deed een duit in het zakje.

'Zo te zien niet. Hij staat ingeschreven op een adres in Woolston. Ik heb McAndrew daar met een gewapende eenheid naartoe gestuurd, al betwijfel ik of hij zo'n voorspelbare vluchtplaats zou kiezen. We hebben contact gezocht met zijn moeder, maar die neemt niet op.'

'Is zij mogelijk ook een slachtoffer? De áánleiding voor dit alles?' vroeg Osbourne.

Helen negeerde het onaangename gevoel in haar buik. 'Laten we hopen van niet. We blijven het proberen, maar tot nu toe niets. Ik heb de familierechercheur gevraagd Jason Swifts naam vrij te geven. Hopelijk hoort zijn moeder dat en neemt ze contact met ons op. Ik heb extra medewerkers geregeld voor de afdeling Communicatie. Hou er rekening mee dat we de komende uren heel wat aanwijzingen krijgen. Er zullen neptelefoontjes bij zijn, maar er kan iets bruikbaars tussen zitten, dus we moeten ze allemaal onderzoeken.'

Helen stond op en deelde kopieën van Swifts dossier uit. Alle rechercheurs sloegen ze open en lazen de inhoud met een gretige blik.

'Zijn er nog dingen waar we ons in het bijzonder op moeten richten?' vroeg rechercheur Bentham.

'We hebben alleen het adres van zijn moeder, dus onderzoek vrienden, familie, maar ook het meisje. Is ze zijn vriendin? Iemand die hij nog van school kent? Beschermt zij hem soms? Jason Swift heeft geen werk, krijgt maar een keer per week een uitkering, dus alle informatie is essentieel.' Helen zweeg even, voordat ze concludeerde: 'We moeten Jason Swift vinden.'

41

13.01 uur

Hij zat op de goedkope kunststof stoel met zijn ogen aan het beeldscherm in de hoek van de ruimte gekluisterd. De televisie stond op *Sky News*, dat de moorden in Southampton versloeg. Vroeger zou het scherm zijn gevuld met een verslaggever die details oplepelde, maar tegenwoordig wilden kijkers beeldmateriaal, geen mensen, en dus werd er een montage van beelden getoond – een rustige landweg, de kleinsteedse apotheek – terwijl onder in het scherm de hoofdpunten van het nieuws voorbijgleden. Hij zag beelden van een opgejaagde politie, betraande omstanders en daarna het belangrijkste: korrelige foto's van een lijkzak die de apotheek uit werd gereden in de richting van een wachtende ambulance.

Ze gaven hem nieuwe energie. Ze waren alles waar hij op had gehoopt. Hij genoot van de angst, het verdriet, de pure chaos. Iets als dit was nog nooit in Southampton gebeurd.

'Krijg de tering...'

Zijn metgezel keek nu op van haar burger en Jason hoorde haar zachtjes vloeken toen er een nieuwe foto voorbijkwam: een close-up van zijn politiefoto vulde het scherm waarop hij boosaardig naar de gasten in het armoedige café keek. Hij zag er afgetobd uit, een beetje gestoord... maar best cool. Jezus, hij was op het nieuws...

Terwijl Jason naar de tv staarde, dacht hij aan alles wat hem hier had gebracht: de honende opmerkingen, de beschuldigingen, het getreiter. Hij kon zich iedereen herinneren die ooit had gezegd dat het nooit iets met hem zou worden: de leraren, de kinderen, zijn eigen godvergeten moeder. Wat zouden ze nu denken? Nou ja, zijn moeder was er tenminste gewéést, dat kon hij van zijn vader niet zeggen. Wat zou die eikel denken? Wat zou hij zeggen als hij erachter kwam dat hij de vader van een duivel was? Opeens wenste hij dat hij al zijn treiteraars kon bezoeken, hun beledigingen door hun strot kon duwen, hun zíjn daden kon inwrijven. In een paar uur tijd had hij meer gedaan dan zij ooit zouden doen.

'We moeten hier weg, Jason.'

'Hou nou even je kop, oké?' antwoordde hij afwezig en geïrriteerd. 'Ik wil horen wat ze zeggen...'

'We moeten weg. We hadden hier niet moeten komen,' drong ze aan, terwijl ze plotseling opstond en haar burger liet liggen.

Hij draaide naar haar toe, klaar om tegen haar in te gaan, maar toen hij haar bezorgde blik zag, zweeg hij. Ze had gelijk. Al had hij nog zo veel lol, het was niet slim om hier rond te hangen. Dus kwam hij onwillig overeind en liep achter haar aan naar de deur. Nog even gunde hij zich een blik op het scherm. Hij zag hoe zijn eigen gezicht hem aanstaarde en moest een glimlach onderdrukken. Dit was absoluut de mooiste dag van zijn leven.

En hij was van plan er maximaal van te genieten.

42

13.16 uur

McAndrew stond in de kleine kamer en ademde de lucht van falen in.

Jason Swift woonde met zijn moeder in een driekamerflatje in Woolston. De woning lag op de bovenste verdieping van een flatgebouw dat alle tekenen van de recente bezuinigingen vertoonde. Dit was er over van de Britse soberheidsmaatregelen: bladderende verf, gebarsten ruiten en overal graffiti. Niemand hield zelfs meer de schijn op dat het pand werd onderhouden. Het enige lichtpuntje was dat de lift het deed en McAndrew niet acht trappen op hoefde.

De lift had natuurlijk verschrikkelijk gestonken en in de woning zelf was het niet veel beter. Niet dat het er een puinhoop was – de afwas was gedaan, op een wasrek lagen schone kleren te drogen – maar er hing een intense, doordringende lucht die moeilijk uit te leggen viel, maar erg onaangenaam was. Vuil van jaren? Een twijfelachtige riolering? Wat het ook was, het had een erg deprimerend effect op McAndrew en ze was blij dat zij boven haar eigen nederige komaf was uitgestegen.

Gewapende politiemensen hadden de deur ingetrapt, maar waren met lege handen naar buiten gekomen nadat ze de woning van boven tot onder hadden onderzocht. Zij stonden nu op de parkeerplaats hun boeltje te pakken en het was aan McAndrew om het bewijsmateriaal door te spitten. Ze was niet bang of bijgelovig aangelegd, maar zou willen dat haar collega's wat langer waren gebleven. Niet omdat ze het idee had dat ze in gevaar was, maar omdat de sfeer in huis haar zo aangreep. Ze kon voelen dat er binnen deze vier muren veel verdriet was geweest.

McAndrew vermande zich en hervatte haar onderzoek van de flat. Ze had de zitkamer en de keuken bekeken, maar weinig interessants gevonden, niets ongewoons, dus was ze naar de grotere van de twee slaapkamers gegaan. Ook hier was op het oog niets bijzonders te zien: een tweepersoonsbed met een oud versleten dekbed, een kast vol goedkope spijkerbroeken en fleecetruien, wat make-up, pijnstillers en een beduimeld bibliotheekboek. Het was vermoedelijk de kamer van de moeder en het viel McAndrew op hoe kaal hij was. Een blijk van een amper geleefd leven van een vrouw die de eindjes aan elkaar moest knopen.

Jasons kamer was belangrijker en dus liep McAndrew snel die kant op. De lucht van cannabis was er sterk, maar verder leek hij op de kamer van een willekeurige jongeman: vuile was op de grond, het bed onopgemaakt, een asbak vol peuken. Naast het bed stond een kleine boekenkast vol met oude en nieuwe boeken. McAndrew bekeek de titels en werd steeds depressiever toen ze de ruggen las. Boeken over blanke superioriteit, dikke pillen over bekende ontkenners van de Holocaust, evenals biografieën van Hitler en Anders Breivik, zelfs een van een voormalige SS'er over rassentheorieën en partnerselectie. Hiertussen lagen verschillende amateuristische pamfletten en boekjes waarin demonstraties en marsen stonden aangekondigd en in één geval een beschrijving over de dreiging van een militante islam.

McAndrew draaide de boekenkast de rug toe en liep naar een bureautje bij het raam. Daar lag een gehavende laptop en nadat ze een paar latex handschoenen had aangetrokken, klapte ze hem open. Tot haar verbazing was hij niet beveiligd met een wachtwoord en begon er zelfs een filmpje te spelen. Ze ging zitten en nam de beelden in zich op: het was een clip die op YouTube was gezet en steeds opnieuw werd afgespeeld. McAndrew herkende Swift direct. Hij stond tussen de bomen en had een jachtgeweer met afgezaagde dubbele loop in zijn hand dat hij tegen zijn schouder legde en een keer, twee keer afvuurde voordat hij ermee naar zijn ongeziene metgezel wees en de lopen recht op de lens richtte. McAndrew zette het geluid harder en hoorde een jonge vrouw protesteren en zeggen dat hij het geweer niet op haar moest richten.

Swift vond dit zo te zien grappig, maar wees vervolgens met het wapen een andere kant op, herlaadde snel en schoot op wat overvliegende vogels.

'Stelt geen reet voor,' zei Swift lachend, terwijl hij deed alsof hij achteroverviel door de terugslag, voordat hij zich weer tot de camera richtte. 'Reken maar dat er binnenkort iemand de pijp uit gaat...'

Zijn blikkerige stem vulde de kamer en McAndrew kreeg de rillingen. De video begon weer bij het begin, dus sloeg ze de laptop dicht, pakte een bewijszak en stopte hem erin. Toen ze hem had verzegeld, pakte ze haar telefoon om de technische recherche te laten komen, maar toch aarzelde ze even, getroffen door het tafereel voor zich. Dit was ooit de slaapkamer van een doodgewone jongen geweest, maar op de een of andere manier was hij verdorven geraakt.

Nu vormde hij een eerbetoon aan haat.

43

13.22 uur

'Joanne!'

Sanderson was de recherchekamer nog niet binnen of haar naam werd geroepen. Ze schrok. De afgelopen paar uur waren erg ontmoedigend geweest, ze was tevergeefs op zoek geweest naar getuigen in de omgeving van de apotheek. Het had haar welgeteld niets opgeleverd en al haar inspanningen waren vervolgens aan de kant geschoven door het filmpje van een student dat de politie details verschafte die zíj had moeten opgraven. Ze had de briefing gemist, liep achter de feiten aan en nu wilde Helen haar op haar kamer spreken. Sanderson liep door de ruimte als een veroordeelde vrouw – ze wilde dolgraag een bijdrage leveren, maar het lot was haar vandaag niet goed gestemd.

Zodra ze Helens kamer binnenliep, zag ze hem: haar verzoek tot overplaatsing geopend op Helens bureau.

'Wat moet dit verdomme voorstellen?' wilde Helen weten.

'Het is een overplaatsingsverzoek,' antwoordde Sanderson op rustige toon, in de hoop dat het niet klonk alsof ze Helen in de zeik nam.

'Ik kan lezen, Joanne. Wat doet het in mijn postvak?'

'Ik heb hem daar vanmorgen neergelegd, omdat ik denk dat het voor iedereen beter is als ik wegga. Ik heb overwogen naar een andere afdeling te gaan, maar inmiddels denk ik dat een nieuw korps, een nieuwe start beter is...'

'Meen je dat nou?'

'Nou ja, het lijkt er niet op dat ik hier veel goeddoe en...'

'Wil je dit echt nú doen? Uitgerekend vandaag...?'

'Nee, ik bedoel, ik heb hem vanmorgen neergelegd, voordat dit allemaal begon. Ik was natuurlijk niet van plan erover te beginnen, maar...'

'Je bent me er eentje, weet je dat? Er gaan mensen dood en jij wil je carrière bespreken?'

'Nee, nee, alleen voel ik me al een tijdje buitengesloten en...'

'Nou, neem me niet kwalijk dat ik je gevoelens heb gekwetst, brigadier Sanderson, maar ik zal je een geheimpje verklappen: de wereld draait niet om jou.'

'Dat weet ik...'

'Je bent onderdeel van een team. Een team dat alleen kan functioneren als elk lid zich ten volle inzet. En dat doe jij niet. Al een tijd niet.'

Sanderson zei niets, beschaamd door de beschuldiging.

'Dat heb ik getolereerd vanwege alles wat er is gebeurd, maar vandaag kan ik dat niet door de vingers zien. Er lopen twee moordenaars vrij rond die waarschijnlijk opnieuw zullen toeslaan, dus stel je niet aan en doe je werk!'

Ze schoof het overplaatsingsverzoek terug naar Sanderson die het onwillig pakte. Helen zag tot haar schrik dat haar eigen hand trilde – zo boos was ze – en ze wilde Sanderson net wegsturen toen Charlie aanklopte en binnenkwam.

'Verdomme, Charlie, zie je niet dat ik bezig...'

'Dit wil je zien,' zei Charlie onverstoorbaar.

Ze gaf Helen een kopie van het volledige dossier van Swift. Helen was zich ervan bewust dat Sanderson bleef staan, niet goed wist of ze moest blijven of weggaan, maar snel sloeg ze het dossier open.

'Bladzijde zeventien, achterin,' ging Charlie verder.

Helen bladerde door het dossier, driftig op zoek naar de betreffende pagina, maar haar ondergeschikte was haar voor.

'Hij heeft een enkelband.'

Helen stopte en keek naar Charlie.

'Jason Swift is een paar weken geleden veroordeeld tot een taakstraf, maar gezien zijn vele verzuim...' – opgewonden wees Charlie naar een kleine alinea op de laatste bladzijde – '... hebben ze hem een enkelband gegeven.'

44

13.28 uur

'Zorg dat je vertrouwd bent met je wapens – dat je ze kunt gebruiken als de situatie zich voordoet – maar vergeet niet dat de Gewapende Eenheid de leiding heeft bij elk incident dat een gewapende interventie vereist. Deze wapens zijn voor jullie eigen veiligheid en dat van het publiek: laat de heldendaden over aan de mannen met de helmen.'

Helen, Charlie en een handjevol ervaren rechercheurs stonden in de wapenkamer van het hoofdbureau en tekenden voor hun Heckler & Koch-pistolen. Sanderson was de opvallende afwezige – zij had opdracht gekregen een routineklus te doen – maar geen van haar jongere collega's leek haar te missen. Het was uitzonderlijk dat het team uitgerust werd met vuurwapens en de opwinding en adrenaline in de kamer waren voelbaar.

Na Charlies ontdekking was Helen naar de meldkamer gerend, gevolgd door haar rechterhand. Elke enkelband heeft een gps met een bereik van enkele kilometers en het had niet lang geduurd of ze hadden een signaal opgevangen. Zoals ze al hadden verwacht, kwam het signaal niet uit Woolston – de buurt waar de familie Swift woonde – maar uit het centrum van Southampton, ongeveer anderhalve kilometer ten zuiden van Portswood.

'Je zou denken dat hij die wel gesloopt zou hebben,' opperde

Charlie, nadat ze haastig naar de wapenkamer waren gelopen.

'Misschien, maar het zijn rotdingen om af te krijgen en trouwens, misschien hoort dit bij zijn plan.'

'Denk je dat hij gevonden wil worden?'

'Negentig procent van dit soort gevallen eindigt met de dood van de dader. Of hij pleegt zelfmoord of dwingt de politie hem te doden. Dus ja, ik denk dat dat zeker een mogelijkheid is.'

Charlie huiverde, van haar stuk gebracht door dit idee.

'Mijn eerste gedachte was dat hij hem in de dichtstbijzijnde prullenbak gedumpt zou hebben,' ging Helen verder, 'maar het signaal geeft aan dat hij in beweging is. De vraag is: waar gaat hij naartoe en waarom?'

'Je denkt niet dat hij zich wil verstoppen?'

'Het lijkt er niet op dat zijn energie afneemt. Ik vermoed dat hij dronken van macht is, opgewonden over waar hij straks zal aanvallen. Ik wil dat we klaarstaan als hij zover is. Is iedereen zich bewust van het protocol?'

Overal werd geknikt.

'Goed, dan gaan we.'

Het team liep de trap af naar de autopool. Helen zou vooroprijden op haar motor, geleid door de meldkamer, terwijl Charlie en de anderen in ongemarkeerde auto's zouden volgen. Zonder zwaailichten en sirenes, omdat Helen wilde dat zij in het voordeel waren.

Helen stapte op haar Kawasaki en startte de motor. Terwijl ze dit deed, duwde het wapen in haar holster onaangenaam tegen haar ribben, wat haar deed denken aan de laatste keer dat ze in woede had geschoten. Opeens werd ze overspoeld door gruwelijke beelden: Marianne die schreeuwde, haar eigen vinger die de trekker overhaalde, de afschuwelijke nasleep...

Ze voelde dat haar hartslag versnelde en haar ademhaling oppervlakkiger werd, dus duwde ze deze gedachten snel weg en reed met brullende motor de parkeerplaats van het bureau af. Er was geen tijd voor zwartgallige zelfbeschouwing, geen ruimte voor zwakte, ondanks haar gespannen zenuwen. Ze was van slag door haar ruzie met Charlie én door haar aanvaring met Sanderson – geschokt door haar eigen emoties – maar ze moest zich vermannen.

Ze moest twee moordenaars pakken.

45

13.31 uur

Hij staarde naar de mensen die voorbijliepen, zocht oogcontact, maar het ene gezicht was nog nietszeggender dan het andere. De meeste voorbijgangers hadden een koptelefoon op en waren compleet van de wereld afgesloten. De overige mensen leken zich niet veel meer met de wereld om zich heen bezig te houden; ze staarden strak voor zich uit, terwijl ze zich uit de voeten maakten, zich niet bewust van hun vluchtige ontmoeting met roem. Het was lunchtijd en iedereen wilde naar Pret, Boots, wat dan ook, en als iemand het lef had om hen in de weg te zitten, liepen ze met een boog om die persoon heen. Als het niet zo treurig was, zou het grappig zijn.

Het was alsof hij tegen de stroom in ging. Misschien verbeeldde hij het zich, schatte hij zijn eigen rol veel te hoog in, maar iedereen leek vandaag de andere kant op te gaan. Het voelde goed. Hij kon nu alles beter zien – deze voorbijgangers volgden gewoon de rest van de kudde, deden wat de mensen voor hen deden. Zo kwamen die winkels waarschijnlijk aan hun geld: middelmatige broodjes verkopen aan mensen die geen betere plek wisten om naartoe te gaan.

Hij was anders. Zij waren anders. Waarom? Omdat ze niet bang waren. Dat was niet altijd zo geweest – ze hadden eindeloze vernederingen en afwijzingen moeten doorstaan. Maar dat lag nu allemaal achter hen. Als het je eenmaal niet meer interesseert, gaat alles beter.

Een vrouw mopperde toen hij rakelings langs haar liep en haar opzij dwong. Ze was zo'n typische stijve yup die zich ervan had overtuigd dat elke seconde van haar tijd belangrijk was. Even leek het alsof ze iets tegen hem ging zeggen, maar toen ze hem zag – de ongeschoren kin, de ongekamde haren, zijn enorme postuur – schrok ze terug en liep snel verder. Hij grijnsde naar haar. Ze zou hem straks wel herkennen, als ze de krant las of naar het nieuws keek, maar op dit moment vroeg ze zich alleen maar af of ze tonijn met mayo op haar brood wilde of kaas met augurk...

De hele wereld is geketend, bang en machteloos. De gewone mens – de kleine mens – verkeert in een toestand van... welk woord had ze ook alweer gebruikt? Apathie. Hij verkeert in een toestand van apathie, kan niets omdat hij bang is voor de consequenties. Krijgt hij op zijn kop? Wordt hij gearresteerd? Raakt hij zijn baan kwijt? Keuren zijn vrienden het af, zullen ze hem op Facebook unliken? Hij is verstijfd, verlamd door gedachten aan de veroordeling die mogelijk volgt.

Maar stel dat er geen consequenties zouden zijn. Dat er geen weg terug was. Zij maakten zich geen zorgen meer om de gevolgen van hun daden; voor hen telde alleen het heden. En het was spannend. Ze konden precies doen waar ze zin in hadden, mensen behandelen zoals ze verdienden om behandeld te worden. Er lag een oprechtheid in hun handelen en ook een element van genade. Die klootzakken moordden mensen langzaam uit, daar ging jaren overheen, maar zij verlosten hen snel uit hun lijden. Het was het enige goede dat hij ooit in zijn leven had gedaan en het was nog altijd meer dan die lui verdienden.

Zijn bloed begon weer te kolken; hij liet zijn hand in zijn binnenzak glijden en greep de kolf van zijn geweer vast. Dat voelde goed. Hij was zo vaak teleurgesteld, maar een geweer stelt niet teleur. Een geweer is je vriend. En het was tijd om het weer te gebruiken.

Het was tijd om het beest te bevrijden.

46

13.33 uur

Emilia Garanita pakte haar camera terwijl ze het verlopen gebouw voor zich bekeek. Het had weinig zin om Sansoms apotheek te fotograferen – dan moest ze eerst wachten tot het hele politiecircus was vertrokken – dus was ze in plaats daarvan in haar auto gesprongen en naar Totton gereden.

Dat was niet het aantrekkelijkste deel van Southampton, maar hier zat de reclassering. Veel jeugddelinquenten – evenals een paar die ouder waren en beter hadden moeten weten – kwamen hier voor het begin van hun taakstraf. Vaak gingen ze met bus 38 – het was een terugkerend grapje dat maar weinig buschauffeurs die route wilden rijden – terwijl anderen werden afgezet door bezorgde ouders die tegen beter weten in hoopten dat hun kroost plotseling zou besluiten een frisse start te maken. Weinigen deden dat en als gevolg daarvan kwamen er velen op herhaling. Emilia was hier zelf ook pas geweest om navraag te doen over de graffiti op de muren.

Het pand was dringend toe aan een renovatie en de maatschappelijk werkers die ze naar binnen zag sjokken, zagen er somber en verslagen uit. Misschien zagen ze er altijd zo uit of misschien hadden ze het nieuws over hun neergeschoten collega gehoord. Buiten had Emilia een paar mensen naar Sonia Smalling gevraagd –

wat ze van haar vonden, of ze geliefd was – maar niemand wilde met haar praten en trouwens, daar kwam ze ook niet voor, dus voordat de beveiliging haar in de gaten kreeg, begon ze aan een rondje om het gebouw. Het was ooit saai grijs geschilderd, want plaatselijke psychologen waren van mening geweest dat dit de jonge delinquenten het minst zou 'prikkelen'. Maar het enige waar die goedbedoelende sukkels in waren geslaagd was het creëren van een leeg doek voor de ontelbaar vele jonge graffitikunstenaars die hier elke dag door de deur kwamen. Als gevolg daarvan was elke centimeter nu bedekt met de vele tags van draaideurdelinquenten. Emilia grinnikte om de dwaasheid van de zielenknijpers en hun politiek correcte bazen. Ze verdienden alles wat ze kregen.

Maar Sonia Smalling had haar lot niet verdiend en dus rukte Emilia zich uit haar gedachten los en ging verder met haar ronde. Zorgvuldig bestudeerde ze de vele ontwerpen op het baksteen. Toen ze bij de achterkant van het gebouw kwam, vond ze wat ze zocht. Een grote smaragdgroene slang die zijn eigen staart leek te verslinden.

Ze had hem eerder gezien toen ze met haar research voor het artikel bezig was, maar had er verder niet veel aandacht aan besteed, behalve dat haar was opgevallen dat hij beter was uitgevoerd dan de meeste andere. Nu keek Emilia goed, nam verschillende foto's en deed een stap naar achteren om de omgeving te bekijken. Een eenzame beveiligingscamera hing bungelend en kapot aan een paal in de buurt. Aan de spinnenwebben te zien, was hij al een tijd stuk. Het hek was van aftands harmonicagaas en zat vol gaten. Emilia kon zich voorstellen waarom de daders voor deze plek hadden gekozen om hun tag op de muur te spuiten – er was niemand die hierop uitkeek en er was vrijwel geen kans dat ze betrapt zouden worden. Ze konden hun handtekening plaatsen en verdwijnen voordat iemand iets doorhad.

Emilia liet haar camera zakken en staarde naar de smaragdgroene slang. Niemand die het gebouw in of uit ging, zou het hebben gezien, maar misschien was dat juist de bedoeling. Was dit een privégrapje, bedoeld om ontdekt te worden na de gebeurtenissen van vandaag? Sonia Smallings werkplek was onteerd, evenals die van Alan Sansom. Hadden de moordenaars hun territorium afgebakend? Van tevoren aangegeven wie hun beoogde doelwit was?

Het was een gedachte waar Emilia van huiverde. Ze vroeg zich af hoe georganiseerd deze golf van destructie wel niet was en, nog belangrijker, waar hij zou eindigen.

47

13.35 uur

Helen scheurde door de straten van de stad en zigzagde tussen het verkeer door. Ze had besloten om geen zwaailicht en sirenes te voeren, maar had er nu al spijt van. Het was erg druk vandaag en de rest van het team had moeite om haar bij te houden. Zij vormde de voorhoede van de actie en hoopte maar dat de gewapende eenheden die vanuit het zuiden van de stad kwamen op tijd bij haar zouden zijn.

De enige die er niet bij was, was Joanne. Zij zat op het hoofdbureau waar ze taken uitvoerde die totaal niet pasten bij haar rang of ervaring. Nu Helen een beetje was afgekoeld, besefte ze dat Charlie gelijk had. Ze strafte Joanne inderdaad, wees haar op elk foutje dat ze maakte en schepte een wreed genoegen in haar vernedering. Waarom? Het was niet haar bedoeling geweest om haar het korps uit te jagen – sterker nog, ze had helemaal niets willen doen. Haar onvriendelijke gedrag ten opzichte van haar rechercheur was intuïtief en zonder nadenken geweest en zei meer over Helens gemoedstoestand dan over die van Sanderson. Door het veroordelen van een collega die gewoon haar werk had gedaan, had Helen haar ziel geknakt en het team een waardevolle en getalenteerde politievrouw ontnomen. Nauwelijks een ideale situatie gezien de operatie waar ze nu bij betrokken waren.

'Waar zit hij nu?' blafte Helen boos en gefrustreerd.

'Een ogenblikje,' antwoordde een onzichtbare stem.

Helen droeg een helm met ingebouwde bluetooth die met de politieportofoon op haar borst was verbonden. Vanaf het moment dat ze de parkeerplaats af was gereden, had ze met de meldkamer gecommuniceerd en ze eiste voortdurend nieuwe informatie.

'Zo te zien staat hij op of in de buurt van Walton Road stil,' zei de centralist.

Onmiddellijk begon Helen in gedachten te zoeken naar mogelijke bestemmingen.

'Hij is weer in beweging, in westelijke richting, zijn snelheid neemt toe.'

Alarmbellen gingen af in Helens hoofd. Was dat omdat Swift versnelde alsof hij zich klaarmaakte voor een nieuwe aanval? Nee, het was iets anders, iets wat ze daarstraks had gelezen... Helen staarde in gedachten naar zijn strafblad en bekeek zijn misdrijven een voor een: waarschuwingen voor ongeregeldheden, bedreigingen en mishandeling, winkeldiefstal...

Opeens wist ze het.

'Ik denk dat hij naar WestQuay gaat.'

Aan de andere kant bleef het stil. WestQuay was het grootste winkelcentrum in Southampton: drie verdiepingen vol winkels, boetiekjes en restaurants. Het was er altijd snoeidruk, zeker rond lunchtijd.

'Hij is in WestQuay een keer opgepakt wegens winkeldiefstal. Bij de H&M, volgens mij,' ging Helen verder. Aan de andere kant van de lijn kon Helen de centralist verwoed horen typen.

'Ja, hij is daar gearresteerd, maar de winkel besloot om geen aangifte te doen. Hier staat dat er een worsteling plaatsvond tussen Swift en de beveiliger en dat hij hem wilde aanklagen wegens mishandeling.'

'Waar kwam de beveiliger vandaan?'

'Even kijken...'

Helen hield haar adem in, terwijl de centralist de details opzocht.

'Somalië, geloof ik... Ja, hij is een Somalische student met een werkvisum. Yusuf Muhamud.'

Helen kon zich de details weer herinneren. Swift was betrapt op winkeldiefstal, had geprobeerd de winkel te ontvluchten en was tegen de grond gewerkt, met een bloeduitstorting in zijn gezicht tot gevolg. De winkel had kennelijk besloten dat ze het incident maar beter in de doofpot konden stoppen. Jason Swift was het daar duidelijk niet mee eens geweest.

'Waarschuw alle eenheden,' zei Helen gespannen. 'Ik wil dat alle in- en uitgangen bewaakt worden. Ik coördineer het geheel vanuit het atrium.'

'Akkoord.'

De centralist verbrak de verbinding en Helen trok aan de gashendel en liet met veel geraas het verkeer achter zich. De daders waren haar steeds een stap voor geweest, maar eindelijk had Helen hen in het vizier en ze was vastbesloten om dat te laten gelden.

48

13.37 uur

Het was vandaag overal erg druk. Margaret had weinig tijd – haar lunchpauze was een wassen neus – en al die mensen in WestQuay liepen haar voortdurend in de weg. De rij bij Boots was zo lang dat ze haar boodschappen maar had laten zitten en snel Superdrug binnen was gegaan. Daar had ze gelijk maar een sandwich meegenomen – spek en tomaat, dacht ze, maar ze had niet eens goed gekeken – en was toen snel H&M binnengegaan.

Ze had niet meer dan tien minuten, berekende ze, voordat ze het geduld van haar leidinggevende op de proef stelde. Hij was behoorlijk vervelend als hij het idee had dat je een loopje met hem nam en Margaret had geen zin in een middag vol bitse opmerkingen. Snel liep ze de gangpaden met kleding door. Ze had een paar dingen voor haar zoon nodig en misschien kon ze nog iets voor zichzelf kopen – als er iets in haar maat aan het rek met aanbiedingen hing.

Ze liep naar de herenkleding achterin. Zoals altijd was er een verbijsterende hoeveelheid aan stijlen te krijgen en zelfs toen ze iets moois zag, kostte het nog moeite het in de juiste maat te vinden. Waarom maakten ze dit soort dingen toch altijd zo moeilijk? Was het leven al niet lastig genoeg? Na een snelle blik op haar horloge besefte Margaret dat er vandaag geen tijd voor haarzelf overbleef. Ze mocht al van geluk spreken als ze dit kon afrekenen.

Dan maar een L in donker- in plaats van lichtgrijs, besloot ze. Het was niet wat ze wilde, maar het kon ermee door. Ze liet de overvolle rekken achter zich en liep snel naar de toonbank, om vervolgens te ontdekken dat daar niemand stond.

'Krijg nou wat...' mompelde ze zacht, verbaasd dat het personeel de kassa's zomaar onbemand liet.

Ze keek om zich heen of ze de manager zag, maar er was niemand. Dit had ze nog nooit meegemaakt. Wat was er aan de hand?

Toen zag ze hen. Er was kennelijk commotie bij de ingang van de winkel, waar het personeel zich nu verzameld had. Ze leken opgewonden, joegen het winkelende publiek weg en spraken gejaagd met een beveiliger die vervolgens snel door de hal liep. In hun opwinding hadden ze haar niet in de gaten en even was Margaret geneigd naar ze te schreeuwen, ze eraan te herinneren dat ze toevallig wel bestond. Toen kreeg ze een beter idee.

Nadat ze had gekeken of het personeel nog steeds druk bezig was, leunde ze over de toonbank en liet de beveiligingsmagneet door het apparaat naast de kassa glijden. Moeiteloos kwam hij los en in één soepele beweging stopte een zeer tevreden Margaret haar 'aankoop' in haar Superdrug-tas.

Het was tot nu toe een rotdag geweest, maar opeens zag alles er veel zonniger uit.

49

13.40 uur

Helen liep onrustig heen en weer over de passage van de derde verdieping en tuurde naar de verdiepingen onder haar. Toen ze haar motor had weggezet en contact had gehad met een van de gewapende eenheden, was ze haastig WestQuay binnengegaan. De rest van haar team had de sirenes aangezet en kwam nu aangereden, maar Helen had niet willen wachten. Iets zei haar dat elke seconde telde.

In haar motorpak en geflankeerd door een viertal mannen in kogelvrije vesten met karabijnen vormde Helen een opvallende figuur. Snel waren ze doorgelopen in de richting van de centrale informatiebalie, zich bewust van elk mogelijk gevaar. Helen had de leiding genomen, had haar penning aan de verdwaasde WestQuay-manager getoond en hem geïnformeerd dat het winkelcentrum ontruimd werd. Ze had hem gevraagd alle winkels te informeren en toen ze had geregeld dat de hoofdingang bewaakt werd, was ze regelrecht met de roltrap omhooggegaan, terwijl gewapende agenten alle winkels afliepen op zoek naar Jason Swift en zijn handlanger.

Haar team druppelde binnen – twee bij de zijingang, twee bij de hoofdingang – en Helen haastte zich over de passage van de derde verdieping. Een plotselinge bedrijvigheid op de begane grond kon de verdachten op een hogere verdieping attent maken op hun aanwezigheid en dat wilde Helen koste wat het kost voorkomen. De dreiging van een gijzeling in zo'n drukke omgeving was bijzonder hoog, dus was het van levensbelang dat ze het element van verrassing zo lang mogelijk aan haar kant had. H&M was trouwens op de bovenste verdieping en Helen had het gevoel dat hun verdachten regelrecht daarnaartoe zouden gaan.

Terwijl ze begon te rennen, haalde ze haar wapen uit de holster en maakte de veiligheidspal los. Ze bad dat ze het vandaag niet hoefde te gebruiken, maar haar gevoel zei van wel. Ze kon zich niet voorstellen dat Swift zich snel zou overgeven.

Ze had een heel stuk over de passage afgelegd en kon in de verte de schreeuwerige rode letters van de winkel zien. Erbuiten stond een groep onthutste mensen die niet van plan leken te vertrekken, ondanks de dringende verzoeken van het jeugdige personeel. De beveiliger was nog nergens te bekennen en ze zag ook niemand in een lange jas. Helen zette haar portofoon aan en maakte verbinding met de meldkamer van het hoofdbureau.

'Waar zijn ze?'

'Ze staan stil,' antwoordde de centralist snel en paniekerig.

'Waar?'

'Ergens in WestQuay, uw positie komt nagenoeg overeen met die van hen. U zou ze moeten kunnen zien.'

Helen tuurde door de passage op zoek naar kakikleurige overjassen, Swifts lange lijf, iets ongewoons, maar ze zag niets.

Waar waren ze verdomme?

50

13.42 uur

Charlie liep onrustig heen en weer in een poging haar zenuwen tot bedaren te krijgen. Ze bevond zich aan de achterkant van het winkelcentrum, hield haar wapen verborgen in haar hand, keek en wachtte. Ze stond via de portofoon in contact met de rest van het team en wist dat de ontruiming van het winkelcentrum was begonnen. De meeste mensen begaven zich via de hoofdingang naar het voetgangersgebied, maar anderen die naar de haven of het zuidelijk deel van de stad wilden, zouden via de achteruitgang van het gebouw willen vertrekken. Het was Charlies taak om ze snel buiten te krijgen en ondertussen op te letten of ze Jason Swift en zijn handlanger zag.

Ze wipte van haar ene voet op de andere in een poging warm te blijven nu de zon was verdwenen. Het was de bedoeling geweest dat rechercheur Osbourne samen met haar een team zou vormen, maar hij had een onbewaakte nooduitgang gezien. Nadat hij Charlie om toestemming had gevraagd, was hij daar gaan kijken. Charlie kon zijn moed en gedachtegang moeilijk bekritiseren – het was heel goed mogelijk dat de verdachten zich in de meute winkelende mensen wilden verbergen om er zo vandoor te gaan, maar het zou ook kunnen dat ze in hun eentje wilden ontsnappen. Hun goed uitgevoerde aanval op de apotheek duidde erop dat ze de winkel van tevoren hadden verkend en altijd een ontsnappingsroute in gedachten hadden. In WestQuay was ongezien wegglippen een stuk gemakkelijker omdat het zo groot en onoverzichtelijk was. Hadden die twee al dagen of zelfs weken de verschillende passages bestudeerd? Charlie huiverde bij de gedachte en had er nu spijt van dat ze Osbourne had weggestuurd – een gewapende agent in haar eentje tegenover twee meedogenloze moordenaars leek geen eerlijk gevecht.

Ze wilde haar collega net oproepen toen ze lawaai hoorde. De deuren van de achteruitgang klapten open en mensen kwamen naar buiten. Ze keken verward en bezorgd; de aanblik van zo veel agenten in kogelvrije vesten creëerde onrust. Dit hadden ze vaak genoeg op het nieuws gezien, in Parijs en Londen, maar niet in Southampton. Ze wilden eventueel gevaar graag achter zich laten en haastten zich uit het winkelcentrum.

Een paar werd een stroom en de stroom werd uiteindelijk een hele meute. Het winkelend publiek verliet in vier rijen dik, duwend en trekkend en ruziënd, het gebouw, nu alle schijn van rust was verdwenen. Ze liepen ook nog eens hard, waardoor het voor Charlie moeilijk was om ze allemaal te bekijken. Donkergrijze wolken hingen voor de zon. Het begon te regenen – dikke druppels vielen op de mensen neer. Paraplu's werden opgestoken, capuchons opgedaan – het was bijna onmogelijk om te zien wie wie was.

Jason Swift was lang, dus hield Charlie haar blik hoog en negeerde iedereen beneden een bepaalde lengte. Haar zenuwen waren tot het uiterste gespannen, maar ze zag de verdachten nog nergens en opeens vroeg ze zich af hoe het Osbourne verging. Ze was zo druk bezig geweest met haar eigen situatie dat haar niet was opgevallen dat hij erg stil was. Ze had hem strikte instructies gegeven om contact te houden en zijn radiostilte zat haar niet lekker.

Ze haalde haar portofoon uit haar zak, maar op het moment dat ze hem naar haar mond wilde brengen, stopte ze. Te midden van de deinende mensenmassa voor zich, zag ze een flits van kaki, het zwieren van een jaspand. Ze liet de portofoon zakken, deed een stap naar voren en keek wat beter. Iemand was zojuist in hoog tempo naar buiten gelopen – nog zo'n twaalf meter voor haar, ingesloten door andere mensen – en op hetzelfde moment besefte ze dat het twee mensen waren, een man en een vrouw. Met haar wapen langszij rende ze gebukt langs de mensenstroom om zichzelf niet te verraden. Terwijl ze zachtjes voortmaakte, bracht ze haar portofoon naar haar lippen om zo nodig assistentie te vragen.

Ze liepen nog zes meter voor haar. Hoofden wiebelden heen en weer en ontnamen haar het zicht. Zo te zien liep het stel met het hoofd gebogen maar waren ze voortdurend met elkaar aan het praten. Allebei droegen ze een lange jas, allebei hadden ze tatoeages, allebei leken ze erop gebrand om zo snel mogelijk weg te komen.

Ze was nu bijna bij hen en dus dook Charlie tussen de mensen door. Ze wachtte tot de laatste seconde, bracht haar wapen toen omhoog, deed een stap naar voren en riep: 'Gewapende politie! Op je knieën!'

Iedereen reageerde: mensen vluchtten, een vrouw schreeuwde en twee doodsbange goths in lange jassen lieten zich op hun knieën zakken. Onmiddellijk zag Charlie dat ze zich had vergist. Een man en een vrouw, ze hadden het juiste postuur, maar ze waren veel te jong – vijftien, beslist niet ouder. Vloekend duwde Charlie haar wapen in de holster.

De moordenaars waren nog steeds op vrije voeten.

51

13.43 uur

Helen baande zich een weg door de winkel. Haar ogen schoten van links naar rechts op zoek naar tekenen van leven. Het winkelgedeelte was groot en stond vol zwaarbeladen kledingrekken – perfecte dekking bij een hinderlaag. Ze had geen schoten gehoord en niemand had een incident gerapporteerd, maar ze was er zeker van dat er iets ging gebeuren.

Terwijl de andere agenten zich verspreidden en de rekken bij de muren controleerden, liep zij verder naar achteren. Ze deed altijd vrij onverschillig als het om haar eigen veiligheid ging, maar zelfs zij was nu voorzichtig, met het lichaam van Sonia Smalling nog vers in het geheugen. Elk moment konden er schoten vallen en langzaam liep ze verder, klaar om bij het eerste teken van gevaar dekking te zoeken.

Ze was nu bijna achter in de winkel. Er stonden nog een paar kledingrekken en gehurkt keek Helen eromheen. Er was niemand en snel kwam ze overeind. De pashokjes waren allemaal leeg en dus bleef alleen de kassa over. Het was een brede toonbank en Helen liep er met haar wapen geheven behoedzaam omheen. Op hetzelfde moment zag ze dat een van de kassa's openstond en de lade leeg was.

Ze gebaarde naar haar collega's die vervolgens zachtjes maar doelgericht over de glimmende houten vloer haar kant op kwamen.

'Gewapende politie!' riep Helen.

Stilte.

'Gewapende politie!' herhaalde ze harder. 'Kom langzaam tevoorschijn met je handen om...'

Er volgde wat beweging. Helens vinger om de trekker spande zich, maar tot haar verbazing kwam er een vrouw van middelbare leeftijd in een sjofele regenjas onder de toonbank vandaan. Haar handen trilden in de lucht en haar gezicht zag rood.

'Is daar nog iemand?' blafte Helen, direct bezorgd dat dit mogelijk een gijzelaar was.

'Nee, nee... ik ben alleen,' stamelde de vrouw.

'Weet u het zéker?' Helens ogen schoten heen en weer door de ruimte achter de kassa.

'Natuurlijk. Kom maar kijken als je me niet gelooft.'

Helen sloop om de balie heen, terwijl de andere agenten hun wapens in de aanslag hielden, alert op mogelijk gevaar. Tot Helens verbazing leek de vrouw de waarheid te spreken.

'Hebt u een man en een vrouw gezien? Hij is begin twintig, zij achttien, negentien.'

'Nee...'

'Ze zijn in de winkel, we weten zeker dat ze in de winkel zijn...' Maar zelfs Helen begon hier nu aan te twijfelen.

'Ik ben alleen, dat zeg ik net, iedereen is weg. Ik was bang, dus heb ik me hier verstopt.'

Daar was Helen niet van overtuigd: er zat een gloednieuwe hoodie in de boodschappentas van de vrouw gepropt en ze had haar handtas achter zich verstopt. Helen had zo'n vermoeden dat daar de inhoud van de kassa in zat, maar ze begon er niet over.

'Hebt u deze man gezien?' vroeg ze, en ze liet de vrouw haar telefoon zien. Op het scherm stond een close-up van Jason Swifts politiefoto.

De vrouw keek er wezenloos naar.

'Hebt u hem gezien?'

De vrouw staarde naar de foto en langzaam begon haar gezicht te vertrekken. Helen had een idee van wat ging komen, maar was toch verbaasd toen de vrouw naar adem hapte en vroeg: 'Wat moeten jullie met mijn Jason?'

52

13.46 uur

Haastig verliet Helen WestQuay, boos op zichzelf en boos op Margaret Swift. Charlie stond op haar te wachten en keek al bijna net zo terneergeslagen als zij. Helen wierp haar een bewijszak toe die Charlie nog net wist op te vangen.

'Hij heeft hem afgedaan,' zei Helen ontmoedigd.

Charlie staarde naar de enkelband die nu in een verzegelde plastic zak zat.

'Op de een of andere manier heeft hij hem af gekregen,' ging Helen verder, 'en vervolgens heeft hij hem in zijn moeders tas gepropt, onder een ware schat aan bonnetjes, make-up, panty's, van alles...'

Charlie bleef naar de enkelband kijken, diep teleurgesteld dat ze gelijk had gehad.

'Ik heb zo ongeveer ons hele team hiernaartoe gestuurd... om een vrouw van middelbare leeftijd op te pakken.'

'Het was de juiste beslissing, we moesten erachteraan.' Charlie zag hoe een asgrauwe Margaret Swift in de verte door rechercheur Edwards naar een politieauto werd gebracht.

'Wat nu?' vroeg ze.

'We moeten een verklaring afnemen, maar ze weet niets. Voor zover ik heb begrepen, praten zij en Jason nauwelijks met elkaar.'

'Heeft ze enig idee waar hij zou kunnen zijn? Waar hij naartoe wil?'

Helen schudde haar hoofd. 'Het schijnt dat hij twee weken geleden is vertrokken. Gooide wat spullen in een tas en verdween. Ze besteedde er niet zo veel aandacht aan, dat deed hij wel vaker. Gisteravond kwam hij even thuis, maar bleef maar een uurtje...'

'Om de enkelband in haar tas te stoppen...'

'Precies.'

'Zou hij bij het meisje zijn? In een kraakpand zitten? Op straat zwerven?'

'Ze wist wel dat hij iets met een meisje had, maar zag haar nooit. Jason wilde haar blijkbaar niet meenemen, schaamde zich voor de flat, voor zijn moeder...' Helen wierp een blik op de politieauto die nu wegreed. Het was onmogelijk om niet een klein beetje medelijden te hebben met Margaret Swift – de vrouw had het zwaar gehad en had dít zeker niet zien aankomen – maar toch had ze hun onderzoek onbewust enorm achteruitgezet en dat maakte Helen woest. 'Hij wilde dat we hier kwamen,' zei ze treurig, en ze draaide zich weer naar Charlie.

'Je zou denken dat hij wist dat we er wel achter zouden komen wie hij was en hem dan zouden opsporen...'

'Gezien zijn optreden voor de verkeerscamera kan het hem niet schelen dat hij op de foto staat. Hij moet hebben geweten dat we uiteindelijk een verband met hem zouden vinden.'

'Waarom dan de enkelband in haar tas? Als hij niet van plan is te ontsnappen, wat zou het hem dan uitmaken of we hem opsporen...'

'Hij wil tijd winnen om nog een aanval uit te voeren,' zei Helen zacht, waarmee ze haar collega deed zwijgen. 'Hij wilde ons heel bewust hier zien te krijgen...' Helen keek op en wierp een gepijnigde blik op Charlie. '... en wij zijn er met open ogen ingetrapt.'

53

13.47 uur

Sanderson staarde naar het scherm en durfde nauwelijks adem te halen.

Ze zat nu al meer dan een uur in het muffe kantoor en negeerde nadrukkelijk de veelbetekenende blikken van de data-analisten. Het nieuws van haar uitbrander had zich als een lopend vuurtje door het bureau verspreid. Er was wat gefluisterd, gegrinnikt en het ergste van alles, een van de nieuwere personeelsleden had haar uit medelijden een kopje thee gebracht. Dat had haar nog het diepst geraakt – Sanderson had zich nog nooit zo verslagen gevoeld – en het kopje thee bleef onaangeroerd voor haar op het bureau staan.

Het was haar taak om de auto van de dader op te sporen. Terwijl Charlie, Osbourne, Bentham en de rest door de stad raceten, op jacht naar de verdachten, had zij deze routineklus in de maag gesplitst gekregen. Als ze betere papieren had gehad, zou ze bezwaar hebben gemaakt of op z'n minst hebben geprobeerd de saaie klus te slijten aan iemand lager in rang. Maar omdat Helen de taak juist aan haar had gegeven, was dat niet mogelijk. Dit was haar straf en ze moest het ermee doen.

Het systeem voor automatische kentekenplaatherkenning had aangegeven dat de gestolen Fiat Itchen naderde, maar vervolgens was hij van de radar verdwenen. Misschien hadden de daders hem verstopt of hadden de verkeerscamera's de kentekenplaat niet goed kunnen zien, hoe dan ook, hij was nergens meer te zien. En dus zat er voor Sanderson niets anders op dan het beeldmateriaal van verschillende camera's in de omgeving door te spitten in de hoop een glimp op te vangen van het vermiste voertuig.

Het had een zinloze en deprimerende taak geleken, maar net toen Sandersons blik glazig begon te worden, zag ze hem. Met haar hand op het paneel spoelde ze de beelden meerdere keren vooruit en achteruit en zag hoe de auto via een rustige voorstedelijke straat in een steegje verdween. Ze was niet in staat het kenteken in zijn geheel te zien – alleen de laatste vier cijfers – maar dat bleek genoeg. Met haar wijsvinger gleed ze langs de lijst voor zich en zag al snel dat er in Southampton geen andere auto's van dat merk en met die kleur geregistreerd stonden die dezelfde cijfers in het kenteken hadden. Het moest de gezochte Punto wel zijn, toch?

Sanderson haalde diep adem en bedacht wat ze ging doen. Ze moest het direct doorgeven. Als ze gelijk had, zat het hele team aan de verkeerde kant van de stad. Maar als ze het mis had en ze hinderde het onderzoek op wat voor manier dan ook...

Gezien haar hachelijke positie zat er niets anders op dan het eerst zelf te onderzoeken en dus stond ze snel op, griste haar jas mee en liep haastig de kamer uit.

54

13.58 uur

Helen rukte haar jas uit en smeet hem op de grond. Ze draaide de koude kraan open, hield haar handen onder het stromende water en spetterde het in haar gezicht.

Ze was haastig teruggereden naar het hoofdbureau en had de rest van het team Zware Misdrijven bijeengeroepen voor een spoedbriefing. Maar eerst had ze haar vuurwapen teruggebracht naar de wapenkamer en vervolgens was ze naar het toilet op de tiende verdieping gegaan. Ze moest even tot rust komen voordat de anderen kwamen en er waren maar weinig mensen die gebruikmaakten van dit afgelegen toilet. Helen ging hier vaak naartoe als ze even alleen wilde zijn.

Ze had een droge keel en haar gezicht gloeide. Het water deed niet veel en daardoor werd ze nog bozer. Wat was er mis met haar? Waarom veranderde alles waar ze mee bezig was in bagger? Ze draaide de kraan dicht, trapte hard tegen de wasbak en richtte haar blik op haar spiegelbeeld. Een verfomfaaide, verslagen vrouw staarde terug. Zonder aarzelen ramde Helen met haar vuist tegen de spiegel. Een keer, twee keer, drie keer...

Pijn schoot door haar heen en opeens hield ze op. Toen ze omlaag keek, zag ze dat haar hand kapot was en dat de vellen aan haar knokkels hingen. Vloekend pakte ze een handdoekje en begon verwoed de snijwondjes te betten. Ondertussen keek ze weer naar de spiegel. Er zat een dikke barst middenin die Helens spiegelbeeld vertekende en een misvormde freak van haar maakte.

De spiegel loog niet. Helen was een uitgesproken parodie op de succesvolle politievrouw die ze eens was geweest. Ze was stuurloos – wantrouwig, wraakzuchtig en teruggetrokken – en leidde haar team al struikelend van de ene ramp naar de andere, terwijl er twee gestoorde moordenaars toesloegen waar ze maar wilden. Was dit het dan? Was ze het voorgoed verloren? Zij hoorde de teamleider te zijn, maar wie met z'n gezonde verstand wilde haar nog volgen? Haar woede – haar intense gevoel van persoonlijk verraad – vertroebelde haar inzicht op een moment dat ze helder moest kunnen nadenken en toch wist ze niet hoe ze deze akelige destructieve gedachten van zich af moest schudden. Ze had nog nooit zo aan zichzelf getwijfeld en terwijl ze in de spiegel keek, vroeg ze zich af of zíj soms het probleem was.

De afgelopen paar maanden had ze zich afgevraagd of ze haar collega's nog kon vertrouwen. Nu vroeg ze zich af of ze zichzelf wel kon vertrouwen.

55

14.00 uur

Jason Swift zwaaide met zijn geweer en schoot lachend in de lucht.

Zijn YouTube-filmpje was op het grote scherm in de recherchekamer te zien, maar omdat het team er al twee keer naar had gekeken, stond het geluid nu uit en vormde het niet meer dan een onaangename achtergrond voor hun discussies. Het beeld werd omlijst door een gruwelijke selectie beelden op het schrijfbord – foto's van de lijken en plaatsen delict – en plattegronden van de omgeving, Swifts flat, de adressen van plaatselijke racistische organisaties en de locaties van zijn eerdere geweldplegingen.

'Wat weten we van zijn eerdere doelwitten?' vroeg Charlie, die voortgang wilde maken. 'De Poolse ober, de zwarte jongeman.'

'We hebben contact gehad met degenen die nog in Southampton wonen,' antwoordde McAndrew. 'Met hen is alles goed en we hebben ze geadviseerd uit het centrum te blijven totdat Swift is opgepakt.'

'En zijn eerdere arrestaties en waarschuwingen?' ging Charlie verder. 'Dan denk ik in het bijzonder aan vandalisme en asociaal gedrag.'

'Hij is handig met spuitbussen verf en heeft er ook geen moeite mee om dingen kort en klein te slaan.'

'Wat waren zijn doelen?'

'Voornamelijk woningen in de buurt van zijn huis, een paar auto's, telefooncellen...'

'Instellingen?' vroeg Charlie in het kader van haar onderzoeksrichting. 'Reclasseringskantoren? Gemeentelijke gebouwen?'

'Niets in het dossier.' Reid klonk een beetje ontmoedigd.

'Hoeveel waarschuwingen heeft hij wegens bezit?'

'Verschillende. Hij is een blower...'

'Heeft hij ooit tekenen van paranoia vertoond?' vroeg Osbourne. 'Dat kan een langetermijneffect van cannabisgebruik zijn. Misschien is hij gaan geloven dat mensen of instellingen tegen hem zijn.'

Charlie wierp een blik op Helen om te zien of zij deze vraag wilde beantwoorden aangezien ze hier veel meer over wist dan Charlie zelf. Maar Helen leek nogal afwezig, staarde zwijgend naar de foto's van de plaatsen delict en leek nauwelijks betrokken bij de discussie. Normaal gesproken zou ze de briefing leiden, maar ze was teruggetrokken en afstandelijk en hield haar hand vast alsof ze hem geblesseerd had. Charlie vroeg zich af of ze boos was op zichzelf of op háár, na hun ruzie, maar wijselijk vroeg ze het niet en in plaats daarvan nam ze snel de leiding op zich.

'Zijn medische geschiedenis stelt niet veel voor,' legde Charlie uit. 'Ik denk niet dat hij in artsen gelooft. Zijn moeder heeft verteld dat ze een paar keer met hem bij een arts is geweest en wilde dat hij behandeld werd voor depressie, maar hij maakte de behandeling nooit af.'

'Het zou dus kunnen,' hield Osbourne vol. 'Misschien heeft

hij psychische problemen die onbehandeld zijn gebleven en is hij gaan geloven dat hij gelijk had, dat mensen hem iets hadden misdaan. Toevallig weet ik dat Sonia Smalling erop stond dat daders hun excuses aanboden aan hun slachtoffers. Misschien wilde ze dat hij dat ook deed en voelde hij zich gekleineerd, vernederd...'

'Het is een redelijke theorie,' erkende Charlie. 'Maar Alan Sansom dan?'

'Dat weet ik niet, misschien wilden ze gewoon pepmiddelen hebben. Zo te horen hebben ze genoeg amfetamine gestolen om een jaar lang door te gaan. Nu hebben ze geld, drugs...'

'Maar waarom dat extreme geweld?' vulde McAndrew aan.

'Misschien omdat ze high zijn? Misschien windt het ze op?'

'Dat geloof ik niet,' zei Charlie met gezag. 'Het is een eind rijden van Ashurst naar Portswood, ze hebben hun auto gedumpt, ze hadden een vluchtroute gepland...'

'We dénken dat ze een vluchtroute gepland hadden,' corrigeerde Osbourne haar.

'Goed, we dénken dat ze de boel van tevoren verkend hebben, maar toch voelt het té doelbewust. Als ze lukraak wat mensen wilden neerknallen, zouden ze dat wel op weg naar Southampton hebben gedaan.'

'Misschien willen ze hun kruit niet te vroeg verschieten. Ze willen het ons zo moeilijk mogelijk maken.'

'Tja, daar kunnen we het in elk geval over eens zijn...' zei Charlie treurig.

Het werd stil. Charlie was zich ervan bewust dat ze het team moest motiveren en ze wilde net verder toen Helen opeens het woord nam.

'Wat is de trigger?'

Osbourne wilde een flauwe opmerking maken, maar hield

zich in. Gelukkig maar, want Helen keek hem nu recht aan.

'We zeggen wel dat Jason Swift de aanvoerder is, maar wat heeft hem hiertoe aangezet?' ging Helen verder. 'Ja, hij is een ouderwetse racist, een profeet voor blanke superioriteit, maar dit is geen eenmalige aanval. Of een politieke verklaring. Dit is een... geweldsexplosie. Waarom is hij zo kwaad? Deze voorvallen worden vrijwel altijd veroorzaakt door een crisis in het leven van de dader, dus wat is die crisis?'

De agenten keken Helen onderzoekend aan en wisten niet goed of het de bedoeling was dat ze antwoord gaven.

'McAndrew, jij bent bij hem thuis geweest. Lag er iets overhoop?'

'Nee, niets. Het zag er keurig opgeruimd uit, geen tekenen van stennis...'

'En Margaret Swift houdt bij hoog en bij laag vol dat er geen ruzie was,' ging Helen verder. 'Jason vertrok gewoon...'

'En het wapen?' was Charlies weerwoord. 'De technische recherche spit nog steeds door zijn online activiteiten, maar het lijkt erop dat Swift wapens probeerde te kopen op het dark web én hij had verschillende Amerikaanse filmpjes gedownload van blanke racisten die met vuurwapentraining bezig zijn...'

'Hij heeft geen eerdere veroordelingen wegens wapenbezit,' onderbrak Helen haar. 'Sterker nog, zijn misdrijven zijn tot nu toe eigenlijk zelden of nooit gepaard gegaan met geweld en de keer dat hij zijn maatschappelijk werker bedreigde, deed hij dat met iets wat voorhanden was, een simpel spijkerpistool...'

'Niet bepaald Don Corleone, dus,' viel Reid haar bij.

'Als je naar de typische kenmerken van deze moorden kijkt, dan is dit voor Jason beslist een stap verder. Hij is misschien een stuk tuig en een racist, maar moord, bezit van een vuurwapen, diefstal... dat past niet echt bij hem, of wel?'

'Ik weet niet goed wat we nu zeggen,' onderbrak Charlie haar. 'Hij blijft onze meest logische verdachte...'

'Kijk eens naar de foto's van de plaatsen delict.' Snel liep Helen langs Charlie naar het schrijfbord en de bloederige foto's.

Automatisch leunde het team naar voren toen Helen met haar vinger langs de glimmende foto's gleed en een spoor trok langs de gruwelijke verwondingen.

'De hoeken kloppen niet.' Ze zei het zacht, maar er lag een ongewone energie in haar stem.

'Ik begrijp het niet,' zei Reid.

'Sonia Smalling en Alan Sansom zaten allebei op hun knieën toen ze werden doodgeschoten. Die jongen weet precies waar hij mee bezig is...' Ze gebaarde naar het grote scherm waar Swift de kolf van het jachtgeweer tegen zijn rechterschouder had geduwd en met weloverwogen nauwkeurigheid schoot. 'Hij is een geoefende schutter.'

'Absoluut.'

'En hij is lang. Heel lang, zelfs. Beide slachtoffers werden van dichtbij neergeschoten, onder een niet al te grote hoek. Bijna in een rechte lijn. Als een man van een meter tachtig met een wapen tegen zijn schouder ze had neergeschoten, zou de invalshoek veel extremer zijn geweest, veel schuiner. Maar als de dader kleiner van stuk was, een stuk kleiner zelfs...'

'Zeggen we nu dat hij deze mensen níét heeft vermoord?'

Helen knikte, liep naar het grote scherm en zette het geluid weer aan. Swifts Southamptonse accent was luid en duidelijk.

'... tegen mijn schouder, vasthouden en... *pang*.'

Het wapen maakte een knal en het geluid echode door de ruimte.

'Stelt geen reet voor...' Swift lachte.

Opeens begreep Charlie het. 'Hij leerde haar schieten.'

'Precies,' riep Helen uit. 'Ik denk dat zíj Sonia Smalling en Alan Sansom heeft neergeschoten.' Ze draaide zich om en keek naar haar geschrokken team. 'Ik denk dat zij de sleutelfiguur is.'

56

14.05 uur

'Moet jij er ook nog wat?'

Jason keek op van de open kofferbak en keek naar zijn metgezel. Ze stond naast hem, maar keek naar de grond. Ze was al sinds het café afstandelijk en afwezig – vast kwaad omdat hij met alle eer streek – en hij wilde haar weer op het juiste spoor trekken. Hij pakte een handvol patronen uit de kofferbak en duwde ze in zijn jaszak. 'Je wilt dit niet onvoorbereid doen. Het is daar druk. En als we moeten vechten om weg te komen...'

'Niks aan de hand.'

'Daar zijn de meningen over verdeeld,' mompelde hij, terwijl hij nog een handvol patronen pakte. Ze begon hem op de zenuwen te werken. Alles ging precies volgens plan – beter nog, zelfs – maar er kon geen lachje af. Ze kon de pot op, híj had lol. Was het nou zo moeilijk om er ook een beetje van te genieten? Hij wilde tegen haar schreeuwen, tekeergaan, maar hij wist dat dat geen zin had. Daar reageerde ze nooit goed op. Ze moest rustig blijven, anders had hij niets aan haar, dus zat er niets anders op dan te proberen haar een beetje op te beuren. Hij slikte zijn ergernis in en keek haar weer aan.

'Kom op, schat, geef het nou niet op.'

'Ik geef het niet op.'

'Wat maakt het uit dat ze mijn naam weten? De politie... die heeft geen idee wat we van plan zijn, wat dit ís.' Nog altijd keek ze hem niet aan, dus liep hij naar haar toe en trok haar kin omhoog. 'Ze kunnen ons niks maken,' ging hij verder. 'Ze kunnen ons niet tegenhouden. We gaan de wereld vandaag eens even fiksen, jij en ik, precies zoals we hadden afgesproken.'

Ze keek in zijn ogen alsof ze gerustgesteld wilde worden. Tot zijn verrassing leek ze onzeker, zelfs een beetje bang.

'Lach nou maar, dan gaan we ervoor...' Hij leunde naar voren en kuste haar zachtjes op de lippen, waarmee hij haar een waterig, kort glimlachje wist te ontlokken. 'Dat is beter,' zei hij, en hij keek weer in de kofferbak om een laatste hand patronen te pakken. 'Bonnie en Clyde hadden lol, dus waarom wij ni...'

Een heftige stoot schokte door zijn lijf en zijn lichaam klapte tegen de auto. Hij zakte door zijn knieën en viel half in de kofferbak, terwijl hij werd overvallen door de ergste pijn ooit. Zijn ogen stonden plotseling vol tranen en hij kreeg bijna geen lucht; desondanks probeerde hij rechtop te staan. Op de een of andere manier slaagde hij erin zich aan de auto vast te houden en met al zijn kracht hees hij zich overeind om zijn aanvaller aan te kijken.

Daisy stond anderhalve meter voor hem; uit haar opgeheven jachtgeweer kwam een kringeltje rook. Een scheve frons ontsierde haar gezicht.

'Godsamme...?' zei Jason hijgend, maar tegelijkertijd liep er wat bloed uit zijn mond.

'Het spijt me echt, schatje...'

Ze mompelde de woorden en tot zijn verbazing zag Jason tranen in háár ogen. 'Alsjeblieft,' zei hij smekend. Ik hou van je, dat weet je. Ik heb alles voor je over...'

Ze haalde de trekker opnieuw over en het geweer maakte een daverend lawaai. Jasons lichaam schudde wild en viel toen achterover in de kofferbak. Ze had hem in de borst geraakt en hij lag er nu stil bij, terwijl het schot nog echode tegen de bakstenen muren. Daisy treuzelde niet; ze hees zijn warme lichaam in de kofferbak, sloeg hem dicht en liep haastig weg. Haar ogen flitsten van links naar rechts om te zien of er geen getuigen waren of, nog erger, politie.

Maar er was niemand.

57

14.07 uur

Anna Sansom zat in haar eentje in de bezoekersruimte en keek zenuwachtig naar de deur. Ondanks de beloftes van de familierechercheur zat ze hier al twintig minuten.

Ze had zich een weg door het verkeer gebaand en was uiteindelijk bij het winkelcentrum gearriveerd. Het krioelde van de agenten, journalisten en winkelend publiek en ze had moeten duwen en trekken om bij de winkel te komen, om vervolgens te ontdekken dat die met lint was afgezet en niet te bereiken was. Een van de agenten in uniform had geprobeerd haar weg te jagen en ze had tegen hem gekrijst, echt gekrijst. Hij had uiteindelijk begrepen wie ze was en haastig zijn leidinggevende gebeld. Daarna was ze van het kastje naar de muur gestuurd en had niemand haar iets zinnigs gezegd ondanks haar wanhopige vragen; na een tijd was ze naar het hoofdbureau van politie gebracht.

Daar, in die groezelige bezoekersruimte, hadden ze haar het nieuws verteld. Ze had de namen van de agenten niet eens onthouden, had amper begrepen wat ze zeiden. Alan was doodgeschoten. Ze had geweten dat er iets ergs aan de hand was, maar dit had ze niet verwacht. Beschoten? Dood? Alan was een goede man, een lieve man… Ze had gevraagd of het een overval was geweest – alsof het daar beter van werd – en daarna hadden ze gezwegen en haar beloofd een meerdere langs te sturen die haar op de hoogte zou brengen van het onderzoek. Die hadden ze kennelijk niet gevonden, vandaar dat ze hier nog alleen zat. Ze ging ervan uit dat ze hun best deden, maar ze hadden haar hier niet mogen laten zitten, alleen en in shock...

De deur ging open en Anna's blik schoot omhoog. Twee vrouwelijke agenten kwamen snel binnen en gingen tegenover haar zitten.

'Het werd tijd. Ik zit hier al tijden te wachten zonder dat iemand me ook maar iets vertelt...'

'Onze excuses,' zei de langste van de twee. 'En we willen u condoleren met uw verlies. Ik kan me niet voorstellen hoe u zich moet voelen.'

Haar oprechte medeleven raakte Anna. Al haar boosheid verdween opeens en de tranen sprongen in haar ogen.

'Ik ben inspecteur Helen Grace,' ging de politievrouw verder, 'en dit is rechercheur Brooks. Wij leiden het onderzoek naar de moord op uw man.'

Anna knikte stilletjes en durfde niets te zeggen.

'De ontwikkelingen gaan behoorlijk snel, maar we hebben twee personen in beeld van wie wij denken dat ze verantwoordelijk zijn. Ik weet dat het moeilijk is, maar ik wil u vragen om deze foto te bekijken en te zeggen of u ze herkent, de jonge vrouw in het bijzonder.'

'Een vrouw?' vroeg Anna zacht en ongelovig.

Helen pakte een afdruk van de haastig geschoten foto van de telefoon van de student en duwde hem in Anna's hand.

De weduwe staarde Helen met een grauw gezicht aan en worstelde om de gebeurtenissen te begrijpen.

'Alstublieft, mevrouw Sansom. We hebben uw hulp echt nodig...'

Anna liet haar ogen naar de foto glijden terwijl de twee vrouwen haar ingespannen aankeken. De man herkende ze niet, maar het gezicht van de jonge vrouw kwam haar bekend voor. 'Ze lijkt...'

'Ja?'

Anna bestudeerde de foto goed. Ze wist dat ze zeker van haar zaak moest zijn. 'Ze lijkt een beetje op... Daisy.' Anna keek op en zag dat beide politiemensen haar aanstaarden.

'Werkte zij bij uw man in de apotheek?'

'Nee,' antwoordde Anna afwezig, terwijl ze in gedachten alle mogelijkheden afging. 'Nee, we hebben een tijdje voor haar gezorgd. Alan en ik... we konden zelf geen kinderen krijgen, daarom hadden we pleegkinderen. Daisy had het thuis heel moeilijk, haar moeder was jaren daarvoor al verdwenen en haar vader is een nietsnut, dus hebben we haar een paar maanden in huis gehad, maar...' Ze zweeg toen de afschuw van de situatie tot haar doordrong. '... ze was erg onvoorspelbaar. Snel beledigd, zo nu en dan gewelddadig. Ik wilde het wel volhouden, maar Alan... Alan zei dat er ergens een grens lag, dat we ook aan onze andere pleegkinderen moesten denken...' Anna staarde Helen vol ongeloof aan. 'Heeft zij... heeft zíj dit gedaan?'

De twee politiemensen zeiden niets. En op hetzelfde moment had Anna haar antwoord.

58

14.09 uur

Sanderson sloeg het portier dicht en ging haastig te voet verder. Ze was naar Itchen geracet en had een parkeerplek gevonden bij de toegang naar de steeg. Ze kende Southampton op haar duimpje; ze had haar navigatie uitgezet en in plaats daarvan allerlei kortere routes genomen die ze tijdens haar jaren als politieagente had ontdekt.

Onderweg had ze zich afgevraagd of het wel zo verstandig was om deze aanwijzing in haar eentje op te volgen. Stel dat de daders nog bij de auto waren. Zich schuilhielden tot het rustig werd. Ze had zich voorgenomen om assistentie in te roepen zodra ze de auto had gevonden, zodra ze een concrete aanwijzing had. Maar nu ze de bruine Punto in de verte zag, aarzelde ze. Er was niemand in of bij de auto, hij was zo te zien gedumpt. Met wachten op assistentie verspilde ze kostbare tijd en dus…

Sanderson keek nogmaals of er geen burgers in de buurt waren en rende toen door de steeg. Haar blik gleed door de smalle doorgang op zoek naar tekenen van een hinderlaag, maar aangezien ze nergens kon schuilen en er geen tekenen van gevaar waren, ging ze verder. Ze wilde ervan af zijn.

Binnen een minuut was ze bij de auto. Tot haar enorme opluchting was hij leeg. Bovendien zat hij niet op slot. Voorzichtig trok ze het chauffeursportier open en keek naar binnen. Ze had gehoopt dat er een navigatiesysteem in zat dat haar iets kon zeggen over welke doelen de moordenaars op de korrel hadden gehad voorafgaand aan het bloedbad van vandaag, maar de auto was leeg. Er lag alleen een verfrommeld tijdschrift op de achterbank en een leeg flesje cola light. Ze kon de technische recherche wel vragen om onderzoek te doen, maar deze voorwerpen konden zowel van de verdachten als van de eigenaar van de auto zijn.

Sanderson duwde het portier dicht en rechtte haar pijnlijke rug – ze had de laatste tijd te veel voor computerschermen gehangen. Ze toetste het nummer van de recherchekamer in en wilde het telefoontje doorzetten toen ze even wachtte. Ze had de kofferbak nog niet gecontroleerd en zag opeens iets. Een stukje stof dat onder de rand vandaan kwam.

Een vale kakikleur. De zoom van een overjas misschien die de verdachten hadden afgedankt? Het leek een merkwaardige beslissing om de jassen achter te laten, aangezien ze zo handig waren voor het verbergen van lijvige wapens. Het duizelde Sanderson opeens van de vragen. Wat was dit stel van plan? Hadden ze hun modus operandi gewijzigd? Hadden ze hun kleren gedumpt om onopgemerkt te vluchten?

En ze zag nog iets. Vers bloed op de grond. Spetters onder de achterkant van de auto. Was er een nieuw slachtoffer of…?

Sanderson voelde haar ongerustheid toenemen; met lood in de schoenen deed ze een stap naar voren en rukte de kofferbak open.

59

14.10 uur

Daisy liep met snelle stappen over het trottoir en keek zenuwachtig op haar horloge. Haar hele lichaam trilde en ondanks de dikke regenjas die ze droeg, had ze het koud. Ze liep achter op schema, zou nu mogelijk haar kans missen, dus versnelde ze haar pas en haastte zich half struikelend over straat.

Ze had het niet willen doen. Maar wat had ze anders gemoeten? Ze waren nog maar een paar uur bezig en nu al was hun identiteit bekend. Ze had geen idee hoe de politie erachter was gekomen wie Jason was. Hadden ze ergens bewijsmateriaal achtergelaten? Hadden ze iets gezegd? Had iemand hen herkend en de politie gebeld? Nee, dat kon niet...

Toen ze eenmaal doorhadden dat de politie op zoek was naar Jason, hadden ze een moeilijke keus moeten maken. Gewoon doorgaan of het opgeven? Daisy had die laatste optie onmiddellijk van tafel geveegd. Al die voorbereidingen... en het voelde zo góéd. Opgeven was geen optie. Ze moesten verder, maar ze zag dat Jason afgeleid werd – verleid door zijn plotselinge bekendheid – en de aandacht op zich probeerde te vestigen. Dat was onvergeeflijk; ze hadden een plan, een plan waar ze allebei mee hadden ingestemd...

Ze weigerde om hem te huilen, ondanks de tranen die nu in

haar ogen prikten. Had ze van hem gehouden? Nee, maar ze was erg op hem gesteld geweest. Hij was haar rots in de branding geweest, de enige die ooit voor haar was opgekomen en hij was trouw. Trouw als een hond en al net zo enthousiast. Ze had niet heel erg haar best hoeven doen om haar plan aan hem te verkopen; hij had net als zij mensen pijn willen doen. Haar gevoelens voor hem waren gedurende hun korte vriendschap sterker geworden, hoewel ze vermoedde dat hij altijd meer voor haar had gevoeld dan zij voor hem. Ze waren schipbreukelingen die zich te midden van de wrakstukken aan elkaar vastklampten... meer niet. Toen hij alles waar ze voor hadden gewerkt in gevaar had gebracht – door over straat te flaneren alsof hij heel wat voorstelde – had hij in feite de beslissing voor haar genomen.

Dat had het er niet gemakkelijker op gemaakt en ze haalde een paar keer diep adem om tot rust te komen. Ze keek weer op haar horloge: 14.10 uur. Ze zou het net halen. Ze kon de drukte voor zich al zien en liep haastig die kant op, terwijl ze haar jas dichtknoopte om de dikke bult in haar binnenzak te verbergen. Ze keek nog één keer of ze extra patronen had. Zenuwachtig speelde ze ermee in haar jaszak en deed een schietgebedje.

Dit was het dan. Ze was niet van plan geweest het alleen te doen, maar ze had geen keus. Ze gooide haar pet en zonnebril weg, trok de blonde pruik af en smeet hem in een prullenbak. Daarna opende ze haar rugzak, haalde er een zwarte pruik met een bobkapsel uit en zette hem stevig op haar hoofd. Ze moest voorzichtig zijn. Ze zag al een paar bekende gezichten en was niet van plan haar aanwezigheid aan te kondigen. De menigte begon te bewegen, dus keek ze omlaag en liep met de mensen mee naar het gebouw. Bij de deur wachtte ze geduldig en liet vervolgens haar pasje door de kaartlezer glijden. Het licht versprong naar groen – net zoals tijdens hun verkenning – en de deur ging open.

Dankbaar glipte ze naar binnen.

60

14.12 uur

'Onze verdachte is Daisy Anderson.'

Helens stem was luid en duidelijk. Ze was iets rustiger, ook al deed het tempo van de ontwikkelingen in deze steeds complexere zaak haar duizelen. Ze deelde kopieën uit van Daisy's strafblad, verslagen van het maatschappelijk werk en praatte ondertussen verder: 'Ze is achttien, een jonge crimineel met een reeks veroordelingen en waarschuwingen wegens winkeldiefstal, openbare dronkenschap, vandalisme, opstootjes. We denken dat ze Swift heeft leren kennen tijdens haar laatste taakstraf.'

'En het vermoeden is dat zij verantwoordelijk is voor...'

Rechercheur Bentham hoefde niet verder te gaan. Een geschokte Sanderson had kort daarvoor gebeld met het nieuws van haar lugubere ontdekking: Swifts lichaam in zijn eigen jas gewikkeld in de kofferbak van de Punto in een steeg in Itchen. Helen had haar zelf gesproken en bedankt voor haar goede werk, waarna ze de technische recherche ernaartoe had gestuurd. Sanderson zou ter plaatse blijven tot zij er waren en Helen was geneigd geweest er zelf ook naartoe te gaan, maar had besloten om in plaats daarvan het team bijeen te roepen en de nieuwste ontwikkelingen met hen te delen.

'Meredith Walker zal ons meer kunnen vertellen zodra ze het

lichaam heeft onderzocht, maar het lijkt er wel sterk op. Volgens rechercheur Sanderson was Swift van dichtbij neergeschoten met een jachtgeweer.'

'Maar waarom zou ze dat doen? Zij en Swift waren overduidelijk al een tijdje samen, hij hielp haar deze moorden mogelijk te maken...'

'Dat zullen we Daisy moeten vragen wanneer we haar oppakken,' antwoordde Helen met klem. 'Misschien hebben ze ruzie gekregen, waren ze het niet eens over de volgende stap...'

'Misschien was ze geschrokken,' opperde Charlie. 'De naam Jason Swift wordt overal op radio en tv genoemd...'

'Wat de reden ook is, Swift kan ons niet veel meer vertellen. Rechercheur Sanderson heeft het lichaam kort onderzocht: hij had verder niets bij zich, behalve munitie, en in de auto ligt niets waar we iets aan hebben.'

'Weten we hoe lang ze elkaar kenden?' wilde Reid weten.

'Ongeveer een half jaar,' antwoordde Helen. 'Ik denk dat hij een meeloper was. Waarschijnlijk heeft hij de wapens op het dark web gekocht, heeft hij haar geholpen de aanvallen te plannen...'

'Maar zíj was degene die de doelen koos?' vroeg Osbourne.

Helen keek naar Charlie. Was het zijn leeftijd, zijn lengte of zijn geslacht geweest waardoor ze ervan uit waren gegaan dat Jason Swift de leider was? Wat het antwoord ook was, ze hadden goed fout gezeten en hadden kostbare tijd verspild.

'Dat is onze theorie,' ging ze verder. 'Daisy Anderson koesterde waarschijnlijk verbitterde gevoelens en wrok jegens Alan Sansom, en Sonia Smallings collega's hebben bevestigd dat de reclasseringsambtenaar Daisy's taakstraf onlangs als "niet uitgevoerd" had beoordeeld vanwege haar vele verzuim. Daisy zou waarschijnlijk de gevangenis in moeten...'

'En in haar woede wendde ze zich tot Swift... die zelf al behoorlijk opgefokt was...'

Helen knikte – het was een behoorlijk giftige combinatie. Een rechteloze jongeman met een kolkende woede jegens de maatschappij en een interesse voor wapens, en Daisy, een jonge vrouw die het gevoel had dat haar onrecht was aangedaan. Had ze hem gebruikt om haar sporen uit te wissen, om wapens voor haar te regelen, zodat zij uit beeld kon blijven? Of had ze oprecht gevoelens voor haar handlanger gehad?

'Daisy is het kind van gescheiden ouders. Ze woont bij haar vader op een boerderij in Hedge End. De Punto hebben ze daar een paar kilometer verderop gedumpt, maar ik denk niet dat ze naar huis gaat – lopend is dat te ver. We sturen patrouillewagens naar de boerderij, maar ik wil dat we ons concentreren op haar recente veroordelingen, haar werk, opleiding, vrienden, familieleden. Woont of werkt er iemand in Itchen tegen wie ze wrok koestert?'

'Ze is een keer opgepakt in Topshop, maar dat is meer in het centrum,' zei rechercheur Osbourne, die door Andersons strafblad bladerde.

'Ongeregeldheden in Woolston,' opperde rechercheur Bentham. 'Dat is vrij dichtbij. Mishandeling van een tiener...'

'Een bekende van haar?' vroeg Helen.

'Zo te zien niet...'

Vertwijfeld bladerden de rechercheurs door de papieren. Helen deed hetzelfde, tot ze opeens stopte en opkeek. 'Meadow Hall. De middelbare school. Waar is die?'

De verraste rechercheurs googelden snel.

'In Itchen,' zei Osbourne snel, en hij gaf haar zijn telefoon.

Helen keek op het scherm naar de locatie van de school op de kaart. Hij lag maar een paar honderd meter van de plek waar de auto was gedumpt.

'Wat weten we? Volgt ze daar nog steeds lessen? Heeft ze er proble...'

'Ze is van school getrapt,' zei Charlie ernstig, terwijl ze het dossier raadpleegde. 'Weggestuurd.'

'Wanneer?' wilde Helen weten.

Charlie was even stil en zei toen: 'Zes weken geleden.'

61

14.14 uur

K*nerp, knerp, knerp.*

Haar gympen maakten een heerlijk onaangenaam geluid terwijl ze over de geboende houten vloer liep. Daarnet was de gang vol leerlingen geweest die lachten en grapjes maakten terwijl ze naar hun middaglessen liepen. Nu was hij bijna verlaten en het geluid van haar schoenen echode door de lege ruimte.

Langzaam liep ze verder en keek van links naar rechts om te zien of iemand haar komst had opgemerkt. Tot nu toe had niemand echt op haar gelet en ze had ongehinderd kunnen doorlopen. Zo nu en dan keek een leerling haar nieuwsgierig aan als ze langs een lokaal liep, waarna hij zijn blik weer op het bord richtte. Geen wonder dat de schoolresultaten hier zo goed waren.

'Kan ik je helpen?'

Daisy bleef abrupt staan, draaide zich om en zag dat een gezette man in een overall haastig op haar afkwam.

'Pardon?' antwoordde ze vragend.

'Dit is een school. Je kunt hier niet zomaar binnenlopen...'

'Ik ben een leerling hier.'

'Nee, hoor. Ik ken iedereen die door deze deuren komt en jou herken ik niet...'

De man bleef voor haar stilstaan. Hij bekeek haar wat beter en

Daisy had de indruk dat ze een glimp van herkenning zag.

'Hoe heet je?' wilde hij weten.

Met een glimlach deed Daisy een stap naar voren en ramde met haar linkerknie tegen zijn kruis. De geschokte conciërge hapte naar adem van de pijn, maar zijn lijden werd direct opgevolgd door de kolf van haar geweer die in zijn gezicht werd geramd. De klap was wreed en haar slachtoffer zakte door zijn benen en viel op de grond.

Daisy duwde het geweer weer onder haar jas en zag dat een groepje leerlingen zich bij het raam van een van de lokalen had verzameld. Ze keken naar de conciërge die op de grond lag en toen naar haar. Maar zij liep alweer verder. Het was geen onderdeel van haar plan geweest om de dag van deze dikzak te verpesten en ze mocht zich niet laten afleiden.

Ze had een klus te klaren.

62

14.15 uur

Het schoolterrein was indrukwekkend groot. Emilia verbaasde zich over de omvang – haar eigen middelbare school was veel kleiner geweest en had over veel minder middelen beschikt. Vanaf de plek waar ze stond kon ze een kunstgrasveld, een zwembad en een tennisbaan zien liggen, om nog maar te zwijgen van het pretentieuze natuurkundelab. Door haar vaders misdrijven was Emilia niet veel op school geweest, maar ze zou een moord hebben gedaan om naar een school als deze te mogen.

Nadat ze de graffiti bij het reclasseringskantoor had bekeken, had Emilia haar aantekeningen bestudeerd, de vele foto's op haar laptop opnieuw bekeken en een lijstje gemaakt van de verschillende panden die tijdens de meest recente graffitigolf waren besmeurd. Het was een saai en ergerlijk klusje geweest, maar uiteindelijk had het iets opgeleverd. Emilia was er zeker van dat ze die opvallende slang op ten minste één andere plek had gezien en na een half uurtje geduldig zoeken, had ze hem gevonden.

Ze had er een tijd over gedaan om de eigenlijke plek terug te vinden, maar op de muur aan de achterkant van de school, uit het zicht en aan de kant van de gemeentelijke vuilstortplaats, ontdekte ze de pas geschilderde slang die zichzelf opat. Hij was nog zo recent dat Emilia de verf kon ruiken – er ging een rilling van opwinding door haar heen toen ze de volle, chemische lucht opsnoof.

Voor haar lagen de sportvelden en het schoolplein die vrijwel verlaten waren omdat de leerlingen binnen les hadden. Nadat ze over het hek achter de school was geklommen, waarvoor ze nota bene op haar Opel Corsa was gaan staan, had ze vrij baan tot aan het hoofdgebouw. De beveiliging stelde niet veel voor, zo te zien, en de tuinman was net vertrokken om het gemaaide gras weg te gooien. Emilia kwam uit de schaduw tevoorschijn.

Deed ze hier goed aan? Moest ze de politie niet bellen? De graffiti was wel erg opvallend, maar het kon ook gewoon… toeval zijn. Trouwens, zou iemand haar serieus nemen nu ze zo van haar voetstuk was gevallen? Nee, ze had meer nodig voordat ze prijsgaf wat ze wist. Dus hield ze de tuinman nauwlettend in de gaten en sloop over het gras naar de school.

63

14.21 uur

Helen rende de trap op en haastte zich naar de hal van de school. Ze werd geflankeerd door gewapende eenheden en de rest van haar team zat vlak achter haar. Het was hun taak om het terrein te beveiligen totdat ze zeker wisten of Daisy van plan was hiernaartoe te gaan of niet.

Helen had de grote ontvangsthal nog niet betreden of ze zag hen – een groepje geschrokken leerlingen die gebogen stonden over iemand op de grond. Helen hield haar penning op en rende naar ze toe. Het groepje week uiteen waardoor een gezette man van middelbare leeftijd zichtbaar werd. Zijn gezicht en overall waren besmeurd met bloed, maar tot Helens opluchting leken zijn verwondingen mee te vallen. Hij hield een doorweekte zakdoek tegen een akelige snee bij zijn slaap.

'Heeft iemand een ambulance gebeld?' vroeg Helen.

Een van de leerlingen knikte zonder iets te zeggen en Helen wendde zich tot de gewonde man.

'Kunt u me zeggen waar ze is?'

De man keek naar haar op, maar leek haar niet te zien.

'Ik móét Daisy Anderson vinden. Welke kant ging ze op?'

Eindelijk bewoog de man zich. Zijn gezicht vertrok van pijn toen hij een vinger omhoogbracht en door de gang wees. Daar lagen enkele lokalen, met aan het eind een trappenhuis.

Helen bedankte hem en gebaarde dat de gewapende eenheden verder moesten. Met hun karabijnen in de aanslag, liepen ze voorzichtig maar doelbewust door de gang. De geschokte leerlingen keken hen na, duidelijk gealarmeerd door het zware vertoon van wapens. Sommigen stonden op het punt om in tranen uit te barsten – hun school was altijd een veilige, leuke plek geweest, maar was nu geschonden door deze verschrikking.

Helen wenkte Charlie en rende door de gang. De gewapende politiemensen werkten snel en liepen de lokalen op de begane grond in en uit. Toen ze daar niets vonden, haastten ze zich naar het trappenhuis. Helen knikte dat ze verder konden, waarna ze behoedzaam de trap op liepen. Helen gaf ze even de tijd en volgde toen snel omdat ze niets wilde missen.

Daisy's voorsprong was nog maar een kwestie van minuten.

64

14.22 uur

De deur vloog open en Daisy liep met grote stappen het lokaal binnen.

Sarah Grant keek op en haperde even. Hoewel ze conrector was, had ze een volledig lesrooster en was ze erg trots op de schoolresultaten voor Frans en Duits. Ze was lichtelijk verliefd op het geluid van haar eigen stem en las haar leerlingen vaak voor. Zo ook nu, maar ze struikelde over haar woorden en zweeg toen de indringer op haar bureau afkwam.

'Kan ik je helpen?' vroeg ze, en ze deed haar best om rustig te klinken.

'Jullie kunnen me helpen...' antwoordde Daisy, en ze richtte zich tot de klas, '... door op te rotten.' Terwijl ze het zei, haalde ze het afgezaagde geweer onder haar jas vandaan.

De leerlingen hapten naar adem.

'NU!' schreeuwde ze.

Stoelen schraapten over de vloer toen jonge mannen en vrouwen opstonden en de gang op renden. Daisy keek ze na. Toen de laatste was verdwenen, smeet ze de deur dicht en ramde er een tafeltje tegenaan zodat ze ingesloten zaten.

'Jij en ik,' zei ze, en ze keek naar de geschrokken docente.

'Moet je horen, als je geld wilt, mijn tele...'

'Op je knieën.'

'Wat doe... Waar ben je mee bézig?' schreeuwde de docente.

'Nu!' antwoordde Daisy, en ze bracht haar geweer omhoog.

Grant gehoorzaamde en zakte door haar knieën.

'Herken je me niet, Sarah?'

De docente staarde naar haar aanvaller en bekeek haar voor het eerst goed. 'Daisy? Ben jij dat...?'

'Een tien met een griffel.'

'Moet je horen, ik weet niet waar dit om gaat, maar... alsjeblieft...' Ze was aan het stotteren, doodsbang door de dubbele loop die op haar gericht was. 'Ik heb een gezin,' ging ze haperend verder.

'Daar had je eerder aan moeten denken.'

'Eerder? Wat heb ik gedaan?'

'Je bent een bitch en bitches moeten afgemaakt worden.'

'Nee, Daisy, nee... Ik ben een mens...'

Maar haar overweldiger schudde het hoofd en verwierp Grants smeekbeden om genade.

'Toe, als je nu gaat, vinden ze je misschien niet. Mijn leerlingen hebben vast de politie gebeld, dat weet jij ook, dus je moet hier niet blijven, straks word je gepakt...' Maar terwijl ze het zei, besefte Sarah opeens dat Daisy helemaal niet van plan was om te ontsnappen. Ze had over schietpartijen op scholen in Amerika gelezen en wist hoe die meestal afliepen. 'Zeg me dan wat ik kan doen om het goed te maken,' zei ze, waarmee ze opnieuw van onderwerp veranderde.

'Ik ben hier niet om iets uit te leggen,' was Daisy's weerwoord, en ze bracht haar wapen in gereedheid.

Grant keek naar haar oud-leerlinge. Daisy genoot zichtbaar van de macht om te kunnen beslissen over haar leven of dood. 'Ik wil niet dood,' zei ze smekend. 'Ik weet dat ik... een bitch kan zijn. En als ik iets heb gedaan waarmee ik je heb gekwetst, dan spijt me dat echt heel, heel erg…' Tranen prikten in haar ogen en haar stem sloeg over. 'Ik doe alles wat je wilt, zeg maar wat je wilt, schiet me alsjeblieft niet dood. Mijn gezin redt het niet zonder me, dat weet ik zeker, alsjeblieft…' Vechtend tegen de tranen keek ze Daisy recht in de ogen. '… schiet me niet dood.'

Maar terwijl ze het zei, gleed er een boosaardige glimlach over het gezicht van de jonge vrouw.

65

14.24 uur

Ze kletterden langs haar heen de trap af alsof ze niet bestond.

Helen was op de eerste verdieping aangekomen en had de gewapende eenheden ingezet om de lokalen te controleren. Zij en Charlie waren in het trappenhuis gebleven, hadden contact met het team en zochten wanhopig naar aanwijzingen waar Daisy was in dit enorme schoolcomplex.

Knal! Helen en Charlie schrokken op bij het harde geluid. Maar het was de deur naar het trappenhuis die een verdieping hoger tegen de muur sloeg. Even later kwamen dertig doodsbange leerlingen langs, die renden voor hun leven. Het lawaai was beangstigend. Ze denderden langs haar, zich niet bewust van welke hindernis dan ook, maar Helen stak haar arm uit en trok een van de ontzette leerlingen naar zich toe.

'Waar is ze?'

De leerling probeerde zich los te worstelen omdat hij niet wist hoe snel hij weg moest.

'Wáár is ze?' herhaalde Helen, luider deze keer.

'Talenlab, derde verdieping,' antwoordde de bange leerling.

Hij rukte zich los en Helen liet hem gaan. Ze gebaarde naar Charlie, liep de trap op en zette haar portofoon aan. 'Alle gewapende eenheden naar de derde verdieping. Ik herhaal, alle eenheden naar de derde verdieping.’ Ze zette hem uit en rende met drie treden tegelijk omhoog. Even later hadden Charlie en zij de overloop van de derde verdieping bereikt. Helen haalde diep adem, duwde de deur open en liep de gang in.

66

14.25 uur

Overal liepen mensen. Leerlingen en docenten waren uit hun lokalen gekomen, geschrokken van het lawaai. Ze keken elkaar verdwaasd en bezorgd aan.

'Jullie moeten weg,' zei Helen, die naar ze toe liep.

'Waarom? Wat is er aan de hand?' vroeg de docent die het dichtst bij haar stond.

'Als u het nieuws op de radio vandaag een beetje gevolgd hebt... dan zou ik gewoon gaan.'

De geschrokken docenten leken haar boodschap nu te begrijpen en leidden hun leerlingen haastig naar de trap. Enkele seconden daarvoor waren ze gedesoriënteerd en in de war geweest, maar nu kwamen ze in actie, klopten op deuren, waarschuwden anderen en ontruimden de verdieping. Helen was verrast en onder de indruk van hun rust en zelfverzekerde houding en liet zich erdoor aansporen hetzelfde te doen: ze waarschuwde leerlingen om niet te treuzelen en stuurde ze in de richting van de nooduitgang aan de andere kant van de gang.

De gewapende eenheden liepen tegen de stroom in. Een bord op de muur wees hen naar het talenlab en ze haastten zich die kant op. Aan het eind van de gang waren vier lokalen. Drie deuren stonden open, maar de vierde was dicht en het rolgordijn zat omlaag.

Helen trok zich terug en keek hoe drie leden van de gewapende eenheid naar de openstaande deuren liepen. Met spiegels controleerden ze de lokalen, waarna ze geluidloos naar binnen gingen. Helen wachtte gespannen, maar even later kwamen ze alle drie hoofdschuddend naar buiten.

Ze liepen weer verder, dicht langs de muur, op de voet gevolgd door Helen. Ze verwachtte dat het glas achter het rolgordijn elk moment kon exploderen, maar ze slaagden erin de laatste deur veilig te bereiken. Behoedzaam en zachtjes stak een van de politiemensen zijn hand naar de deur uit, terwijl hij tegen de muur gedrukt bleef staan. Hij pakte de deurkruk en duwde hem omlaag. De kruk bewoog, maar toen hij de deur wilde openduwen, voelde hij weerstand. De deur ging een paar centimeter open, verder niet.

Het was precies waar Helen bang voor was geweest. Ze had geen idee hoeveel mensen Daisy bij zich had of wat ze van plan was.

'Daisy, dit is inspecteur Grace. Ik wil met je praten,' riep ze op afgemeten, duidelijke toon.

Er kwam geen reactie uit het lokaal.

'Daisy, ik kan je niet helpen als je niet met me wilt praten.'

Helen luisterde en hoopte op een reactie. Die kwam niet, maar ze hoorde wel iets. Een klaaglijk, laag gekreun, als een dier dat pijn had... Vragend keek ze naar de leider van de gewapende eenheid.

'Een verdovingsgranaat?' fluisterde hij vragend.

Helen moest razendsnel een beslissing nemen. Ze was er niet van overtuigd dat Daisy het type was dat gedwee meekwam en als er al mensen gewond waren, had ze niet veel keus. Ze stak twee vingers op. Onmiddellijk pakten twee politiemensen hun granaten, terwijl twee andere zich klaarmaakten voor de aanval. In stilte telden ze af en wierpen zich toen tegen de deur. Die bewoog iets, waardoor ze net genoeg ruimte hadden om hun granaten naar binnen te gooien. Een seconde later klonk er een oorverdovend lawaai gevolgd door een felle lichtflits. De politiemensen aarzelden geen moment meer, ramden nogmaals tegen de deur en baanden zich met hun wapen geheven een weg naar binnen.

'Gewapende politie!'

Helen wachtte tot de laatste agent naar binnen was gerend en volgde. Dat was niet volgens protocol en ze hoopte dat Charlie niet hetzelfde zou doen, maar ze moest weten waar ze mee te maken had. Snel sloop ze, laag bij de grond, het lokaal binnen, wanhopig op zoek naar hun prooi. Maar Helen was nog niet binnen, of ze besefte dat ze te laat waren. Daisy was gevlucht en de barricade voor de deur was helemaal geen barricade.

Het was een vrouw van middelbare leeftijd die in een plas bloed op de grond lag.

67

14.32 uur

Emilia Garanita had meer lef dan de meeste mensen. Ze was er trots op dat ze dingen deed die anderen niet zouden durven. Als journaliste aan de zuidkust stelde ze haar leven regelmatig in de waagschaal voor een goed verhaal, maar vandaag was ze bereid een uitzondering te maken. Ze durfde best toe te geven dat ze was geschrokken van de stromen leerlingen die de school uit kwamen rennen. Ze had een snelle beslissing moeten nemen en in dit geval had ze ervoor gekozen zich terug te trekken.

In een opwelling was ze tegen de stroom in gegaan en was ze via de brandtrap naar de achterkant van de school gelopen. Dat was deels omdat ze niet gevonden wilde worden in de menigte, maar vooral omdat ze intuïtief dezelfde weg terug wilde naar haar auto. Het was fijn geweest om de trap af te rennen, weg van het gevaar, en nog prettiger om het warme zonlicht op haar gezicht te voelen.

Ze was blijven rennen en haar laarsjes hadden op het schoolplein geklikt voordat ze uiteindelijk achter een schuur uit het zicht was verdwenen, een heel eind achter het schoolgebouw. Het was een kleine schuur – Emilia zag een zitmaaier en wat tuingereedschap staan – maar hij bood voldoende dekking. Ongezien kon Emilia op adem komen en met haar mouw het zweet van haar gezicht vegen. Ze hield niet van sporten en was opeens doodmoe.

Terwijl ze tegen het warme hout van de schuur leunde, begon ze wat tot rust te komen. Was het dom geweest om weg te rennen? Blijven zou riskant zijn geweest gezien de paniek op de gezichten van de leerlingen, maar was ze hier niet juist voor een verhaal? Tot nu toe had ze alleen een theorie – een theorie die bleek te kloppen, dat wel – maar verdomd weinig tastbaar materiaal. Ze kon moeilijk met lege handen terug naar Gardener.

Ze raapte al haar moed bijeen, liep weer om de schuur heen en keek naar de school. Onmiddellijk deinsde ze terug. Een jonge vrouw in een kakikleurige overjas rende over het sportveld. Ze liep niet precies haar kant op, maar zou wel vlak langs de schuur komen. Emilia had geen idee waar haar metgezel was. Vluchtte hij via een andere route de school uit? Of was hem iets overkomen?

Emilia liep om de andere kant van de schuur en liet de naderende figuur achter zich. Haar cameratas stuiterde tegen haar heup en spoorde haar tot actie aan. Zachtjes ritste ze hem open en haalde haar trouwe Nikon tevoorschijn. Vervolgens keek ze om de andere hoek. De vrouw was vijftig, zestig meter bij haar vandaan en maakte haast. Over een paar seconden zou ze de schuur zijn gepasseerd en was het moment voorbij, dus bracht Emilia haar camera omhoog en zoomde in op de vluchtende figuur. Het was een jonge vrouw, meer kon ze niet met zekerheid zeggen, maar dit was niet het moment voor details. Ze klikte snel achter elkaar. Ze voelde een golf van opwinding en zelfs trots, blij dat ze alle anderen weer een stap voor was.

Emilia schoot tien, elf, twaalf foto's. Opeens keek de vrouw op. Emilia zag in de zoeker dat ze haar kant op keek. Direct dook ze weg achter de schuur. Had de vrouw iets gehoord? Nee, niet waarschijnlijk op die afstand. Had de zon in Emilia's lens geschitterd en zo haar aanwezigheid verraden? Had ze het zich gewoon ingebeeld? Of had de vrouw tijdens haar vlucht uit de school gewoon haar omgeving in zich op willen nemen?

Emilia vermande zich en keek opnieuw heel voorzichtig om een hoekje. Tot haar verbazing was de vrouw nergens te bekennen. Ze was verdwenen.

Emilia begon in paniek te raken. Ze propte haar camera in haar tas en rende rond de schuur, vastbesloten het op een lopen te zetten... om vervolgens de vrouw voor zich te zien staan, met een geweer op haar gericht.

68

14.35 uur

'Ziet iemand ze?'

Helen had Charlie in het lokaal op de derde verdieping achtergelaten bij de gewonde vrouw en liep naar de brandtrap. Daisy was in elk geval niet via de hoofdtrap ontsnapt – anders zouden ze haar zijn tegengekomen – dus moest dit haar vluchtroute zijn geweest. In plaats van naar beneden te gaan, was Helen omhooggelopen, was bovenaan over het hek gesprongen en was soepel op het asfaltdak terechtgekomen. Snel was ze naar de rand van het dak gerend en had via de portofoon contact gezocht met rechercheur Edwards die de zoektocht over het schoolterrein coördineerde.

'Nog niets,' was zijn blikkerige antwoord.

'Helemaal niets?' vroeg Helen, die bijna niet kon geloven dat ze haar weer waren kwijtgeraakt.

'Het is hier een chaos. Ouders die arriveren, de pers, om nog maar te zwijgen van zevenhonderd leerlingen. We proberen het schoolterrein af te sluiten, maar…'

'Waar blijft de helikopter?'

'Die is onderweg. Je moet hem elk moment kunnen zien.'

'Akkoord. Hou contact. Ik wil dat Daisy's politiefoto onder de pers wordt verspreid. We moeten een opsporingsbevel uitvaardigen en ik wil dat alle uitvalswegen rond Itchen worden afgesloten.'

'Ja, chef.'

Edwards beëindigde het gesprek en op dat moment hoorde Helen het. Ze draaide zich om en zag een donkere vlek in de lucht die dichterbij kwam en met elke seconde die voorbijging groter werd. Even later vloog de politiehelikopter bulderend over haar hoofd, steeg in een boog op en begon boven de school te cirkelen.

Helen zou zich gerustgesteld moeten voelen door zijn aanwezigheid, maar dat was niet het geval. Ze had nog nooit een zaak als deze meegemaakt: de moordenaar sloeg snel en hard toe en ging dan zonder enige belemmering verder. Vier slachtoffers in slechts een paar uur tijd en nog leek ze niet tevreden. Helen zat haar op de hielen, maar tot nu toe hadden hun beste pogingen niets opgeleverd en Daisy Anderson was nog steeds voortvluchtig.

Ze waren dichtbij geweest, maar het was niet genoeg.

69

14.36 uur

De jonge vrouw keek bezorgd naar de lucht. Emilia liep iets voor haar, maar deed haar uiterste best om vanuit een ooghoek iets te zien, bang dat de vrouw elk moment het geweer omhoog kon brengen en de trekker zou overhalen. En ze zag het, toen ze allebei het geluid van de helikopter hoorden: een flits van bezorgdheid op het gezicht van de vrouw.

Ze tuurde omhoog op zoek naar tekenen van gevaar. Emilia deed hetzelfde op het moment dat haar overweldiger afgeleid was. Tot Emilia's frustratie was de helikopter, die in eerste instantie recht op hen af was gevlogen, van richting veranderd en hing nu boven het schoolgebouw.

De vrouw draaide haar hoofd om en Emilia keek snel weer naar voren. Ze waren bij het hek, de grens van het schoolterrein, al waren ze niet in de buurt van de plek waar Emilia het terrein op was gekomen. Ze vertraagde haar pas en vroeg zich af wat er nu zou gebeuren.

Tot haar verrassing rukte de vrouw haar camera af, smeet hem opzij en blafte naar haar: 'Het hek over.'

Emilia deed wat haar gezegd werd, pakte het gaas vast en klauterde eroverheen. Aan de andere kant kwam ze onhandig op haar kont terecht, tot vermaak van haar overweldiger, die soepel naast haar landde.

Met een glimlach stak de vrouw haar hand uit. Verrast pakte Emilia hem vast, in de hoop dat deze vriendelijke behandeling het begin van haar vrijlating was, nu ze van het schoolterrein af waren.

Maar haar opluchting was van korte duur, want de vrouw draaide zich om en vroeg: ‘Heb je een auto?’

70

14.52 uur

Sanderson keek naar de rij auto's voor zich. Er werd een enorm netwerk van wegversperringen rond het centrum van Itchen aangelegd, in een poging alle mogelijke ontsnappingsroutes te blokkeren. Tientallen medewerkers van de verkeerspolitie en andere politiediensten waren bij de operatie betrokken, maar het was aan Sanderson en rechercheur Reid om de taken te coördineren. Sanderson was niet ondankbaar – het was prettig om een opdracht toegewezen te krijgen – maar het was een enorme klus. Tot haar opluchting werkten de agenten in uniform die onder haar tijdelijke leiding stonden goed mee en haar wegversperring was in recordtijd een feit.

De bewoners van Itchen zouden het haar natuurlijk niet in dank afnemen – alle verkeer op de hoofdwegen in en uit het gebied stond nu vast – maar Sanderson maakte zich daar geen zorgen om. De laatste berichten van Meadow Hall School duidden erop dat Daisy Anderson nog altijd op vrije voeten was; niemand had haar meer gezien. Ze speelde met vuur – Helen moest haar op een haar na gemist hebben – maar tot nu toe had ze geluk.

Daisy had niet stilgezeten. Het was nog vroeg in de middag en toch had ze al vier keer toegeslagen. Het was veelzeggend dat ze er na elke aanval snel vandoor was gegaan en aanzienlijke afstanden had afgelegd voordat ze opnieuw had toegeslagen. Bij ten minste twee aanvallen had ze een voertuig gestolen om zich ongemerkt te verplaatsen, vandaar dat bemande wegversperringen zo belangrijk waren.

Rechercheur Reid stond aan de westelijke rand van de wijk en controleerde de weg naar Itchen Bridge. Als Daisy terug wilde naar het centrum van Southampton, moest ze over die weg. Sanderson stond aan de oostkant, waar Portsmouth Road en Spring Road elkaar kruisten. Dat was een logische route als Daisy naar huis wilde, naar Hedge End, of als ze wilde vluchten via de M27. Vandaar kon ze in noordoostelijke richting naar Londen of in zuidoostelijke richting naar Portsmouth. Allebei een goede optie als ze wilde verdwijnen.

Was dat wat ze van plan was? De frequentie en de wreedheid van haar aanvallen duidden erop dat ze niet bang was om gepakt te worden – misschien wilde ze dat juist wel. Maar de overval op de apotheek duidde erop dat ze een voorraad contant geld en spullen wilde aanleggen. Met welk doel? Om haar ontsnapping te bekostigen? Of om van te leven terwijl ze zich schuilhield?

Wat haar plannen ook waren, ze zou eerst moeten zien te ontsnappen. De politiehelikopter van Hampshire cirkelde boven de wijk en doorzocht de straten van bovenaf. Een tweede was ingeroepen van de politie van West Sussex. Alle wegen in het gebied werden nu door de politie gecontroleerd en gezien de vermoedelijke timing van de meest recente schietpartij, was duidelijk dat Daisy érgens in de buurt was.

Misschien zat ze wel in een van de auto's voor haar. Met haar geweer op schoot. En dacht ze na over haar mogelijkheden. Sanderson liep heen en weer en probeerde zichzelf tot kalmte te manen. Vroeger zou ze een situatie als deze spannend hebben gevonden. Nu was ze alleen een beetje bang.

71

14.54 uur

Het verkeer was verschrikkelijk en dus parkeerde Nick Dean zijn auto langs de kant van de weg. Het was een gevecht geweest om door Itchen te komen en nu stond hij al zeker tien minuten stil. Hij liet zijn auto staan en begon te rennen. Hij deed hem niet op slot, wist niet eens of hij zijn portier goed had dichtgedaan, maar keek niet om en zigzagde tussen iedereen op het drukke trottoir door.

Hij had in een vergadering gezeten toen hij het telefoontje kreeg. Hij hoorde geen telefoontjes aan te nemen tijdens de wekelijkse teambriefing en in eerste instantie had hij het genegeerd. Maar toen zijn telefoon een tweede keer begon te rinkelen – weer een schoolmoeder die hem belde – had hij opgenomen, was hij snel de kamer uit gelopen en had hij de boze blikken van zijn baas genegeerd.

'Er is iets op school gebeurd, Nick. Op de radio hebben ze... hebben ze het over een schietpartij.'

Haar woorden hadden hem even doen wankelen. Dat was niet mogelijk. Zulke dingen gebeurden in Amerika, niet hier. Nick had opgehangen, was de parkeerplaats over gerend en had onderweg de lokale nieuwssite op zijn telefoon opgezocht. Hij voelde zich misselijk worden toen hij de korte berichten las over het incident dat gaande was op Meadow Hall School, over de wegversperringen rond Itchen. Er was dus echt iets aan de hand...

Binnen een minuut had hij in zijn auto gezeten. Hij wist dat hij Mandy's voorbeeld zou moeten volgen en de andere ouders moest bellen, zodat ook zij wisten wat er aan de hand was. Maar die onbaatzuchtigheid was hem nu te veel, dus had hij met piepende banden het terrein verlaten en was in de richting van de school gereden. Tientallen afschuwelijke scenario's hadden door zijn hoofd gespookt toen hij in de richting van Meadow Lane was gereden. Hij had gehoord dat er vanmorgen een schietpartij in de buurt van Ashurst was geweest, maar had er weinig aandacht meer aan besteed toen de werkdag hem opslokte.

Vervolgens hadden ze op de radio gezegd dat de schietpartij op school de derde aanval die dag was.

'Alsjeblieft, God, niet Jeannie. Niet mijn meisje...' Hij had de woorden gemompeld, maar ze hadden hem weinig goed gedaan. Hij voelde zich zo machteloos, zo dom. Zou iemand hem niet gebeld hebben als er iets was? Waarschijnlijk niet, omdat het incident nog gaande was en de daders nog op vrije voeten. Nick had uit frustratie getoeterd – om het langzaam rijdende verkeer, om zijn gebrek aan informatie – voordat hij zijn auto had verlaten.

Het ging niet snel, het was alsof er net zo veel mensen naar de school toe liepen als er vandaan kwamen. Nick herkende een paar gezichten – andere ouders uit de carpoolgroep – en opeens besefte hij dat hij er net zo gekweld uit moest zien als zij. Bleke, afgetobde en verbijsterde gezichten; opgewekte mensen die hij normaal bij het schoolhek groette zagen er opeens uit alsof ze in een dag tijd tien jaar ouder waren geworden.

Hij versnelde zijn pas en duwde een paar protesterende ouders opzij. Het was niet aardig, het was niet zoals het hóórde, maar opeens moest hij het gewoon weten. Ze hadden maar één kind, ze betekende alles voor hen...

'Jeannie!' Toen hij de enorme mensenmassa naderde die bij de politieafzetting rond de school stond, brulde hij haar naam. Ze stonden tien rijen dik of meer en de groep leek uit betraande leerlingen te bestaan die zich vastklampten aan hun ouders, hun vrienden en in sommige gevallen politiemensen en ambulancepersoneel. Het was een erg beangstigend tafereel, waardoor hij nog meer overstuur raakte.

'JEANNIE!'

Zijn kreet leek in de wind weg te sterven, dus gaf hij het op en pakte een leerling vast die net haastig wegliep. Nick dacht dat hij haar herkende, dat ze in dezelfde klas zat als Jeannie.

'Heb je mijn dochter gezien?'

De leerling keek hem glazig aan.

'Heb je Jeannie gezien?' drong hij aan, en hij verhief zijn stem.

'Nee, nee,' antwoordde ze uiteindelijk. 'Ik heb niemand gezien, ik ben gelijk weggerend...'

Nick liet haar staan en liep naar voren. Hij rende langs de rand van de menigte. 'Jeannie?' Hij schreeuwde zo hard mogelijk, maar het kostte hem moeite om zich verstaanbaar te maken boven iedereen die huilde en jammerde.

'Jeann...'

'Papa?'

Hij bleef abrupt staan en draaide zich om. Het klonk als zijn dochter, maar hij wist het niet zeker. 'Jeannie?'

En opeens was ze daar. Ze rende op hem af en wierp zich in zijn armen. Ze was in tranen, net als hij, maar verder leek ze in orde. Ze was duidelijk erg overstuur en hij liet haar een paar minuten huilen, hield haar dicht tegen zich aan, voordat hij haar uiteindelijk wat van zich af duwde. Hij veegde haar tranen weg, kuste haar meerdere keren en toen ze wat rustiger leek, vroeg hij: 'Heb je mama ergens gezien?'

72

14.56 uur

Helen keek naar het lichaam van de vrouw. Het ambulancepersoneel had onvermoeibaar zijn best gedaan om haar leven te redden, maar haar verwondingen waren te ernstig geweest. Daisy's vierde slachtoffer was van korte afstand neergeschoten – eenmaal in de borst en eenmaal in haar gezicht. Het bloed dat nog op de muur in de hoek van het lokaal zat, liet zien waar de schietpartij precies had plaatsgevonden: Daisy had Sarah Grant in een hoek gedreven en had toen geschoten. De hoeveelheid bloed was veelzeggend, evenals het feit dat haar kaak en wang door de inslag waren weggerukt.

Wonder boven wonder was de ernstig verwonde vrouw erin geslaagd zich door het lokaal heen te slepen. Misschien was Daisy vertrokken in de veronderstelling dat haar taak erop zat. Hoe dan ook, Sarah Grant had willen leven en was naar de deur gekropen. De langgerekte, bloederige vlek en de bloederige vingerafdrukken op de deurkruk lieten zien dat het haar was gelukt. Maar de arme vrouw was er alleen in geslaagd zichzelf in te sluiten voordat ze in elkaar was gezakt. Helen gruwde ervan te bedenken dat Sarah Grant het obstakel was geweest – de barricade – waar ze mee geworsteld hadden toen ze het lokaal binnen wilden.

Sarah Grant was een echtgenote en moeder – die informatie

had Helen inmiddels al – en ze was op de koude, houten vloer leeggebloed. Waarom? Omdat Helen zich voor de gek had laten houden, zich had laten misleiden en naar WestQuay was geracet, terwijl Daisy Anderson hiernaartoe was gegaan. Naar de school, met moord als doel.

Helen had Sarah in de steek gelaten zoals ze de andere slachtoffers in de steek had gelaten. Weer een dode die Helen op haar geweten had, weer een geest die voor haar gekwelde geweten flaneerde. Ze wist dat ze sterk moest zijn als ze deze gewetenloze moordenaar wilde pakken, maar Helen voelde die bekende duisternis over zich heen kruipen – en daarmee een brandende woede die ze maar moeilijk kon beheersen.

73

15.02 uur

'Shit.'

Emilia had de wegversperring een halve minuut geleden al gezien, maar haar metgezel zag hem nu pas. Ze was afgeleid en had in gedachten verzonken zenuwachtig met de knopen van haar jas zitten spelen. Maar toen de auto in een lange rij tot stilstand kwam, keek ze op. Ze schrok duidelijk van de blauwe zwaailichten en het aantal mensen in uniform op de weg en met samengeknepen ogen keek ze achterom. Maar ze zaten nu ingeklemd, ze konden geen kant op.

De versperring was vijftien meter verderop. De agenten namen zo te zien hun tijd en ondervroegen alle chauffeurs uitgebreid. Emilia had geen dekmantel – haar overweldiger en zij hadden amper een woord gewisseld sinds ze in de auto zaten – en ze vroeg zich af wat ze moest zeggen. Waar was ze geweest? Wie was haar medereizigster? Had ze iets gezien? Ze kon waarschijnlijk het best zo dicht mogelijk bij de waarheid blijven. Ze zou de politie haar perskaart tonen en zeggen dat de vrouw haar hielp met een artikel over graffitikunstenaars. Emilia kon goed liegen, maar werd opeens zenuwachtig, alsof de politie haar verhaal direct zou doorzien.

Er bestond altijd een kans dat ze de wegversperring zouden

passeren en dan? Opeens werd Emilia bevangen door angst. Deed ze dit wel goed? De auto rolde langzaam naar voren en ze waren nog maar zes meter van de versperring verwijderd. Moest ze het erop wagen? Iets tegen de politie zeggen? Als ze nou opeens het portier opendeed en ervandoor ging… Mogelijk zou een schietpartij het gevolg zijn, maar dan was zij in elk geval vrij.

Emilia voelde een scherpe steek tegen haar dij. Ze keek omlaag en besefte dat de vrouw de dubbele loop van het geweer tegen haar been had geduwd.

'Gewoon normaal doen. Beantwoord hun vragen, dan raakt niemand gewond, oké?'

Had de vrouw haar gedachten aangevoeld? Er lag een keiharde klank in haar stem die Emilia niet eerder had gehoord en haar handelen was ijskoud, zoals ze nu haar jas uittrok en hem over haar arm legde om het geweer te verbergen. Het was duidelijk dat ze niet van plan was om haar avontuur hier te laten eindigen. Als Emilia niet wilde dat haar kop eraf geknald werd, kon ze maar beter doen wat haar gezegd was.

Ze bracht haar ademhaling tot rust, glimlachte geforceerd en reed langzaam naar de wachtende politiemensen.

74

15.16 uur

'Weet je het zeker? Weet je echt héél zeker dat zij het is?'

Charlie zat met Nick en Jeannie Dean in een politieauto bij de ingang van de school. Het inmiddels lege gebouw was goed zichtbaar door de vierkante raampjes. Sarah Grant had na haar trouwen haar meisjesnaam aangehouden, maar toen duidelijk was dat ze inderdaad de vrouw van Nick en de moeder van Jeannie was, had Charlie hun het afschuwelijke nieuws verteld. Ze had voorgesteld dat het misschien beter voor zijn tienerdochter was als ze even werd opgevangen door vrienden of familie, maar Nick Dean had erop gestaan dat ze erbij bleef. Het was wel duidelijk dat hij haar niet uit het oog wilde verliezen, ook niet toen duidelijk werd dat Charlie heel slecht nieuws had.

'Helaas wel. Een van haar collega's heeft haar al geïdentificeerd, hoewel we u natuurlijk willen vragen haar formeel...'

'Hoe is ze overleden?' vroeg Nick Dean snel. 'Hebben ze...'

Hij leek geen woorden meer te hebben, dus nam Charlie het over. 'Ze is overleden aan een schotwond.'

'Is er iemand anders gewond? Haar leerlingen...?'

'Nee, alleen zij.'

Nick Dean keek volkomen verbijsterd bij het horen van Charlies antwoorden.

'Maar waarom? Waarom zou iemand dat willen doen?'

Hij staarde haar aan terwijl zijn dochters betraande ogen naar de grond keken. Ze waren allebei op hun eigen manier volledig uit het veld geslagen door deze onverwachte tragedie en Charlie wenste uit de grond van haar hart dat ze iets kon zeggen om hun last te verlichten. De beelden van Sarahs wrede moord spookten nog steeds door haar hoofd en het was moeilijk om troostende woorden te vinden.

'Dat weten we nog niet,' moest Charlie toegeven. 'Zoals u misschien weet, zijn er vandaag meerdere schietpartijen geweest en we denken dat ze iets met elkaar te maken hebben...'

'Dus u weet wie verantwoordelijk is?'

'We vermoeden wie de mogelijke da...'

'Waarom hebben jullie hem dan nog niet opgepakt? U weet wie het is, hij heeft het al twee keer eerder gedaan, waarom hebben jullie hem nog niet?'

'Gelooft u mij, we doen ons best. We werken met alle middelen die we hebben...'

'Dat zeggen jullie altijd,' was zijn bittere reactie. Hij draaide zich om en trok zijn dochter tegen zich aan. Zij huilde stilletjes maar aanhoudend en duwde haar gezicht tegen haar vaders borst. 'Nou, ik hoop dat jullie vannacht kunnen slapen,' ging hij verder, waarmee hij zijn kritiek weer op Charlie richtte. 'Want mensen als wij zitten met de gevolgen.' Hij trok zijn dochter verder naar zich toe, begroef zijn gezicht in haar haar en fluisterde troostende woorden. Ondanks zijn woede en bitterheid, toonde hij bewonderenswaardige kracht en weigerde hij in te storten waar zijn dochter bij zat. Zijn woorden deden pijn, maar Charlie hoopte dat zijn opstandigheid en zijn vastberadenheid Jeannie zouden helpen om deze afschuwelijke beproeving te doorstaan. Vader en dochter klampten zich aan elkaar vast, hielden elkaar overeind en

Charlie wist uit ervaring dat hun intense, opstandige liefde het enige was dat hen op de been zou houden in de donkere dagen die voor hen lagen.

75

15.18 uur

'Wat kunt u me over Daisy Anderson vertellen?'

Helen had niet veel tijd, dus kwam ze direct ter zake. Een uitgeputte Simon Henshaw, rector van de school, zat tegenover haar in het lege leslokaal en wierp zo nu en dan een blik naar de mensen buiten. Het was wel duidelijk dat hij liever daar was, bij zijn leerlingen, om ze te steunen waar hij kon, maar Helen had informatie nodig.

'Daisy was... moeilijk,' antwoordde Henshaw aarzelend. Hij worstelde duidelijk nog steeds met het idee dat een oud-leerling verantwoordelijk kon zijn voor de moord op een van zijn personeelsleden. 'Ik denk dat ze in wezen een goed kind was dat het heel moeilijk had.'

'Op wat voor manier?'

Henshaw leek een beetje verrast door Helens barse toon.

'Haar moeder is niet in beeld,' ging de rector haperend verder, 'dus woont ze bij haar vader. Hij is een liefdevolle ouder, maar onvoorspelbaar. Komt nooit opdagen voor ouderavonden, toont geen belangstelling voor haar schoolwerk. Ik denk dat hij haar wil beschermen tegen ons en dat maakt het leven natuurlijk lastig. En hij drinkt.'

'Dronk Daisy ook?'

Henshaw knikte. 'We hebben haar een paar keer betrapt met flessen in haar kluisje.'

'Drugs?'

'Ja. Ze gebruikte ze zelf, maar ook als ruilmiddel, denk ik.'

'Om indruk te maken, vriendschappen te sluiten?'

'Ja, al werkte dat niet echt.'

'Waarom niet?'

'Omdat ze anders was. Haar vader... haar vader bood haar een soort... goedaardige verwaarlozing. Kocht nooit kleren of make-up voor haar. Ze had haar boeken altijd in een plastic zak. Docenten hadden het idee dat ze zich niet echt waste, dat ze vaak zichtbaar vuil was...'

'En de andere kinderen maakten haar daar belachelijk mee?'

'We deden ons best het te beheersen, maar u weet hoe tieners zijn. Ze zag eruit... ze zag eruit als een boerendochter, en een arme ook.'

'Werd ze gepest?'

'Ja,' bevestigde Henshaw, en hij keek nu een beetje beschaamd. 'Ze beet goed van zich af, gelooft u mij, maar op een gegeven moment begonnen haar cijfers te kelderen. We probeerden er iets aan te doen, maar Daisy had het gevoel dat de docenten de pik op haar hadden, haar wilden vernederen, dus kwam ze niet meer. We hebben haar meerdere kansen gegeven om terug te komen, maar als een kind weigert, wordt het op een gegeven moment verzocht niet langer te komen. We hebben een lange wachtlijst en...'

'En Sarah Grant was degene die haar van school heeft gestuurd?'

'Die haar heeft verzocht niet langer te komen, ja. Mijn rol is verzorgender, Sarah is de handhaver, dus zij regelde het. Ze wilde Daisy alleen maar helpen, sloofde zich uit om ervoor te zorgen dat ze vooruitging, dat ze de steun kreeg die ze nodig had…'

'Maar Daisy had het gevoel dat Sarah Grant de pik op haar had?'

'Mogelijk,' gaf Henshaw toe, als een man die wenste dat hij de klok kon terugdraaien.

Helen staarde uit het raam naar de leerlingen daarbeneden. Er begon zich een beeld te vormen van een jonge vrouw die een slechte start in het leven had gehad en nu wraak wilde op de mensen door wie ze naar haar idee was afgewezen of vernederd. Al haar slachtoffers – Smalling, Sansom en nu Sarah Grant – hadden op verschillende manieren geprobeerd haar te helpen en allemaal hadden ze haar onbewust tot razernij gebracht.

'Had ze vrienden op school?' vroeg Helen, en ze rukte zich los uit haar gedachten.

'Vrienden?'

'Ze is pas een paar weken van school, dus is er iemand naar wie ze toe zou gaan, bij wie ze zich schuil zou kunnen houden? Iemand die vandaag misschien niet op school was?'

Henshaw dacht lang na voordat hij antwoordde: 'Vrijwel iedereen was vandaag aanwezig en nee, er is niemand die vrijwillig zijn nek voor haar zou uitsteken. Ik vind het beschamend om te zeggen, maar de waarheid is…' De rector zweeg even voordat hij besloot: '… dat Daisy geen enkele vriend had.'

76

15.23 uur

'Wat was de reden dat u vandaag in Itchen was?'

De politieagent was kort en zakelijk terwijl hij de auto vanbinnen bekeek en de twee vrouwen in zich opnam.

'Ik werk aan een artikel,' zei Emilia luchtig, en ze toonde hem haar perskaart.

De politieagent, een lange man van weinig woorden, keek er naar, keek toen naar de littekens in haar gezicht en gaf de kaart terug. Emilia had het idee dat ze een glimp van herkenning in zijn grimmige blik zag.

'Wat voor artikel?' vroeg hij op vernietigende toon.

'Tienergraffiti. Er is de laatste tijd een vloed aan graffiti en de brave burgers van Southampton zijn er niet blij mee...' Ze probeerde jolig te klinken, maar wist dat het geforceerd klonk.

'En wie bent u?' Hij richtte zijn aandacht op Daisy.

'Alice Baines,' antwoordde ze nors. 'Ik maak haar wegwijs.'

'Jij bent een tagger?'

'Een van de beste,' snauwde ze opstandig.

Onwillekeurig was Emilia onder de indruk. De jonge vrouw leek totaal niet zenuwachtig en haar arrogante houding vormde een goede dekmantel. De politieagent bekeek haar goed en nam haar ogen, gelaatstrekken en haarkleur in zich op. Emilia had daarstraks al het idee gehad dat Daisy's zwarte bob een pruik was, maar hij stond haar goed en leek net echt.

De agent staarde haar lange tijd aan en richtte zijn blik toen weer op Emilia.

'Heeft een van jullie iets gezien? Een jonge vrouw die zich verdacht gedroeg? Agressief mogelijk? Ze heeft blond haar, is ongeveer een meter zestig...'

De twee vrouwen schudden hun hoofd. De agent keek naar de lange rij auto's achter hen en vroeg toen door: 'Heeft iemand u om hulp gevraagd? Op wat voor manier dan ook?'

Ze schudden hun hoofd opnieuw.

'Bent u bereid zich aan een voertuigonderzoek te onderwerpen, als u daarom gevraagd wordt?'

Emilia had deze vraag niet verwacht en wist niet goed hoe ze moest reageren, maar Daisy nam het woord. 'Natuurlijk. We hebben niets te verbergen.'

Ze zei het zelfverzekerd, met een glimlach, en de agent besloot dat hij klaar was; hij draaide zich om, riep iets naar een collega en gebaarde dat ze verder konden.

Ze waren geslaagd.

77

15.26 uur

Helen was nog niet aan de andere kant van de hal van de school of rechercheur McAndrew kwam op haar afgerend.

'Chef, dit moet je zien.'

Ze droeg latex handschoenen en had een Nikon SLR in haar hand. Helen pakte een paar handschoenen, trok ze aan en nam de camera over.

'We hebben het terrein uitgekamd en vonden dit bij het hek.'

Helen keek naar de achterkant van de camera en drukte op PLAY. Onmiddellijk verscheen er een foto op het scherm: een jonge vrouw in een lange, kakikleurige overjas die over het sportveld liep. Met bonkend hart bekeek Helen de rest van de foto's die duidelijk heel recent waren gemaakt.

'Ik dacht dat je ze wel direct wilde zien, want...'

'Ze heeft zwart haar,' onderbrak Helen haar.

'Precies, onze mensen zoeken een blondine en...'

Helen wachtte niet tot McAndrew was uitgesproken, maar sprintte naar de uitgang.

78

15.27 uur

Sandersons blik was aan de auto gekluisterd. Ze stond achter de wegversperring om een definitief oordeel te vellen over de voertuigen die passeerden en had Emilia Garanita direct gespot. Haar gezicht zag je niet snel over het hoofd.

Er waren twee dingen die Sanderson opvielen toen de auto langzaam voorbijreed. Om te beginnen staarde Garanita recht voor zich uit en zei ze zo nu en dan iets tegen haar passagier. Sanderson was amper een meter van hen verwijderd en normaal gesproken zou Garanita geen kans laten lopen om haar een sneer te geven of een scherpe blik toe te werpen, maar deze keer negeerde ze haar nadrukkelijk en leek ze meer geïnteresseerd in haar donkerharige metgezel.

Het tweede wat opviel, was dat Emilia doelbewust de plaats van een groot verhaal verliet. De auto reed nu vijftig meter verder en de richtingaanwijzer naar rechts knipperde, waarmee ze Meadow Hall School nog verder achter zich liet. Emilia Garanita leefde voor het nieuws – ze kon onmogelijk niets over deze laatste schietpartij hebben gehoord. Sanderson had haar eigen huis erom durven verwedden dat de ervaren misdaadverslaggeefster regelrecht naar Meadow Hall zou gaan om de leerlingen op te jagen en de politie lastig te vallen – allemaal in een poging haar tanende carrière nieuw leven in te blazen. Maar het feit was dat ze ervoor koos de andere kant op te rijden en nu de hoek om ging, verder weg van de eerste schietpartij op een school in Southampton. Dat baarde Sanderson zorgen; de hele pers haastte zich naar Meadow Hall School, waarom zij niet? Ze draaide zich terug naar de wegversperring en dacht hierover na terwijl er een groene vijfdeurs passeerde.

Toen haar portofoon plotseling tot leven kwam, werd haar gemijmer onderbroken.

'Bericht alle politiemensen…'

Het was Helens stem en Sanderson schrok van haar bezorgde toon.

'… dat onze vrouwelijke verdachte nu kort zwart haar heeft. Ze is niet langer een blondine, ze heeft een glanzende, zwarte bob…'

Sanderson verstijfde. Helen had Emilia's onbekende metgezel volmaakt beschreven.

79

15.33 uur

'Hier naar rechts.'

Emilia deed wat haar gezegd werd, stuurde de auto behoedzaam de hoek om en reed toen verder. Sinds ze de wegversperring waren gepasseerd, hadden ze voortdurend afslagen genomen – rechts, toen links, toen weer rechts – in een reeks ontwijkende manoeuvres, bedoeld om iedereen die hen volgde op een dwaalspoor te brengen. Emilia was ervan overtuigd dat niemand hen schaduwde, maar toch bleef ze hoopvolle blikken in de achteruitkijkspiegel werpen.

'Nu naar links.'

Emilia had geen idee waar ze naartoe gingen, alleen dat ze de woonwijken van de stad achter zich lieten en zich in het verlaten landschap tussen Southampton en Eastleigh bevonden. Terwijl haar ongerustheid toenam, besefte Emilia dat ze moest proberen de jonge vrouw aan de praat te krijgen als ze deze beproeving wilde overleven.

'Mag ik je iets vragen?' vroeg ze, in een poging zo min mogelijk bedreigend over te komen.

De ogen van de vrouw bleven op de weg voor haar gericht en ze leek het nauwelijks te horen.

'Ik weet dat het mijn zaken niet zijn...' ging Emilia dapper verder, '... maar waarom doe je dit?'

Nog steeds geen reactie.

'Moet je horen, je zult je redenen wel hebben. Veel van deze mensen hebben je vast onrechtvaardig behandeld... maar je kunt niet eeuwig op de vlucht blijven. Uiteindelijk krijgen ze je wel te pakken.'

Ze reden nu voorbij Westwood Woodland Park; er was nergens een huis of mens te bekennen en Emilia's suggestie dat het de vrouw te heet onder de voeten zou worden, klonk nogal hol. Toch moest ze volhouden.

'Je bent een intelligente vrouw, je weet duidelijk waar je mee bezig bent. Dit hoeft niet in een bloedbad te eindigen. Je hebt al van je doen spreken, je hebt geschiedenis gemaakt... zéker als je zelf het einde kiest. Als je de wereld laat zien dat zíj je niet konden pakken, dat jíj degene bent die al die tijd de touwtjes in handen had.' Emilia merkte dat de jonge vrouw luisterde, dus buitte ze dat voordeel uit. 'Ik kan de wereld vertellen wat je hebt gedaan. Ik kan iedereen vertellen dat de politie in cirkeltjes draaide, dat jij de schrijfster van dit verhaal was, dat je alleen maar rechtvaardige vergelding wilde, dat jij het allemaal gearrangeerd hebt. Denk maar eens na. Dit is je kans om een ster te zijn. Laat mij je helpen...'

De vrouw dacht even na, bracht toen langzaam haar geweer omhoog en wees naar het bos verderop.

'Zet hem daar neer.'

80

15.46 uur

'Zeg me wat je ziet.'

Helen stapte op haar motor met de portofoon tegen haar oor gedrukt. Er klonk lange tijd ruis, waarna de helikopterpiloot antwoordde: 'De Corsa is nog niet in beeld.'

'Ze rijden in oostelijke richting, mogelijk in de richting van de M27. Verruim de zoektocht en laat me weten wat je vindt.'

Weer een hoop ruis, waarna de piloot haar bevel bevestigde. Helen zat machteloos en gefrustreerd op haar motor. Ze wilde zelf die kant op rijden, maar kon via haar bluetooth-headset niet met de helikopter communiceren, dus moest ze blijven staan. Nogmaals vervloekte ze het feit dat ze geen baas had die de boel voor haar kon coördineren – meer dan ooit voelden de gebeurtenissen van de dag aan als de perfecte storm.

'En?' vroeg ze ongeduldig.

'We vliegen nu boven Portsmouth Road… niets te zien, het is vrij rustig op de weg. Als we bij Netley zijn, vliegen we dezelfde weg nog eens terug.'

Inmiddels was duidelijk dat Daisy Emilia Garanita's auto had gevorderd, maar waar gingen die twee naartoe? De M27 was de snelste vluchtroute, maar was voor de politie gemakkelijker te controleren vanwege de veelheid aan verkeerscamera's op de hoofdweg. Op de een of andere manier betwijfelde Helen dat dat het doel was – Daisy had haar hele leven in en rond Southampton gewoond, dus waarom zou ze ergens anders naartoe gaan? Ze had geen andere familie, geen vrienden – ze zou toch zeker haar lokale kennis gebruiken om het zo lang mogelijk te overleven? Ze reed wel in de richting van de boerderij, maar zou ze dat risico echt willen nemen? In dat geval stonden agenten haar op te wachten. Helen vroeg zich opeens af of ze de wijk eigenlijk wel had verlaten. In oostelijke richting kwam je op een lange, open A-weg, perfect zichtbaar vanuit de lucht. Je kon je veel beter verbergen aan de rand van Itchen of ten zuidoosten van Butlocks Heath, waar afwisselend bos en woonwijken waren.

'Waar ben je nu?' vroeg ze de piloot voor de zoveelste keer.

'We naderen Woolston Road weer. Nog niets...'

Helen verloor haar geduld. Toen ze rechercheur McAndrew dichterbij zag komen, gooide ze de portofoon naar haar toe. De geschrokken agente wist hem op te vangen.

'Laat maar weten als ze iets interessants zien.'

Voordat McAndrew iets kon zeggen, startte Helen de motor. Ze werd gek van het nietsdoen, dus gaf ze gas en scheurde weg, vastbesloten zich nuttig te maken.

81

15.58 uur

Ze greep het stuur vast en tuurde de weg af. De zwaailichten brandden, de sirene gilde, maar ze merkte het nauwelijks. Haar ogen waren op de horizon gericht, op zoek naar iets roods, iets, wat dan ook. Ze had Daisy zomaar laten passeren en nu hoopte ze op wat geluk zodat ze het goed kon maken.

Sanderson kon zichzelf wel voor de kop slaan. Ze had heel lang het gevoel gehad dat ze in de kou stond, dat ze niets voor Helen betekende, maar een paar uur geleden had ze voor het eerst het idee gehad dat hun relatie weer iets beter werd na haar ontdekking van de vermiste Punto. 'Goed werk, Joanne,' had ze gezegd. Het was niet veel, maar ze was er dolblij mee geweest. Want hoewel ze het heimelijk niet eens was geweest met Helens handelen, had ze ook lang nagedacht over haar eigen aanpak en als nooit tevoren getwijfeld aan haar bekwaamheid en aanleg voor het werk van politievrouw. De kleine doorbraak die ze in het onderzoek van vandaag had kunnen bewerkstelligen was een fikse opsteker geweest, maar nu was ze opnieuw de prutser van het team. Ze zouden haar wel verwensen als ze bedachten hoe ze de rode Corsa met een stomme grijns op haar gezicht had doorgelaten...

Een auto voor haar reed de weg op en Sanderson moest snel reageren en haar auto een slinger naar links geven voordat ze weer terug kon naar haar baan. Boos om haar eigen verstrooidheid concentreerde ze zich met hernieuwde energie op haar taak. Sinds ze de wegversperring waren gepasseerd, waren Daisy en Emilia niet meer gesignaleerd, maar iets zei Sanderson dat ze in de buurt waren. Ze was Sholing gepasseerd en reed nu door Newton. Tickleford Gully lag links van haar en daarachter de afvalverwerking. Genoeg plaatsen om te schuilen.

Was dat Daisy's plan? Ze was bijna opgepakt, had moeten bluffen om langs de wegversperring te komen. Zou ze nu goed nadenken voordat ze haar moordpartij voortzette? Of was dat te optimistisch gedacht?

Sanderson moest onwillekeurig aan Emilia denken. Waarom had Daisy haar gegijzeld? Was het simpelweg om ervoor te zorgen dat ze de wegversperring kon passeren of had ze iets anders in gedachten? Zou ze haar gebruiken om te ontsnappen? Sanderson huiverde bij de gedachte aan wat de jonge journaliste nu doormaakte. Had Emilia daarom zo bars gekeken toen ze haar was gepasseerd zonder iets of iemand om zich heen te zien? Het was een beeld dat Sanderson uit haar gedachten probeerde te bannen, maar het bleef terugkeren. Ze had de journaliste nog nooit zo bleek gezien. Eigenlijk had ze eruitgezien als een ter dood veroordeelde vrouw.

82

16.08 uur

Terwijl de bladeren onder hun voeten knisperden, liepen ze haastig door het bos. De jonge vrouw had Emilia bevolen om op een pad bij Priors Hill Copse te parkeren, de auto daar achter te laten en de sleutels in het struikgewas te gooien. Vervolgens had ze haar opdracht gegeven te lopen.

Ze liepen achter elkaar, Emilia voorop en de vrouw met het geweer vlak achter haar. Emilia had geen idee waar ze naartoe gingen en zo nu en dan blafte de vrouw dat ze van richting moest veranderen, een pad af moest of een heuvel op. Had ze enig idee waar ze naartoe gingen of wilde ze gewoon ergens ver weg naar een zo afgelegen mogelijke plek? Emilia hoopte op het eerste.

Als journaliste had ze wanhopig graag de primeur van dit verhaal willen hebben, maar nu maakte ze zich steeds meer zorgen over het feit dat ze onderdeel van het verhaal werd. Ze had haar best gedaan zich bezig te houden met haar overweldiger, haar aan de praat te krijgen, maar haar pogingen waren afgewezen. En dus had ze gezwegen, de vrouw gehoorzaamd en zich gedeisd gehouden. Maar de stilte was beangstigend – ze had geen idee wat het mens achter haar deed, wat ze van plan was – en Emilia was op van de zenuwen.

'Hier is goed.'

Ze stonden midden in het bos, aan alle kanten aan het zicht onttrokken door bomen.

'Op je knieën.'

'Alsjeblieft, je hoeft dit niet te doen...'

'Op je knieën!'

Emilia voelde dat de koude lopen van het geweer hard tegen haar hoofd werden geduwd en ze viel struikelend op haar knieën.

'Kijk naar de grond.'

'Ik zal niets tegen de politie zeggen, dat beloof ik. Ik doe gewoon alsof er nooit iets is gebeurd.'

'Dat punt zijn we wel gepasseerd, denk je niet?'

Emilia liet haar hoofd zakken en snikte. Alle angst die ze had opgekropt kwam nu naar buiten en ze huilde ongegeneerd; de tranen stroomden over haar gezicht. 'Alsjeblieft... ik smeek je,' hakkelde ze. 'Ik heb broers... zussen...' Ze kon de woorden niet vinden. Ze was altijd zelfverzekerd, luidruchtig en welbespraakt geweest, maar op dit crisismoment in haar leven kon ze gewoon de woorden niet vinden. Beelden van haar broers en zussen raasden door haar hoofd, de manier waarop ze om haar heen dromden als ze thuiskwam, geld wilden, bij haar klaagden, haar plaagden en probeerden in te palmen. Ze waren om gek van te worden, maar omdat ze zo lang een moeder en een vader voor hen was geweest, hield ze intens veel van ze. Hoe kon ze die liefde nu onder woorden brengen? Het was te veel, het was overweldigend. 'Alsjeblieft... mijn vader zit in de gevangenis, mijn moeder is al heel lang dood, ik ben... ik ben het enige dat die kinderen hebben...' Emilia wist dat ze aan het bazelen was, maar het was alsof ze de wil niet meer had om verstaanbaar te praten. Ze praatte achter elkaar door, in het wilde weg, in de verwachting dat ze elk moment naar voren geblazen zou worden als het schot door haar heen reet. 'Ik wil niet dood...' mompelde ze erbarmelijk, ook al wist ze dat het hopeloos was. 'Ik wil niet dood...' Ze deed haar ogen dicht en huilde. Ze voelde het vochtige gras onder haar knieën en hoorde de vogels in de bomen tsjilpen. Het was alsof haar zintuigen opeens op scherp stonden, alsof ze nog een laatste keer de wereld in zich opnam, de laatste seconden uit het leven zoog vóór het onvermijdelijke gewelddadige einde.

83

16.13 uur

Helen reed in hoog tempo over Grange Road en scheurde langs de treuzelende auto's in noordelijke richting. Ze had Woolston doorzocht en reed nu Netley uit. Aan het meer stonden een oude pastorie en een huis die ze had willen bekijken, maar toen ze had gezien dat die afgesloten en verlaten waren, had ze haar zoektocht beëindigd. Nu was ze op weg naar Butlocks Heath. Daar lagen een paar scholen met grote sportterreinen en een grote begraafplaats die voor een voortvluchtige allemaal potentiële plekken waren om zich een tijd schuil te houden.

Toen ze de kruising bij Abbey Fruit Park naderde, liet Helen het gas los en sloeg rechts af, Woolston Road op. De weg was vrij, ze gaf vol gas en vloog over het asfalt. De motor reed soepel en had een goede wegligging. Onder andere omstandigheden zou ze ervan hebben genoten om over deze stille landweg te scheuren, maar de trots die ze vanmorgen had gevoeld toen ze op haar nieuwe motor was gestapt, leek nu heel ver weg. Er had sindsdien veel bloed gevloeid.

Sanderson croste door het oude deel van Netley, de helikopter was teruggevlogen over Weston Common en McAndrew coördineerde de activiteiten van de rest van het team in een poging de vluchtende jonge vrouw te vinden. En toch hadden ze haar nog steeds niet. Wat was haar geheim? Had ze gewoon geluk of was dit een operatie met militaire precisie? Dat leek onwaarschijnlijk – ze was zo jong – maar hoe konden ze anders verklaren dat Daisy steeds weer wist te ontkomen?

Helen verliet de woonwijken van Butlocks Heath en reed nu door bosgebied. Toen de weg een bocht in zuidelijke richting naar de kust maakte, zag Helen opeens wat bewegen. Ze nam snel gas terug en zag dat er twee geparkeerde auto's stonden. Geen van beide de rode Corsa die ze zocht, maar er was iets aan de hand en Helens intuïtie zei haar dat het belangrijk was.

Toen ze dichterbij kwam, zag ze dat beide chauffeurs uit hun auto waren gestapt en over iets gebogen stonden. Ze zette haar sirene aan om haar aanwezigheid aan te kondigen, kwam tot stilstand en stapte af. Terwijl de bejaarde bestuurders opkeken, rende Helen naar ze toe, rukte haar helm af en toonde haar penning. Ze bad dat er niet nog meer bloed had gevloeid, maar wat het ook was, ze moest het weten.

Toen ze er was, deden de twee een stap naar achteren en tot Helens verbazing zag ze een verfomfaaide Emilia Garanita midden op de weg zitten. Haar kleren zaten onder de modder, haar hele lichaam trilde en er zaten blaadjes in haar warrige haar... maar ze leefde.

'Gaat het?' Helen liep naar haar toe en stak een hand uit. 'Emilia, gaat het?'

Maar de journaliste zei niets, draaide zich naar Helen toe en barstte in huilen uit.

84

16.31 uur

'Heeft ze iets gezegd? Alles is belangrijk.'

Emilia zat achter in een ambulance met een deken om zich heen. Ze was nog steeds in shock en niet in staat de sigaret vast te houden waar ze zo naar snakte. Of dit het gevolg was van haar ontvoering of van haar smak op het asfalt was onduidelijk. De bezorgde automobilisten hadden Helen verteld dat ze uit het niets vanuit het bos de weg op was gestormd. Op een willekeurige andere dag was ze misschien aangereden, maar ook aan het eind van haar beproeving had de journaliste nog geluk gehad.

Het ambulancepersoneel had haar onderzocht en wilde haar graag meenemen naar het ziekenhuis, maar eerst moest Helen haar spreken. Het was niet vreemd dat ze ongewoon zwijgzaam was en naar haar voeten staarde die op de ambulancevloer tikten.

'Emilia, heeft Daisy iets gezegd over waar ze naartoe wil?' Charlie nam het over, omdat Helens woorden niet tot Emilia leken door te dringen. Zodra ze Helens telefoontje had gekregen, had Charlie zich naar hen toe gehaast en ze zaten nu met zijn drieën in de benauwde ruimte.

'Nee, ze zei amper iets tegen me.'

'Hoelang was je bij haar?' drong Charlie aan.

'Anderhalf uur of zo, niet langer,' antwoordde Emilia. 'Wat ik al zei, ik was naar de school gegaan om naar die graffiti te kijken en toen zag ze me op het sportveld en dwong me mee te gaan, zei dat ze een auto nodig had.'

'Wat zei ze nog meer?' vroeg Helen nu weer.

'Niets, alleen welke kant ik op moest en ze ging tegen me tekeer als ik het verkeerd deed.'

'Waarom denk je dat ze je gespaard heeft?' vroeg Charlie.

Emilia was even stil en leek haar vraag niet te begrijpen.

'Weet ik niet... ze zei dat ik op mijn knieën moest gaan zitten en ik dacht... ik dacht dat ze het ging doen... maar toen gebeurde er niets. Ik draaide me om en ze was weg.'

'Denk je dat ze niet durfde?' vroeg Helen, die wanhopig op zoek was naar wat inzicht in de gedachtegang van de jonge vrouw.

'Misschien...'

'Of speelde ze met je? Genoot ze ervan je bang te maken?'

'Waarschijnlijk... Ik weet het niet.'

'En toen ze wegging heb je niets gehoord? Je hebt geen idee welke kant ze op is gegaan?'

Maar Emilia luisterde niet meer. Haar hele lichaam trilde weer – ze bevond zich opnieuw midden in het trauma – en toen ze opkeek, was ze bang en overstuur.

'Alsjeblieft... mag ik naar huis? Mag ik gewoon... naar huis?' Met roodomrande ogen die smeekten om genade staarde ze Helen recht aan.

Op dat moment voelde Helen iets voor haar vroegere vijand wat ze nog nooit voor haar had gevoeld.

Medelijden.

85

16.35 uur

'Hebben ze iets in de auto gevonden?'

Helen en Charlie liepen gejaagd in de richting van Helens motor. De helikopter had Emilia's auto gespot op een pad in de buurt van Priors Hill Copse en McAndrew was er direct naartoe gegaan, terwijl Helen en Charlie Emilia hadden ondervraagd.

'Nog niets,' zei Charlie. 'De technische recherche doorzoekt hem op dit moment, maar er is nog niets wat eruit springt. Ze zullen ongetwijfeld Daisy's DNA aantreffen.'

'Daar hebben we niks aan. Die ontvoering is wel de minste van Daisy's zorgen.'

'Waarom heeft ze de auto gedumpt?'

Helen zweeg even. Het was een goede vraag en zij had er ook over gepiekerd.

'Dacht ze dat ze gespot was en dat we op zoek waren naar de Corsa?' opperde Charlie.

'Dat kon ze niet weten,' antwoordde Helen. 'Ze moet ervan uit zijn gegaan dat we geen idee hadden wie haar gijzelaar was of zelfs dat ze een gijzelaar had.'

'Misschien was ze gewoon voorzichtig, wil ze zo vaak mogelijk van voertuig wisselen. Ze heeft hem per slot van rekening op een afgelegen plek achtergelaten.'

'Maar dan? Ze zou een eind moeten lopen om een volgende te vinden. Er komen hier niet veel auto's langs en degene die langskomen, rijden hard.'

'Ze maakt het zichzelf wel heel moeilijk, dat is een feit.'

'Maar waarom dan?'

Het was weer even stil voordat Charlie antwoordde: 'Misschien doet ze maar wat, moet ze op dit moment improviseren...'

'Dat geloof ik niet. Je hoorde wat Garanita zei... Ze heeft vooraf haar terrein gemarkeerd met de slanggraffiti, ze heeft bij al haar doelwitten toegangs- en ontsnappingsroutes uitgezocht... Volgens mij heeft ze elk deel van haar route gepland, zodat het precies verloopt zoals zij wil.'

'Maar ze had niet kunnen weten dat ze Garanita zou tegenkomen, dat ze een gijzelaar zou nemen...' Charlies stem stierf weer weg.

Helen kwam overeind en tuurde met haar handen in haar zij over de weg alsof die de antwoorden zou kunnen bieden waar ze naar zocht.

'Door de auto achter te laten, verliest ze haar mobiliteit,' ging Helen verder. 'Wat schiet ze er dan mee op?'

'Nou ja, als bekend wordt dat ze een gijzelaar heeft, gaan we natuurlijk op zoek naar haar auto.'

'Maar ze maakt zichzelf erg zichtbaar door te voet verder te gaan, tenzij ze een andere manier weet...' Helen verstomde en keek over de weg in de richting van Netley. 'Hoelang is het lopen van Prior Hill Copse naar Netley?'

'Een minuut of vijf, denk ik.'

'En als je weg wilde zonder wegversperringen tegen te komen én zonder gezien te worden vanuit de lucht ...'

'Dan zou je met de trein gaan.'

'Het station van Netley is vijf minuten lopen. Vandaar kan ze vrijwel onopgemerkt naar Portsmouth of terug naar Southampton...'

Charlie haalde de portofoon al uit haar zak.

'Waarschuw de spoorwegpolitie,' zei Helen. 'Zorg ervoor dat ze de foto's krijgen die Emilia heeft genomen, plus een courante beschrijving van Daisy's haarkleur, kleding en verschijning. Ik wil mensen op elk station van die lijn. Als Daisy daar geweest is, moeten we direct uitzoeken welke kant ze op is gegaan, zodat we haar op camera kunnen volgen. Zorg er ook voor dat alle media een foto van de slanggraffiti hebben. Als iemand iets soortgelijks op een gebouw heeft gezien, moeten we dat zo snel mogelijk weten.'

Helen had dit allemaal al lopende gezegd, maar was nu bij haar motor. Ze stapte op en pakte haar helm.

'Waar ga je naartoe?' vroeg Charlie met de portofoon voor haar mond.

Helen zweeg even en zei toen: 'Ik ga eens een babbeltje maken met papa.'

86

16.44 uur

Daisy keek hoe de wereld aan haar voorbijtrok. De trein was Sholing gepasseerd en denderde nu naar het station van Itchen. In de verte kon ze de blauwe zwaailichten zien, al was Meadow Hall School zelf niet zichtbaar. Ze vroeg zich af hoe het daar nu was, wat er gebeurde. Ze kon het zich voorstellen: de huilende leerlingen, de bossen bloemen, de wezenloze schok. Maar opeens wilde ze het zelf zien. Ze kon straks wel naar het journaal kijken, maar dat was niet hetzelfde.

Ze was de enige in de wagon en dus pakte ze haar sigaretten. Ze had ze gisteren gekocht en zoals haar bijgeloof haar voorschreef, had ze de eerste direct weggegooid. Ze keek naar het pakje in haar hand – verfrommeld en een beetje gekreukt. Ze wilde niet weten wat dat betekende, dus haalde ze er een sigaret uit en stak hem op. Ze inhaleerde diep en blies de rook in de lege wagon.

Terwijl ze dat deed, zag ze dat haar hand trilde. De vijf minuten die ze op het perron had staan wachten op de stoptrein, hadden een eeuwigheid geleken. Ze had haar overjas weggegooid om geen aandacht op zichzelf te vestigen en haar geweer zat nu veilig in haar rugzak, maar toch wist ze dat ze er een beetje vreemd uitzag in haar dunne katoenen T-shirt op een herfstavond die steeds koeler werd. Ze had verwacht dat mensen naar haar zouden wijzen, haar zouden herkennen, de politie zouden waarschuwen…

Ze nam nog een lange trek en liet de rook in haar mond kringelen. Ze moest rustig blijven, zich concentreren. Het had niet veel gescheeld, ze had snelle beslissingen moeten nemen, maar het was gebeurd en het had geen zin om hysterisch te doen. Ze schaamde zich dat ze net zo van slag was. Toen de trein eindelijk het station was binnengedenderd, was ze heel even geneigd geweest om te springen, op het spoor te landen, de klap van metaal op bot te voelen… Ze had het natuurlijk veel vaker overwogen – sinds ze oud genoeg was om alleen op stap te gaan, eigenlijk – en het zou snel en simpel zijn. Een simpel einde aan een moeilijke dag, zeker nu alles ingewikkeld was geworden…

Boos drukte ze de sigaret op haar hand uit en klemde haar kiezen op elkaar toen de huid siste en er een dikke blaar verscheen. Ze moest sterk zijn, ze zou die klootzakken niet laten winnen. Ze wierp de peuk in de prullenbak, stak haar hand in haar zak en haalde er een klein flesje amfetaminen uit. Daar leefde ze al op zolang ze zich kon herinneren. Het was een van de redenen dat ze zo aangenaam dun was. Ze draaide de dop eraf, liet drie pillen in haar hand rollen, gooide ze in haar mond en stopte het flesje terug in haar zak.

Langzaam liet ze de pillen oplossen en ze genoot toen ze bruisten en uiteenvielen. Zodra de pillen begonnen te werken, begon ze zich beter te voelen en keerden haar optimisme en energie terug. Er was geen ruimte voor zwakte. Ze zou volharden, ze zou tot het bittere eind doorgaan…

Daisy leunde achterover in haar stoel en staarde weer uit het raam. Ze voelde zich merkwaardig rustig toen de laatste stralen van de herfstzon over haar gezicht gleden en de trein haar ratelend terugbracht naar het centrum van de stad. Ze leefde nog, ze was goed bewapend en ze was er opeens van overtuigd dat alles goedkwam. De trein maakte snelheid, bracht haar dichter bij haar lot. Een glimlach gleed over haar gezicht.

De zon ging langzaam onder en het zou niet lang duren of het was donker.

87

17.01 uur

Ze parkeerden langs de kant van de weg en bleven even stil zitten. Sanderson zette de motor uit en keek naar het rijtjeshuis. Het was victoriaans en op z'n best verwaarloosd chic – de raamkozijnen hadden een lik verf nodig en het pad was begroeid met onkruid – maar het was een huis vol leven. De lichten brandden en terwijl Sandersons blik van raam naar raam gleed, kon ze de bewoners binnen zien... zien lachen, grapjes maken. Het was een ontroerend gezicht aan het eind van een loodzware dag.

'Wil je dat ik met je mee naar binnen ga?' Ze draaide zich naar Emilia die naast haar in de auto zat. 'Als jij eerst wilt rusten, kan ik met je broers en zussen praten, ze vertellen wat er is gebeurd...'

'Dat doe ik wel.'

'Het is geen moeite...'

'Het is mijn familie. Ik doe het.' Emilia's toon was gedecideerd, maar niet onvriendelijk.

Sanderson drong niet aan, maar knikte en haalde een visitekaartje tevoorschijn. 'Hier staan mijn nummers op,' zei ze, en ze gaf het aan de journaliste. 'Als je nog iets te binnen schiet... of als je mijn hulp nodig hebt... aarzel dan niet.'

Sanderson verwachtte half en half dat Emilia haar aanbod zou afwijzen, maar ze nam het kaartje aan, terwijl ze opzij leunde om het portier open te doen. Haar hand bleef even op de hendel liggen en ze keek Sanderson aan.

'Dank je wel... voor het thuisbrengen.'

'Dat was wel het minste wat ik kon...'

'Ik weet dat je het niet had hoeven doen en ik stel het op prijs, Joanne.' Ze stapte de auto uit en liep naar het huis.

Sanderson keek haar na, onder de indruk van haar houding en waardigheid. Emilia was daarstraks volledig overstuur geweest, had zitten trillen van angst, maar amper een half uur later had ze zich vermand en was ze weer rustig. Sanderson zag hoe Emilia zich opmaakte voor haar familie die zo dadelijk over haar heen zou vallen en hoe ze bedacht wat ze hun zou zeggen, hoe ze hun zorgen kon wegnemen. Ze zag er resoluut, vastberaden en boven alles sterk uit.

Sanderson had Emilia Garanita altijd gewantrouwd en was zo nu en dan zelfs vijandig tegen haar geweest, maar vanavond had ze een nieuw respect voor haar. Zou ze zelf zulke kracht hebben kunnen opbrengen als de rollen waren omgedraaid? Wie zou het zeggen, maar ze zou een voorbeeld nemen aan de journaliste. Van nu af aan zou ze nooit meer paranoïde of slap zijn.

88

17.08 uur

De modder maakte een zompig geluid onder haar wielen toen ze abrupt op het erf tot stilstand kwam. Twee patrouillewagens stonden bij de bouwvallige boerderij en de agenten kwamen snel op haar af. Ze waren gestuurd om Daisy te onderscheppen, voor het geval ze naar huis kwam, maar hadden de oude boerderij verlaten aangetroffen.

'We zijn al binnen geweest, chef,' zei een van de agenten hijgend, al ploeterend door de modder. 'U moet zelf maar even kijken...'

Gealarmeerd door zijn ernstige toon, knikte Helen en liep naar het huis. Het was ooit een mooi gebouw geweest, maar nu stond het er vervallen bij. De verf bladderde, tegels ontbraken en een van de luiken hing half los. Het geheel zag er eenzaam en onverzorgd uit.

Terwijl ze doelbewust verder liep, nam Helen de rest van het terrein in zich op. Er stonden enkele bijgebouwen vol roestig landbouwmaterieel en daarachter lagen velden. De percelen hier in de omgeving waren niet groot, dankzij de natuurlijke erfgrens in de vorm van de rivier de Hamble aan de ene kant en de M27 aan de andere. Toch waren het ooit welvarende bedrijven geweest die Southampton, Portsmouth en andere markten aan de zuidkust van melk en vlees hadden voorzien. Maar de grond rond deze boerderij was kaal. De verlaten boerderij straalde verslagenheid uit. Of dat aan de economie of aan persoonlijke problemen lag, kon Helen niet zeggen.

De boerderij werd omringd door roodbruine velden en hoge eikenbomen die er dreigend uitzagen in het schemerdonker. Toen Helen naar ze keek, ondervond ze plotseling een schok van herkenning. De landelijke achtergrond, de kale velden, de vogels die in de lucht cirkelden... ze was er zeker van dat ze dit landschap in Jason Swifts filmpjes had gezien. Hier had hij Daisy leren schieten, hier hadden ze gepland en getraind voor hun moordtocht. Het was een aangenaam geïsoleerde locatie zonder lastige buren die zich met dingen bemoeiden of vervelende vragen stelden. Maar waarom had Daisy's vader niet ingegrepen? Hij was misschien wel onachtzaam, een alcoholist zelfs, maar hij had geen strafblad en moest toch zeker hebben aangevoeld dat hier iets goed mis was?

Helen liep in de richting van de voordeur. In de portiek kraakten de planken vervaarlijk onder haar voeten. Ze keek omlaag en besefte dat ze voorzichtig naar de deur moest lopen – houtworm had er op deze boerderij lustig op los geleefd, mogelijk als enige. De deur zelf klepperde in de bries sinds hij door de agenten was ontzet.

Binnen was het donker en Helen pakte een zaklamp uit haar jaszak. Ze was er klaar voor en met steriele overschoenen rond haar modderige laarzen, glipte ze stilletjes het huis binnen.

89

17.10 uur

Helen liep behoedzaam verder, testte elke vloerplank uit en hield haar blik en zintuigen scherp. Tot haar verbazing zag de hal er heel normaal uit. Er lag een stoel op de grond, maar verder zag ze niets alarmerends. Snel liep ze door de keuken – waar een pak melk op tafel stond – via de gang naar een kleine werkkamer.

Deze kamer was duidelijk het administratieve hart van de boerderij geweest. Helen zag een lange rij archiefdozen op de plank met REKENINGEN, ADMIN., AFSCHRIFTEN enzovoort. Nu was het niet meer dan een veredelde opslagruimte vol kapot meubilair, lege etensbakjes en stapels ongeopende brieven. Met een half oog op de gang bladerde Helen snel door de brieven. Het verbaasde haar niet dat er verschillende tussen zaten met het logo van een bank en andere van Meadow Hall School. Allemaal waren ze opzijgelegd, niet interessant bevonden.

Helen legde de brieven weg en zag de ingelijste foto's op het bureau staan. Drie stuks – allemaal van Daisy op verschillende leeftijden: als lachende baby op haar rug, als meisje van een jaar of acht met een warme glimlach vol ontbrekende tanden en als nukkige puber, ongelukkig en ongemakkelijk in een mooie zomerjurk. Het effect van de drie foto's op Helen was verrassend en krachtig. Dit was liefde – er was geen ander woord voor. De liefde van een vader voor zijn kleine meisje. Helen moest direct aan haar eigen vader denken, die slechts een perverse belangstelling voor zijn kinderen had gehad. Wat er de afgelopen weken en maanden ook in dit gezin was gebeurd, Michael Anderson had zonder twijfel zielsveel van zijn dochter gehouden. Was dat de reden dat hij de brieven van school had genegeerd? Dat hij zijn ogen had gesloten voor haar misdrijven? Voor zover bekend was hij nooit hertrouwd en er stonden geen foto's van een vriendin of partner – misschien was Daisy het enige betekenisvolle in zijn leven.

Helen liep de werkkamer uit en ging de trap op naar de eerste verdieping. Hier hingen nog meer ingelijste foto's van een jonge, lachende Daisy aan de muur en boven aan de trap zag Helen de slaapkamer van de tiener. Het was er een chaos: de kledingkast stond open, overal lagen kleren, maar het was niet erger dan bij de meeste tieners en je kon nog steeds zien dat de kamer leuk, zij het op goedkope wijze, was ingericht. Het bed was niet opgemaakt en er lag een stapel tijdschriften naast. Het zou een interessante plek zijn om verder te onderzoeken, maar niet nu.

Helen liep door de gang naar de volgende slaapkamer. Langzaam deed ze de deur open. Hij kraakte in zijn scharnieren. Binnen waren de meubels kapot, de gordijnen waren van de rails gerukt en midden op het tweepersoonsbed lag een lijk.

Om de plaats delict niet te verstoren, liep Helen op haar tenen naar het lichaam. Het zag bleek en was in een vergevorderd stadium van lijkstijfheid. Het bloed dat het slachtoffer en het grootste deel van de sprei bedekte was opgedroogd, maar het lichaam was nog niet in staat van ontbinding. Hij was een dag of twee dood, maar meer ook niet. Het slachtoffer was herhaaldelijk in de borst en nek geschoten. De huid van zijn gezicht was opengereten en zat onder het bloed, maar Helen was er vrij zeker van dat dit Michael Anderson was, Daisy's vader. Hij was in zijn eigen bed en van dichtbij vermoord.

Was dit de trigger? Was dit de aanleiding geweest voor de gruwelijke moordtocht? Helen vermoedde van wel; niet alleen omdat Michael Andersons dood vooraf was gegaan aan de andere moorden, maar vanwege de betekenis ervan. Deze man had op zijn eigen manier voor Daisy gezorgd, was voor de tiener mogelijk de enige link met de buitenwereld geweest – met familie, liefde, medeleven. En toch had ze hem vermoord – nee, ze had hem verwoest. Helen telde zeker vijf ingangswonden – dit was geen kille, berekenende aanval geweest, maar een explosie van razernij. Ze had een man die van haar hield afgeslacht, had haar laatste link met het normale leven doorgesneden en daarna was er geen weg meer terug. Er was niets wat haar ervan weerhield om op afschuwelijke wijze wraak te nemen op de wereld.

Hadden zij en Swift naderhand beneden gezeten en hun laatste voorbereidingen getroffen, terwijl Michael Anderson dood boven lag? Het was een huiveringwekkende gedachte en had een waarschuwing voor Jason Swift moeten zijn, de junior partner in deze moordtocht. Hij had gedacht dat hij Daisy's minnaar was, haar rechterhand, voorbestemd om de geschiedenisboekjes in te gaan als de coauteur van deze beruchte moorden. Maar hij had zichzelf voor de gek gehouden als hij het idee had gehad dat Daisy hem iets verschuldigd was, want Daisy was meedogenloos, zoals het lichaam op het bed wel aantoonde. Ze werd geleid door krachten die sterker waren dan zij zelf – ze was weliswaar niet gestoord, maar psychotisch, vastberaden en uit op vernietiging. Als haar eerdere daden dat niet hadden aangetoond, dan bewees de vondst van Michael Andersons lijk wel dat Daisy niet zou stoppen, tenzij iets of iemand haar tegenhield.

90

17.16 uur

Opeens had ze het gevoel dat de hele wereld naar haar keek.

Het krioelde van de forenzen op het station en Daisy had moeiteloos achter iemand aan door het poortje kunnen glippen. Ze was in een goede bui geweest – zorgeloos, zelfs een beetje high – toen ze haastig in de richting van de uitgang was gelopen, maar opeens zag ze iets waar ze acuut van bleef staan.

De *Southampton Evening News* lag bij de kiosk en de verkoper deed vandaag goede zaken. Natuurlijk besteedde de krant veel aandacht aan de schokkende gebeurtenissen van de dag en beloofde het zijn lezers het laatste nieuws. Wat Daisy niet had verwacht was de trefzekere kop: SCHOOLMEISJE VERDACHT. De tekst eronder kon ze niet lezen, maar zelfs vanaf een veilige afstand kon ze haar eigen gezicht zien. Het stond breeduit op de voorpagina – een lelijke schoolfoto van vorig jaar die haar vader natuurlijk weer eens niet had willen kopen.

Hoe wisten ze wie ze was? Was het de conciërge? Haar gijzelaar? Daisy was ervan uitgegaan dat ze op een gegeven moment wel achter haar identiteit zouden komen, maar had nooit gedacht dat haar gezicht vanávond voorpaginanieuws zou zijn. Terwijl ze doodstil bleef staan en naar de forenzen keek die in de rij stonden om de krant te kopen, werd ze zich bewust van iets anders. Politie, heel veel politie. Sommigen waren gewone straatagenten, anderen van de spoorwegpolitie, direct te herkennen aan hun fluorescerende jassen, maar allemaal deden ze hetzelfde: ze bestudeerden de gezichten van de forenzen op de perrons, zoekende, zoekende, zoekende naar hun prooi…

Tot nu toe was Daisy aan hun aandacht ontsnapt, ingeklemd tussen mannen in pak, maar omdat ze zich opeens zo kwetsbaar voelde, maakte ze zich van hen los en liep met gebogen hoofd tussen de mensenmassa door naar de uitgang. Hier stonden natuurlijk ook agenten die de passerende gezichten met zorg bekeken, dus aarzelde Daisy geen moment: ze rukte haar pruik af en smeet hem weg.

Ze liet haar hand over haar korte kapsel glijden en liep snel en zelfverzekerd verder. Ze had haar blonde lokken drie dagen geleden afgeknipt ter voorbereiding op het gevecht en daar was ze nu maar wat blij om. Haar gemillimeterde kapsel gaf haar een ouder uiterlijk, harder – ze leek in de verste verten niet meer op het onhandige blonde meisje op haar schoolfoto of de onverzorgde tiener op haar politiefoto.

Ze was er nu bijna en een agent keek haar recht aan. Ze hoopte dat ze het met haar gladde hoofd en donkere oogmake-up zou redden, maar voor de zekerheid gaf ze de agent een vrijpostige knipoog en liet haar tong met piercing suggestief over haar lippen glijden. Beschaamd wendde hij zijn blik af en met haar hoofd opgeheven passeerde Daisy hem en gaf hem voor de goede orde nog een knipoog.

Buiten het station verliet ze snel de hoofdstraat en ontweek de passanten die opgingen in hun krantje. Overal waar ze keek lazen mensen het nieuws of waren ze er diep over in gesprek. Was de hele wereld écht naar haar op zoek? Zo voelde het wel, dus sloeg ze een zijstraat in en liet de drukte van het stationsgebied achter zich.

Hier ging ze wat langzamer lopen. Haar hart ging tekeer en hoewel ze luchtig gekleed was, brak het zweet haar uit. Ze veegde met haar arm over haar gezicht, kwam op adem en dacht na over haar mogelijkheden. Ze was langs één politieagent weten te komen, maar zou ze nog een keer zo veel geluk hebben, nu de hele stad naar haar op zoek was? Ze had nog een eind te gaan, maar zag het opeens niet zitten om langs de drukke verkeerswegen voortdurend over haar schouder te moeten kijken...

Ze tuurde over straat en was blij om te zien dat ze alleen was. Ze bekeek een rij geparkeerde auto's, bestudeerde de sloten, maar zag alleen rode lichtjes die knipperden en trots hun alarmsysteem verkondigden. Net toen ze het wilde opgeven, vond ze wat ze zocht: een oude Peugeot 205 zonder alarm. Dit was eigenlijk Jasons vakgebied – niemand kon zo snel een slot open krijgen als hij – maar Daisy had geen tijd en zin om te rommelen, dus tikte ze met de kolf van haar geweer tegen de ruit. Hij brak direct en nadat ze het knopje omhoog had getrokken, rukte ze het portier open, veegde het glas van de zitting en stapte in.

Ze smeet haar rugzak op de achterbank en ging aan het werk. Onder de stuurkolom gedoken rukte ze de goedkope plastic behuizing los, zodat de bedrading zichtbaar werd. Haar kleine vingers wisten de draadbundels snel te lokaliseren en ze trok de ontstekingsdraden eruit. Dit was het gevoeligste deel van het proces en ze nam er de tijd voor, stripte de accudraden een paar centimeter en draaide ze daarna in elkaar, waarna ze de startdraad tegen het uiteinde van de accudraden hield.

De auto startte en zodra ze gas gaf, begon de motor te brullen. Ze nam gas terug, luisterde naar het geronk en glimlachte voldaan. Ze had een korte, hevige en uiteindelijk ongelukkige relatie met Jason gehad, maar hij had haar wel het een en ander geleerd. Niet in de laatste plaats hoe ze een auto aan de praat kreeg zonder contactsleutel. Dit was zijn geschenk aan haar, zijn nalatenschap.

En wie weet zou ze haar doel ermee bereiken.

91

17.29 uur

'Je hebt het recht niet, hoor je me, je hebt het recht niet. Je bent geen zak beter dan de rest...'

Charlie stond in haar eentje in de kleine werkkamer met de mobiele telefoon in haar hand. Ze was kort na de technische recherche op de boerderij gearriveerd en terwijl die in de ouderslaapkamer bezig waren, had zij handschoenen aangetrokken en was ze beneden begonnen. Ze had Michael Andersons mobiele telefoon in zijn jas gevonden die over een stoel in de werkkamer hing en was direct in zijn belgeschiedenis gedoken. Een paar geblokkeerde nummers, maar de overgrote meerderheid van de telefoontjes was afkomstig van een nummer dat hij in zijn contacten DAISY had genoemd, allemaal van de afgelopen paar dagen. Het zou tijd kosten om informatie van de telefoonmaatschappij te krijgen, dus was ze regelrecht naar zijn voicemail gegaan. Het was een oud toestel zonder wachtwoord of andere vorm van beveiliging en even later was Charlie in staat zijn berichten via de speaker af te spelen.

'Je zegt dat je van me houdt en dan flik je me dít? Kijk eens in het godvergeten woordenboek, zoek op wat liefde eigenlijk betekent...'

Daisy's woorden galmden door de kleine ruimte. Ze was boos,

maar ook overstuur en haar stem trilde zo nu en dan, terwijl ze tegen haar vader tekeerging. Ze hield duidelijk nog van hem, voelde genegenheid voor hem en zo nu en dan werd haar toon zachter, zelfs tussen haar uitbarstingen door. Maar ze was kwaad en een nieuwe explosie van gerechtvaardigde verontwaardiging was nooit ver weg.

'Ik heb altijd voor je gezorgd, je beschermd… en dan behandel je me zó?'

Charlie luisterde naar het derde bericht, maar allemaal hadden ze dezelfde strekking, bevatten ze dezelfde beschuldiging.

'Jason is een goeie vent. Je moet hem een kans geven, papa…'

Andere leden van de technische recherche hadden bewijs gevonden van Jasons aanwezigheid in huis: een bankpasje op Daisy's slaapkamer, gebruikte condooms in haar prullenbak. De voicemailberichtjes toonden aan dat dit de reden was voor de breuk tussen vader en dochter. Hoewel ze Daisy's berichten zouden moeten afluisteren om het geheel te begrijpen, was duidelijk dat Michael Anderson Jason Swift de deur had gewezen. Anders gezegd: hij had zijn dochter laten kiezen tussen hen beiden.

Charlie kon de ruzie voor zich zien en vond het deprimerend. Michael Anderson was duidelijk een nalatige, toegeeflijke ouder geweest en had toegestaan dat zijn dochter een aantal slechte gewoontes had ontwikkeld. Overal was bewijs te vinden van het feit dat hij het had opgegeven – de vervallen toestand van de boerderij, de onbetaalde rekeningen en de vele lege whiskyflessen in de vuilnisbak – maar toch had hij zijn liefde voor zijn dochter nooit losgelaten. En tot op het laatste moment had zij hem niet opgegeven. In haar vierde en laatste berichtje smeekte ze hem om redelijk te zijn. 'Het hoeft niet zo te zijn… Je maakt het erger dan het is. Jason is oké, geloof me alsjeblieft, dwing me niet om te kiezen…'

Ze waren ogenschijnlijk ingekleed in verzoenende woorden, maar de berichten hadden een duistere ondertoon, doorspekt met bedreigingen en doordrenkt met bitterheid. De man op wie ze dacht te kunnen bouwen, had zich tegen haar gekeerd. Misschien had hij haar willen laten schrikken opdat ze zou veranderen, haar leven weer op de rit zou zetten en haar criminele gewelddadige vriend zou afzweren. Als dat Michael Andersons bedoeling was geweest, dan was het grandioos mislukt.

Met haar rug tegen de muur had Daisy haar keus gemaakt.

92

17.42 uur

De kamer was gevuld met haat. De meeste rechercheurs uit Helens team concentreerden zich op de plaats delict, maar zij onderzocht de slaapkamer van de tiener. Het was haar ervaring dat tienermeisjes hun geheimen zorgvuldig bewaarden en ze was ervan overtuigd dat dit de plek was om te beginnen, wilde ze in de huid van Daisy Anderson kruipen.

Ze had de stapel tijdschriften naast het bed doorgebladerd – *Guns and Ammo, The Modern Soldier* – voordat ze de lade van haar goedkope nachtkastje had opengetrokken. Het lag vol make-up, aanstekers, jachtmessen en prullaria die getuigden van puberale opstandigheid, maar onder alle rommel vond Helen een klein dagboek. Toen ze het opensloeg, was ze niet verrast om op de eerste bladzijde een met zorg getekende slang te zien die zichzelf opat. Nog meer bewijs, als dat al nodig was, dat Daisy te maken had met de wreedheden van vandaag.

Helen bladerde verder en onderzocht de inhoud van het dagboek. Daisy had niet regelmatig geschreven – er zaten lange tussenpozen bij – maar de korte, boze verklaringen in het dagboek gaven een helder beeld van een jonge vrouw die te verbitterd en te vervreemd was voor haar jonge jaren. Ze had een hekel aan school, aan zowel de leerlingen als de docenten, ging tekeer tegen diegenen die haar hadden getreiterd, maar bewaarde een bijzonder soort haat voor de mensen die haar in haar ogen hadden afgewezen of gekleineerd. Het verbaasde Helen niet dat Sonia Smalling, Alan Sansom en Sarah Grant meerdere malen met naam en toenaam werden genoemd.

Er zat een heldere lijn in haar woorden: een duidelijk wantrouwen ten opzichte van instellingen en van de motieven van mensen die haar zogenaamd híélpen. Ze had haar taakstraf niet afgemaakt, had regelmatig gespijbeld en had zich vaak teruggetrokken op de boerderij die al zolang ze zich kon herinneren haar thuis was. Aan de ingelijste foto's op haar kamer te zien, was ze een vrolijk kind geweest – jagen, vissen, spelen met haar vader. Maar recent waren ze van twee personen naar drie gegaan, met rampzalige gevolgen.

Daisy's dunne dagboek stond vol incidenten en beschuldigingen, maar bepaalde woorden kwamen steeds terug. *Vals* werd veel gebruikt, evenals *hypocrieten*. Maar het woord dat het meeste terugkeerde was *wraak*. Daisy was een heel boos kind geworden, verslaafd aan drank en drugs, borrelend van paranoia en rancune, vastbesloten zich te wreken op haar treiteraars. Deze moorden waren haatmisdrijven, zoals Helen altijd had vermoed, maar ze werden gedreven door een zeer persoonlijke woede, niet door racisme of ideologie.

Ik zie mijn hart voor mijn ogen zwart worden van haat.

Ze hebben me langzaam vermoord. Ik zal aardiger zijn dan zij en ze snel doden.

Jullie hebben me in een hoek gedrukt en me maar één optie gegeven… Jullie vonden het gewoon gewéldig om me te kruisigen.

Het was een waslijst van haar moordlustige woede, haar boosheid op de wereld. Helen bladerde snel naar het einde van het dagboek, ongeduldig op zoek naar aanwijzingen wat betreft

Daisy's gedachten en verblijfplaats. Maar haar meeste teksten waren gedachten aan zelfmoord en de laatste aantekening ging over de zoveelste ruzie met haar vader. Helen liet het dagboek in een bewijszak glijden en rommelde verder in de la. Ze vond er de gebruikelijke dvd's en boeken – *Man Bites Dog*, *De vanger in het graan*, *Donnie Darko* – die tot een tieners gevoel voor nihilisme spraken, maar ook specialistischer werken. Boeken over de Irakoorlog, over de daaropvolgende 'doofpotaffaire' rond Blair en het bijzonderste: een illegale kopie van een dvd waarop onvervalste beelden van militaire acties in Afghanistan en Irak zouden staan.

Onder al deze spullen lag een brief. Hij viel op omdat de envelop stevig en bruin was en suggereerde dat het om een formele brief ging die onlangs was gestuurd. Ze stak haar hand verder in de la en viste hem eruit. De envelop was aan Daisy gericht en met zorg opengemaakt – opengesneden met een mes, misschien – maar de brief was vervolgens teruggepropt, waardoor hij behoorlijk verkreukeld was. Helen streek hem op tafel glad en las de inhoud en met elk woord dat ze in zich opnam, werd haar bezorgdheid groter.

Het was een brief van Defensie in reactie op Daisy's sollicitatie. Nog zorgwekkender was het feit dat het een afwijzing was waarin Daisy's psychologisch onderzoek als probleem werd aangehaald. Hij was keurig opgesteld, maar de implicatie was duidelijk: Daisy zou nooit worden toegelaten tot de Britse krijgsmacht en het werd haar afgeraden opnieuw te solliciteren. Gezien Daisy's belangstelling voor wapens en oorlogvoering moest dit een harde klap zijn geweest.

En het was een recente klap, dat maakte het nog erger. De brief was drie dagen geleden verstuurd.

93

17.48 uur

Het was een lange veeleisende dag geweest, maar goddank was hij bijna voorbij.

Sergeant Geoffrey Clarkson zette zijn laptop uit en liep naar achteren om hem in de kluis te leggen. Het was het eerste moment van de dag dat hij even rust had. Dat had je met dit werk; totaal onvoorspelbaar. Soms zat je uren te wachten tot de deur openging en op andere momenten werd je overspoeld en stond er een rij voor je bureau, terwijl je de verschillende opties doornam met iedereen die zei dat hij soldaat wilde worden. Als teamleider was het zijn taak om werkschema's van het personeel op te stellen, maar hij deed het zelden honderd procent goed. En dus hadden ze vandaag met z'n drieën zeventig sollicitanten te verwerken gehad.

De herfst was altijd druk met jonge mensen die niet waren toegelaten tot de universiteit en nu nadachten over andere opties. Veertig informatieaanvragen waren ongeveer de norm en hij vroeg zich af waar deze plotselinge toename van belangstelling voor het leger door kwam. Misschien waren de laatste plaatsen aan de universiteit toegewezen, misschien hadden de recente bioscoopreclames effect. Hoe dan ook, iets had de publieke belangstelling gewekt en Geoffrey kon terugkijken op een goede dag: er hadden verschillende kandidaten tussen gezeten die veelbelovend leken. De ervaring had hem geleerd onderscheid te maken tussen jongeren met oprechte belangstelling en jongeren die het alleen deden om van het gezeur van hun ouders af te zijn. Daar waren er heel veel van – papa en mama die kindlief het huis uit wilden – maar de meerderheid van degenen die hij vandaag had gesproken leek goed gemotiveerd en geschikt.

Hij maakte het nooit mooier dan het was en gaf een nauwkeurige beschrijving van het leven in het Britse leger. Hij had in Helmand gediend tijdens operatie Panther's Claw en had tijdens gevechten vrienden en collega's zien sterven. Hij was zelf ternauwernood aan een IED ontsnapt en vond het zijn plicht om tegen potentiële rekruten eerlijk te zijn over de gevaren – zowel tijdens als na een conflict. Gelukkig hadden de veelbelovender kandidaten dit serieus genomen en hadden ze meer willen weten. Dat gaf hem een goed gevoel, een gevoel van trots zelfs; ondanks alles wat hij had meegemaakt, geloofde hij nog steeds vurig in het Britse leger en de onmisbare rol die het speelde in de wereld.

Nadat hij zijn laptop had opgeborgen, boog Clarkson zich over de werkroosters van morgen die op zijn bureau lagen. De radio stond aan – die had hij vanmorgen aangezet, maar hij had er nog geen seconde naar geluisterd – en hij hoorde de sombere toon van de nieuwslezer.

'Vooralsnog zijn er vijf doden op vijf verschillende locaties en de politie raadt iedereen in Southampton en omgeving aan om waakzaam te blijven...'

Clarkson bleef even stilstaan, verrast door wat hij hoorde. Southampton was een veilige omgeving – ongelooflijk dat er voor het eerst een grote schietpartij was geweest. Nog erger was dat de dader nog vrij rondliep. Typisch weer de politie, dat ze er te laat bij waren om iets te doen. Zodra ze wisten wat er aan de hand was, had het leger ingeschakeld moeten worden, maar hij vermoedde dat dat niet was gebeurd. De gewapende politie bewaakte haar eigen territorium angstvallig – waarschijnlijk omdat de meesten mislukte soldaten waren. Het was absurd om te bedenken dat de politiek levens in gevaar bracht, maar mensen waren kwetsbaar; Clarkson wist dat uit bittere ervaring.

Hij wilde verder luisteren, maar moest zich nog verkleden en de klok tikte verder, dus zette hij de radio uit en legde de werkroosters weer in zijn postvakje. De Saints speelden vanavond tegen West Ham en hij had Sammy beloofd dat ze een hamburger zouden eten voordat ze naar St. Mary's gingen. Het nieuws was verontrustend, maar dat was het tegenwoordig altijd en familie ging voor. Southampton had geleden, verschillende families hadden iemand verloren, maar zoals zijn vader vroeger altijd zei: *het leven gaat door.*

94

17.50 uur

'Alle eenheden naar Bray Road, Ocean Village. Alle eenheden naar Bray Road...'

Helen reed jachtig over de stille landweg. Ze had een open kanaal met verschillende gewapende eenheden die in Southampton patrouilleerden.

'Het rekruteringskantoor zit op nummer twintig. Ik wil gewapende eenheden aan de voor- en achterkant, maar kondig jezelf niet aan tenzij er een incident gaande is. Hebben we contact met Geoffrey Clarkson?'

Hij was degene die de brief aan Daisy had ondertekend; volgens de officiële beschrijving op de website van defensie had hij het rekruteringskantoor in Southampton de afgelopen drie jaar geleid.

'Hij neemt zijn mobiel niet op. Volgens zijn vrouw zou hij vanavond met zijn zoon naar het voetbal gaan, maar we hebben ze geen van beiden te pakken kunnen krijgen.'

'Blijf het proberen. Laat het me weten zodra je hem te pakken hebt.'

'Doe ik.'

Helen verbrak de verbinding en gaf gas. Haar rit naar de boerderij was nuttig geweest, maar had haar uit Southampton weggehaald en nu wilde ze zo snel mogelijk terug. Ocean Village lag ten zuiden van de stad en was een chique buurt met trendy appartementen met uitzicht over het water. Het zou nog even duren voor ze er was, zelfs met zwaailicht, vandaar dat ze dit idiote tempo aanhield. De weg voor haar lag er verlaten bij en daar wilde ze gebruik van maken.

Ze had geen bewijs dat Daisy naar het rekruteringskantoor zou gaan – Helen werd gedreven door haar intuïtie. Ze had zich tot nu toe aan strohalmen vastgeklampt, verbijsterd door deze wrede misdrijven zonder ogenschijnlijk motief, maar nu begreep ze wat de moordtocht voedde. Daisy was één keer te vaak afgewezen. Ze was in de steek gelaten door haar moeder, verwaarloosd door haar vader, had nooit een eigen plekje in de wereld gevonden, had geen zelfvertrouwen, was emotioneel labiel en miste de middelen om zich ergens thuis te voelen. Op school was ze belachelijk gemaakt, door het strafrechtsysteem was ze tot rotte appel bestempeld en in zijn algemeenheid was ze beschimpt door een wereld die beter voor haar had moeten zorgen. Uiteindelijk was er iets bij haar geknapt en had ze uitgehaald naar de mensen die haar hadden gekleineerd en vernederd. Dat was de reden dat Clarksons afwijzing Helen zo'n zorgen baarde.

De achteloze manier waarop Clarkson Daisy's droom de grond in had geboord – de zoveelste in een reeks teleurstellingen – had haar woede ongetwijfeld aangewakkerd en Helen vroeg zich af of dit ten grondslag lag aan de gewelddadige ruzie die ze met haar vader had gehad. Wat de reden ook was, Daisy besefte duidelijk dat ze een grens had overschreden en niet zou aarzelen om het nog meer mensen betaald te zetten voordat ze werd neergehaald.

Het rekruteringskantoor ging om half zeven dicht. Het was niet ver meer. Misschien had Daisy bewust gewacht tot het moment dat er minder burgers in de weg liepen. Tot haar grote frustratie had Helens team nog altijd geen locatie voor haar – al bijna twee uur was Daisy niet gesignaleerd en dat was heel wat gezien het feit dat er een klopjacht in volle gang was.

Helen naderde de rand van de stad en reed de ringweg in oostelijke richting op. Terwijl ze dat deed, raasde de politiehelikopter boven haar hoofd naar Ocean Village. Iedereen ging nu naar dezelfde locatie en als Helen gelijk had, zou ze heel binnenkort oog in oog staan met Daisy Anderson.

95

17.55 uur

Sanderson ramde de pook in zijn achteruit. Nadat ze Emilia Garanita thuis had afgezet, had ze besloten om naar de boerderij te gaan en daar assistentie te verlenen. Maar zojuist was de oproep gekomen om naar een adres in Ocean Village te gaan, dus keerde ze haastig in een smalle straat en racete in de richting van het centrum.

Ze had met alle plezier Charlie en de rest van het team bij het onderzoek op de boerderij geholpen – alles om haar eerdere fout goed te maken – maar deze missie was een stuk spannender. Ze had geen idee waarom Daisy Anderson zich zou willen richten op het rekruteringskantoor, maar de overtuiging in Helens stem wees erop dat ze de dader eindelijk een stap vóór waren, in staat waren te voorspellen waar ze zou toeslaan. In dat geval hadden ze een kans om hier een eind aan te maken.

Sanderson had aan veel complexe operaties meegewerkt, maar weinig die zich zo snel en schokkend hadden ontwikkeld als deze. Het aantal slachtoffers alleen al was verbijsterend – Sanderson wist dat Jim Grieves moeite had met het aantal lijken in het mortuarium en dat veel jonge politiemensen van het team Zware Misdrijven erg geraakt waren door wat ze vandaag hadden gezien. Ze had er een paar kunnen troosten, tussen het kijken naar camerabeelden door, en de steun die ze hun had kunnen geven hielp haar eraan herinneren dat zij een ervaren, bekwame politievrouw was die haar team iets wezenlijks te bieden had. Ze had zo lang aan zichzelf getwijfeld dat dit haar opvrolijkte en haar verlangen versterkte om te bewijzen dat ze Helens vertrouwen waard was.

Ocean Village was nog maar een paar minuten rijden. Ze kwam hier niet vaak – haar eigen flatje lag in een veel goedkoper deel van de stad – maar ze had lang genoeg door Southampton gereden om de weg te kennen. Haar sirene stond uit, maar de zwaailichten flitsten en het verkeer leek voor haar weg te smelten. Soms had je geluk en ze was ervan overtuigd dat ze op tijd zou zijn om een verder bloedbad te voorkomen, misschien zelfs om de dader eigenhandig te arresteren. Ze voelde zich energiek en zelfs opgewonden.

Ze had zo lang aan de zijlijn gestaan dat het fijn was om weer mee te spelen.

96

18.21 uur

Daisy greep het stuur wat steviger vast toen ze door de stille zijstraat reed. Het verkeer in het centrum was verschrikkelijk geweest en ondanks haar beste pogingen, liep ze opnieuw achter op schema. Ze had gehoopt om een half uur voor sluitingstijd bij het rekruteringskantoor te zijn, maar nu zou ze het maar net redden, als ze geluk had. Die gedachte maakte haar woest – die vent verdiende zijn lot net zozeer als de anderen, misschien nog wel meer.

Jason en zij hadden het rekruteringskantoor de afgelopen twee avonden verkend en hadden genoten van het feit dat Clarkson zich totaal niet bewust was van hun aanwezigheid, van hun plannen. Ze hadden hun doelwit behoorlijk goed leren kennen, zelfs in die korte tijd en van een afstand, en ze hadden hartelijk gelachen om zijn belachelijke gewoontes en eigenaardigheden. Beide avonden had hij op precies dezelfde manier afgesloten: hij had de lichten in dezelfde pedante volgorde uitgegaan en twee keer gecontroleerd of alles wel op slot zat voordat hij de luiken had laten zakken. Gisteravond hadden Jason en zij die luiken bezoedeld met hun beste slang tot nu toe – een enorm smaragdgroen beest dat zich zichtbaar verslikte terwijl het zichzelf probeerde te verslinden. Ze hadden er achteraf lol om gehad en gemijmerd over hoe Clarkson zou reageren op dit 'schandaal'.

Waarom was Clarkson zo nauwgezet wat betreft de beveiliging? Het pand was een krot en de stokoude laptops die ze gebruikten waren het stelen niet waard. Vereiste die schrale buit werkelijk zo'n zware beveiliging? Ze had zo'n vermoeden dat hij het uit gewoonte deed en dat zei veel over de man: heel gewichtig, terwijl er zo weinig was om gewichtig over te doen. Ze had hem direct al niet gemogen – ze had zijn wantrouwen kunnen voelen – en dat gevoel was tijdens hun korte kennismaking alleen maar erger geworden.

Wat had er ook alweer in zijn brief gestaan? Dat hun 'psychologische evaluatie' had aangetoond dat ze niet geschikt was voor een carrière bij defensie. Waarom niet? Omdat ze een eigen persoonlijkheid had? Omdat ze in staat was zelf na te denken? Kennelijk zochten ze sukkels waar ze brave jongens en meisjes van konden kneden. Dat zij sterker was dan al die anderen deed er kennelijk niet toe. Of dat ze een betere schutter was. Ze had een geweldige soldaat kunnen zijn – ze zou door muren zijn gestormd – als ze de kans had gekregen. Maar die droom hadden ze in vijf korte zinnen verwoest. Om precies te zijn, Geoffrey Clarkson had dat gedaan.

Ze had maar half geleefd op de boerderij, als een zombie die van de ene ellende naar de andere struikelde. Haar vader, haar lieve, stomme vader had haar niet veel gegeven, maar hij had zijn best gedaan om haar haar vrijheid te geven. Op haar tiende had ze haar eerste glas alcohol gehad, haar eerste jointje niet lang daarna en vanaf dat moment had ze haar leven voornamelijk verziekt: kleine vergrijpen, geweld, waarschuwingen en veroordelingen. Haar vader bemoeide zich er bijna nooit mee, probeerde haar leven nooit te sturen, maar zelfs hij had gedacht dat het leger een keerpunt voor haar zou kunnen zijn, een laatste kans. Misschien dacht hij dat de discipline goed voor haar zou zijn. Misschien wilde hij haar gewoon weg hebben. Ze wist niet goed welke van de twee.

Op weg naar Ocean Drive had ze de eerste verslagen op de radio gehoord over een nieuwe dode die in verband werd gebracht met de 'incidenten' van vandaag. Een man van middelbare leeftijd was dood aangetroffen op een boerderij nabij de Hamble. Ze had de radio uit moeten zetten. Dat wilde ze niet horen. Ze had gedaan wat nodig was, maar het hoefde er niet ingewreven te worden. Daar had ze de afgelopen paar jaar haar buik van vol gehad.

Ze sloeg Bray Road in en liet het gas los. Er was geen tijd voor extra controles, geen tijd om de omgeving te verkennen zoals ze oorspronkelijk van plan was geweest. Als hij er nog was – en ze bad dat dat het geval was – moest ze gewoon haar geweer pakken en de klus afmaken. Als hij vanavond ontsnapte of als ze miste, zou ze misschien nooit meer een kans krijgen om het hem betaald te zetten.

Daisy stopte tegenover het kantoor en zette de motor af. Ze leunde naar achteren om haar geweer uit haar rugzak te halen, maar toen ze weer naar het gebouw opkeek, verstijfde ze. Er stond een motor geparkeerd – een dure Kawasaki – en door de grote ruit zag Daisy dat Clarkson in gesprek was met een lange vrouw in een leren pak. Dit was duidelijk geen carrièregesprek – de vrouw sprak met een ernstig gezicht, deed een dringend verzoek en zelfs op deze afstand kon Daisy zien dat Clarkson schrok van wat hij hoorde. Je hoefde geen genie te zijn om te bedenken wat hij in dat kleine kantoortje te horen kreeg. Daisy vloekte verbitterd toen ze besefte dat ze te laat was.

97

18.28 uur

Daisy Andersons kamer stond vol plastic kratten; haar hele leven werd bijeengeraapt, ingepakt en opgeborgen voor nader onderzoek. Te midden van dit alles stond Charlie, van top tot teen in een forensische overall gehuld; ze bekeek elk voorwerp dat haar werd aangereikt, op zoek naar aanwijzingen wat betreft Daisy's bedoelingen.

Ze was gepikeerd geweest toen Helen haar vroeg om op de boerderij achter te blijven. Ondanks de aanhoudende klachten van haar partner Steve, wilde Charlie bij de actie zijn en ze baalde toen Helen haar vroeg om het onderzoek in Michael Andersons huis voort te zetten. Even was ze geneigd geweest ertegenin te gaan, haar taken af te schuiven op een junior collega, maar Helen had haar besluit genomen en was gehaast, dus had Charlie het laten gaan. Het ging de laatste tijd goed tussen hen – té goed in sommige opzichten – dus was ze er zeker van dat Helen niet aan haar capaciteiten twijfelde. Probeerde ze Charlie soms te beschermen? Haar uit de vuurlinie te houden? Als dat het geval was, wist ze niet goed of ze gevleid moest zijn of boos moest worden. Ze was een grote meid, ook al stond er voor haar meer op het spel dan voor Helen, zoals haar meerdere haar niet liet vergeten.

Charlie wist dat elk deel van het onderzoek van essentieel belang was en dat Helen ervan uitging dat ze professioneel te werk ging, dus duwde ze haar gekwetste gevoelens opzij en ging aan de slag. Haar humeur was er niet beter op geworden. Sterker nog, het inpakken van Daisy's spullen was een bijzonder deprimerende klus. Het meisje moest midden in een soort inzinking zitten, dacht Charlie, want ze was in wezen niet slecht. Ze werd verscheurd door woede, was vijandig tegen gezaghebbers en verafschuwde zichzelf, maar niets van wat er vandaag was gebeurd was onvermijdelijk geweest. Als iemand een hand naar haar had uitgestoken, had ze een ander pad kunnen kiezen, want de simpele waarheid was dat Daisy gewoon ergens bij wilde horen. De snuisterijen, oude brieven en clubinsignes suggereerden dat ze op zoek was geweest naar anderen, naar een surrogaatfamilie misschien: afgedankte en versleten vriendschapsbandjes; het padvindsterstenue dat veel te klein voor haar was en zelden was gedragen; en de half ingevulde aanmeldingsformulieren voor de Jonge Boeren, het plaatselijke koor, een paintballgroep...

Charlie had ze allemaal moeten opgraven – ze kwamen uit een tijd waarin Daisy kennelijk had geloofd dat geluk mogelijk was, dat de wereld iets terug zou doen voor haar. Ze hadden ver weggestopt gelegen, weggeduwd in kledingkasten onder meerdere spijkerbroeken en verborgen onder oude exemplaren *Guns and Ammo*. Maar ze wierpen een licht op de eenzaamheid van de jonge Daisy en op haar verlangen om ergens emotionele hulp te vinden. Als Charlie zo'n situatie tegenkwam, bedacht ze telkens weer hoe gezegend haar dochtertje was met de liefde en bescherming die ze kreeg. Over dit soort mensen hoorde je pas iets als het te laat was en Charlie zou dolgraag terug in de tijd willen om Daisy de hulp te bieden die ze nodig had.

Maar daar was het nu te laat voor. Daisy had een grens overschreden, ze had haar vader vermoord en daarna een aantal anderen. In eerste instantie waren ze ervan overtuigd geweest dat Jason Swift de schuldige was, maar nu wisten ze dat Daisy de slachtoffers had vermoord, genoegen had geschept in het afslachten van de mensen die haar het gevoel hadden gegeven dat ze waardeloos was. Na jarenlang de klappen te hebben gekregen, deelde ze ze nu uit en Charlie was er zeker van dat niets haar nog tegen zou kunnen houden.

98

18.29 uur

'Weet u zéker dat ze hiernaartoe komt?'

Geoffrey Clarkson had moeite om Helens schokkende nieuws te bevatten. Ondanks haar dringende verzoeken, was hij nog steeds niet in beweging gekomen, met stomheid geslagen door de gedachte dat híj de volgende zou kunnen zijn op Daisy Andersons zwarte lijst.

'Wanneer ontdekte u de graffiti op de luiken?'

'Vanmorgen.'

'Dan komt ze. U moet hier weg.'

Eindelijk leek Clarkson de aandrang in Helens stem te horen. Hij draaide zich om en pakte zijn sleutels en telefoon. 'Ik moet mijn zoon bellen... Ik had met hem afgesproken.'

'Dat kunnen we op het politiebureau doen. Het is onze eerste prioriteit om ervoor te zorgen dat u veilig bent. De rest kan wachten.'

'Dat mens spoort niet,' flapte Clarkson er opeens uit, en hij wendde zich weer tot Helen. 'Er zijn zoveel mensen die niet worden aangenomen, dat is heel normaal...'

'Daisy is geestelijk ingestort, ze ziet de wereld niet helder...'

'Jezus christus, ik bedoel, ik had geen keus,' tierde hij. 'Ze is volkomen ongeschikt voor het leger. Ze is wispelturig, emotioneel, plús ze heeft een reeks veroordelingen op haar naam staan. Ik had haar sollicitatie niet eens in behandeling moeten nemen, maar dat heb ik toch gedaan omdat ik haar dat had beloofd.'

De sergeant leek overstuur, alsof hij opeens bang was dat híj het bloedbad van vandaag teweeg had gebracht.

'Ze leek wanhopig, een beetje sneu zelfs,' ging hij verder. 'Als ik had geweten hoe boos ze was...'

'"Als" is voor later, meneer Clarkson. U moet nu aan uw gezin denken en met mij meekomen.'

Eindelijk begreep Clarkson het. Hij griste zijn jas van de leuning van de stoel en deed de bureaulamp uit. Helen volgde hem ongeduldig en spoorde hem aan. Daisy liep ergens vrij rond en Helen zou pas rusten als ze veilig op het hoofdbureau waren. Toen hij zijn spullen had gepakt, keek hij opnieuw naar Helen. Tot haar verbazing zag hij er verloren uit, alsof hij niet had verwacht ooit in zijn eigen omgeving geconfronteerd te worden met levensgevaar. Helen had dit eerder meegemaakt, dus stak ze een arm uit om hem in de richting van de deur te leiden.

De andere eenheden konden er elk moment zijn en Helen was in gedachten al bezig met haar volgende stap. Konden ze Daisy in de val lokken? Een dubbelganger voor Clarkson inzetten als lokobject voor de obsessieve tiener? Wat zou de beste – veiligste – manier zijn om Daisy te arresteren, zodat ze zich kon verantwoorden voor haar misdrijven?

Ze waren bijna bij de deur, maar Helen bleef abrupt staan toen ze een vreemd geluid hoorde. In eerste instantie herkende ze het niet – het leek een rasperig, hees gebrul – maar toen wist ze het. Het was een auto waarvan het gaspedaal hard werd ingetrapt. Opeens stopte het geluid en werd vervangen door een schril gepiep dat luider, luider, luider werd...

Te laat besefte Helen wat er gebeurde. Ze kon Clarkson nog net met geweld uit de baan van gevaar duwen, voordat de auto dwars door de ruit kwam, recht op haar af.

99

18.31 uur

De auto raakte iets hards en stond direct stil, waardoor Daisy in haar stoel naar voren werd gesmeten. Ze droeg een gordel, maar de klap was toch zo hard dat haar hoofd tegen het stuur smakte. Even zat ze verdwaasd en buiten adem te luisteren naar het gerinkel van brekend glas. Het was een roekeloze actie geweest, voortgekomen uit woede, maar niet geheel zonder strategie. Ze zag een gevecht tegen twee goedgetrainde personen niet zitten, zelfs niet met haar geweer, dus had ze besloten haar kansen wat te vergroten.

Ze schudde haar hoofd tot ze helder was, pakte haar geweer en deed het portier open. Onmiddellijk voelde ze weerstand – er lag een omgevallen stoel onder – en ze ramde met haar schouder tegen het portier tot ze ruimte genoeg had om zich eruit te wurmen. Haar laarzen knerpten luid op het gebroken glas en ze liep om de voorkant van de auto heen om de schade te bekijken. Stoelen lagen overal, bureaus lagen omver en er hing een dikke laag stof in de lucht.

Met haar geweer in de aanslag liep Daisy naar voren. Ze verwachtte een gevecht, maar vatte moed toen ze de vrouw drie meter bij de auto vandaan voorover in het glas zag liggen. Daisy was ervan overtuigd geweest dat ze een van hen had geraakt toen ze door de ruit was gereden en zo te zien was dat de vrouw geweest. Daisy liep naar haar toe, pookte met het geweer tegen haar ribben, maar de vrouw bleef roerloos liggen. Daisy draaide zich om – dood of bewusteloos, dat kon haar niets schelen.

Ze liep om de auto naar de achterkant van het kantoor en baande zich een weg door de puinhoop. Ze hoorde iets – een zacht gekreun – en sloop verder. Zo te horen was het een man. Zo te horen was híj het.

Opeens zag ze hem. Hij was bij bewustzijn, was er op de een of andere manier in geslaagd de auto te ontwijken, maar het had hem geen goed gedaan. Een bureau was door de klap naar achteren gevlogen en de man lag er nu hulpeloos als een pasgeboren lammetje onder geklemd. Hij knipperde verwoed met zijn ogen in een poging te begrijpen wat er was gebeurd, maar toen hij Daisy dichterbij zag komen, begon hij wanhopig te bewegen in een poging zich te bevrijden. Langzaam, doelbewust zette Daisy een laars op het scheefstaande bureau en ze duwde er met kracht op. Clarkson schreeuwde van pijn en bleef stilliggen. Boos en bang tegelijk keek hij naar Daisy.

'Dag Geoffrey. Ken je me nog?'

'Ja, Daisy, toch?'

'Heel goed. Wist je dat nog helemaal uit jezelf of heeft je vriendinnetje je dat ingefluisterd?'

'Dat wist ik nog... ik wist het nog...'

'Natuurlijk...' Terwijl ze sprak, bracht Daisy het geweer naar haar schouder en drukte de kolf tegen zich aan.

'Moet je luisteren het... het... spijt me van je sollicitatie,' stotterde Clarkson, geschokt door het plotselinge verschijnen van het geweer.

'Reken maar...'

'Laten we erover praten... We kunnen het opnieuw doe...'

'Terwijl we wachten op de hulptroepen? Ik dacht het niet.' Ze kwam opnieuw een stap dichterbij.

'Alsjeblieft, Daisy... doe nou geen domme dingen... ik weet dat je het moeilijk hebt, maar ik heb een vrouw en een zoon...'

'Je had aan ze moeten denken voordat je deed wat je deed.'

'Ik deed gewoon mijn werk.'

'Is dat niet wat de nazi's zeiden?' antwoordde Daisy met een grijns. 'Maar dat verandert niets. Je hebt mijn toekomst verpest en nu ga je leren...' Op het moment dat ze sprak, richtte ze het geweer op zijn hoofd. '... dat daden gevolgen hebben.'

'Alsjeblieft, Daisy,' smeekte Clarkson opnieuw, wanhopig. 'Ik ben geen monster. Ik ben zomaar een man. Niet bijzonder, niet belangrijk. Ik weet niet wat je van me denkt, maar geloof me, je wilt niet voor mij de cel in gaan, dat ben ik niet waard.'

'O, ik denk dat dat wel een gepasseerd station is,' antwoordde Daisy lachend. 'Je wilt het misschien niet horen, Geoffrey, maar je bent vandaag niet mijn eerste. Of wist je dat al?'

'Hoeveel... hoeveel mensen heb je vermoord?' stamelde Clarkson.

'Een handjevol. Maar we zijn hier niet om het over mij te hebben, nietwaar?'

In de verte hoorde Daisy sirenes die haar tot actie aanspoorden. Ze richtte opnieuw en intuïtief stak haar slachtoffer zijn handen omhoog om zich te beschermen.

'Dit is het, Geoffrey. Wil je nog iets zeggen?'

De arme man kon geen woord uitbrengen; hij gebaarde wanhopig naar haar en smeekte buiten zinnen om genade waarvan hij wist dat die niet ging komen.

'Niet erg inspirerend. Nou ja, ook goed, jij je zi...'

Ze kon haar zin niet afmaken. Opeens werd ze opzij gesmeten. Te laat besefte ze dat de vrouw overeind was gekomen, naar haar toe was gekropen en haar nu omver duwde op het moment dat ze wilde schieten. Met z'n tweeën vielen ze tegen de grond; glasscherven sneden in hun lichaam. Snel krabbelde Daisy overeind, haar wapen in haar hand geklemd. Ze haalde ermee uit, maar de vrouw was haar te snel af, greep de lopen vast en richtte ze naar het plafond. Daisy worstelde als een wilde, maar tot haar verbazing drukte de vrouw met haar hand op Daisy's vinger die rond de trekker lag. Het geweer werd een keer, twee keer afgevuurd – ongevaarlijk in het plafond waardoor er een wolk van versplinterde plafondtegel omlaag kwam.

Daisy voelde een knie hard in haar buik, waardoor ze even geen lucht meer had. Haar tegenstander trok hard aan het geweer, probeerde het uit haar hand los te rukken, maar Daisy hield het uit alle macht vast. Ze worstelden verwoed en zwaaiden heen en weer totdat Daisy opeens naar achteren viel. De vrouw had een voet achter haar been gelegd en haar getackeld. Nog steeds met het geweer in haar hand kwam Daisy hard op de grond terecht en haar tegenstander viel boven op haar. Maar terwijl ze viel, gaf Daisy een ruk aan het geweer, waardoor de vrouw over haar heen tuimelde. Daisy volgde de beweging, zodat zíj nu degene was die bovenop zat. De vrouw was buiten adem en zo te zien was ze gewond. Daisy buitte haar voordeel uit, ramde de metalen lopen tegen de keel van de vrouw en duwde. De vrouw bood hevig weerstand, maar ze kreeg geen lucht, hapte naar adem en kokhalsde. Ze slingerden heen en weer en Daisy bleef duwen, opeens vastbesloten om het leven uit dit kutwijf te persen. Ze leunde naar voren en duwde uit alle macht. Op hetzelfde moment schoot haar tegenstander naar achteren, dook toen zonder enige waarschuwing naar voren en ramde haar voorhoofd tegen Daisy's neus.

Er klonk een afschuwelijke krak en Daisy viel naar achteren. Duizelig en versuft viel ze in de glasscherven. Ze zag sterretjes, had braakneigingen, maar toen ze zag dat haar tegenstander op handen en voeten zat te hijgen en zwoegen, krabbelde ze overeind. Ze had haar wapen nog en als ze op tijd kon herladen…

Ze haalde de patronen uit haar zak, maar haar handen trilden zo erg dat ze op de grond vielen. Haar tegenstander kwam overeind en dus graaide Daisy snel tussen de glasscherven naar de patronen. Ze wist er een te pakken en duwde hem in de patroonkamer, pakte de tweede en frunnikte ermee totdat ook die erin zat. Ze klapte het geweer dicht, kwam overeind en maakte zich klaar om te schieten.

Plotseling werd ze verblind. Een wit licht dat pijn deed aan haar ogen vulde het kantoor, terwijl ze iemand hoorde roepen: 'Gewapende politie!'

Daisy aarzelde geen moment meer, maar draaide zich om en rende voor haar leven. Een paar seconden later stoof ze via de achterdeur naar buiten.

100

18.37 uur

De lucht voelde koel en tintelend aan en rukte aan Daisy's bezwete gezicht terwijl ze keihard door de steeg rende om zo ver mogelijk bij de politie vandaan te komen. Ze wist dat haar tegenstander het er niet bij liet zitten – al rennende hoorde ze voetstappen achter zich. De smalle steeg maakte na zo'n vijftig meter een bocht waardoor haar achtervolgers haar niet konden zien, maar was het genoeg? Met alles wat ze had, sprintte ze verder, vastbesloten om niet gepakt te worden.

Ze was zich bewust van het lawaai om zich heen. Geschreeuw, sirenes en het constante gedreun van de politiehelikopter die met zijn zoeklicht over het gebied gleed. Elk moment kon het op haar geschenen worden. En wat dan? Daisy had geen idee of politieagenten haar vluchtroute hadden afgezet, maar zolang ze nog een greintje energie had, bleef ze rennen. Ze moest dit op haar eigen voorwaarden afmaken.

Ze naderde het eind van de steeg; de bakstenen doorgang leidde naar een opening. Ze zou voorzichtig moeten zijn, maar in haar wanhoop rende ze verder en stoof de steeg uit, de stille straat op. Ze had haar geweer opgeheven, maar tot haar verrassing was er niemand die haar tegenhield. Ze bleef even staan om op adem te komen en moest lachen om de mazzel die ze had. Maar haar opluchting was van korte duur. Opeens voelde ze het gevaar; ze draaide zich razendsnel om en zag een auto snel dichterbij komen; hij reed het trottoir op om haar vluchtroute te blokkeren.

Ze aarzelde geen moment, richtte met een zwaai het geweer op de auto en haalde de trekker over, waarna ze de straat over rende. Ze verwachtte dat er kogels langs haar oren zouden suizen, maar er werd niet teruggeschoten. Aan de overkant dook ze opnieuw een steeg in. Tegen alle verwachtingen in leefde ze nog.

101

18.39 uur

Helen stoof de weg op en zag de vluchtende figuur nog net in een steeg verdwijnen. Zonder aarzelen, sprintte ze verder. Alles deed pijn – de auto had haar zijdelings geraakt toen ze opzij was gedoken en tijdens het gevecht was ze verder gewond geraakt – maar ze wist dat ze Daisy niet mocht laten ontsnappen. Het tienermeisje had bewezen dat ze een volleerde en gewetenloze moordenaar was.

Halverwege de straat werd ze zich bewust van een vreemd verblindend licht. Het kwam niet van haar eigen gewapende eenheden, maar van de koplampen van een auto die merkwaardig scheef op het trottoir stond. Achter het licht zag Helen een silhouet bewegen – wilde, krampachtige bewegingen waardoor bij Helen alarmbellen gingen rinkelen.

Helen had een fractie van een seconde om haar beslissing te nemen, maar veranderde haar koers nu, rende weg bij de steeg in de richting van de auto. Ze wist dat het een auto van de politie was en toen ze dichterbij kwam, zag ze tot haar afschuw dat de voorruit gebarsten was en dat er een groot gat in zat. De motor liep nog en maakte toeren omdat het gaspedaal ingedrukt was, maar vreemd genoeg ging de auto nergens naartoe. De agent die erin zat ook niet.

Helen liep om de auto heen, greep de hendel van het chauffeursportier vast en wrikte hem open. De interieurverlichting ging aan en Helen zag iets waar haar hart bijna van stopte.

Joanne Sanderson zat in elkaar gezakt achter het stuur. Haar gezicht was grauw, haar ogen vochtig en ze hield haar hand voor een groot gat in haar borst.

102

18.41 uur

'Agent gewond!'

Helens verstikte stem kwam luid en duidelijk door en Charlies eerste reactie was om de portofoon te pakken en te reageren. Maar Helen was haar voor.

'Dringend medische assistentie gevraagd aan Garnet Road... schotwond... aanzienlijk bloedverlies...'

Andere agenten die dichterbij waren, reageerden nu, voordat een gewapende eenheid hen onderbrak en om een update vroeg over de locatie van de schutter.

'Ze loopt door een steeg tussen Garnet Road en... Sandowne Road. Geef de helikopter opdracht haar vanuit de lucht te volgen en zet alle wegen rond Sandowne Road af...' Helen kon niet meer en sprak de laatste woorden hijgend.

Het kostte Charlie moeite om zich nog te concentreren. Ze was met bewijsmateriaal van de boerderij op weg naar het hoofdbureau, maar was geschrokken van de angst in Helens stem en kon nu nergens anders meer aan denken. Helen verloor haar zelfbeheersing nooit – nooit – maar nu was ze duidelijk van slag. Er was iets heel, heel erg fout gegaan.

Charlies hand hing boven de portofoon – ze was geneigd hem te pakken en contact te zoeken met haar meerdere. Haar hart ging tekeer en er spookten allerlei akelige scenario's door haar hoofd, maar opnieuw was Helen eerst.

'Schiet alsjeblieft op. Ze is een van ons. Ze...'

Opnieuw stierf Helens stem weg, gekweld en overmand, en op hetzelfde moment wíst Charlie het.

103

18.43 uur

'Kijk me alsjeblieft aan, Joanne.'

Helen had kalmerend en geruststellend willen klinken, maar haar stem sloeg over en haar woorden klonken onnatuurlijk.

'Ik ben het, Helen. Het komt wel goed, maar je moet je concentreren...'

Sanderson knipperde herhaaldelijk met haar ogen; haar oogbollen rolden in hun kassen alsof ze zich tevergeefs op het dak van de auto probeerden te concentreren. Ze was in shock; de geweerinslag had haar gestel lamgelegd.

'Joanne, kijk me aan,' blafte Helen, die wanhopig haar best deed om Joannes aandacht te trekken.

Heel even stopte het rollen. Sandersons ogen leken zich op die van Helen te richten en ze probeerde iets te zeggen...

'Alsjeb...' Een straaltje bloed liep uit haar mond.

'Niets zeggen, spaar je krachten,' smeekte Helen. 'De ambulance is er over twee minuten.' Terwijl ze dit zei, luisterde ze of ze sirenes kon horen, maar ze hoorde niets. 'Dan brengen we je naar het ziekenhuis en komt het helemaal goed.'

Haar ogen begonnen weer te rollen, sneller deze keer. Ze raakte buiten bewustzijn en Helen gaf haar een tikje in het gezicht.

'Blijf bij me, Joanne. Je moet...'

Maar Joanne reageerde niet meer en haar lichaam voelde opeens zwaarder in Helens armen.

'Joanne, alsjeblieft...'

Joannes ogen keken naar boven. Alleen het wit was zichtbaar.

Er stonden tranen in Helens ogen toen ze fluisterde: 'Alsjeblieft...'

Maar het was te laat. Brigadier Joanne Sanderson was dood.

104

18.47 uur

Daisy rende voor haar leven.

Ze had het rekruteringskantoor achter zich gelaten, maar de jacht was nog steeds in volle gang. Overal om haar heen kon ze sirenes horen, maar waar ze zich pas echt zorgen om maakte was het geronk van de politiehelikopter. Hoewel zijn felle zoeklicht haar nog niet had gevonden, leek hij haar bewegingen wel te volgen en zat hij haar op de hielen terwijl ze in noordelijke richting vluchtte.

Het was altijd hun plan geweest om weer een auto te stelen, maar dat was te riskant met de helikopter boven haar – ze zou te veel aandacht op zichzelf vestigen – dus moest ze improviseren. Als ze rechtsaf ging, zou ze bij de rivier komen, maar ze kende dit deel van de stad niet goed en was bang dat ze ergens vast zou komen te zitten en het water niet zou halen. Zelfs als ze de rivier wel wist te bereiken, zou ze er dan echt in springen? Ze was geen geweldige zwemmer en in dat geval had ze ook niets meer aan haar geweer; daarom vluchtte ze naar het noorden in de richting van Itchen Bridge.

Hierdoor was ze wel erg kwetsbaar omdat veel auto's deze drukke kruising overstaken, maar als ze rustig bleef, zou het kunnen lukken. Haar geweer had ze min of meer verstopt door hem achter in haar broek te duwen en ook al was haar topje vies en gescheurd, het geheel was misschien wel overtuigend omdat ze er toch al heel punk uitzag.

Haar gezicht was het probleem. Haar neus was gezwollen en ze voelde het opgedroogde bloed op haar wangen. Iedereen die haar nu tegenkwam zou waarschijnlijk vragen of het wel goed met haar ging en dat was het laatste wat ze kon gebruiken.

Het gedreun van de helikopterrotor was nu oorverdovend en tot haar schrik zag Daisy dat hij recht boven haar hing. Ze was nog maar op Saltmarsh Road, zeker zestig meter voor Itchen Bridge. Ze werd vast gesnapt en wat dan? Dat soort dingen zag je op tv: joyriders en dieven die felverlicht als gekken rondrenden voordat ze uiteindelijk in de val werden gelokt door het alziende oog in de lucht.

De lichtstraal van de helikopter kwam langs en het was alsof hij haar hielen bijna raakte. Ze was vastbesloten om vol te houden, maar het ging niet meer zo snel en de adrenaline begon langzaam plaats te maken voor uitputting. Als de helikopter nog een keer langskwam, zou ze zeker gezien worden. En dan was het gebeurd.

De helikopter bleef hangen en vanuit haar ooghoek zag Daisy de brede lichtstraal weer langzaam en genadeloos op haar afkomen. Ze had nog een paar seconden om te reageren en opeens veranderde ze van richting en rende naar het hek langs de rijbaan naar de brug. Het licht bleef op haar afkomen, dichterbij, dichterbij, dichterbij. Met een laatste krachtsinspanning en zonder aarzelen sprong ze eroverheen.

Ze voelde de lucht langs haar lichaam suizen en met een dreun landde ze meters lager op de weg daaronder. Ze klapte door haar enkel en gilde van de pijn. Maar nog voordat ze uitgeschreeuwd was, krabbelde ze overeind en rende verder. Ze werd bijna door het licht gevangen dat boven haar hing, maar ze dook weg onder het viaduct. Het lag er vol rotzooi en stonk naar urine, maar het was precies wat ze nodig had. Ze dook in elkaar, bleef zo stil mogelijk zitten en negeerde het brandende gevoel in haar enkel. De spanning was ondraaglijk, maar na een paar seconden gebeurde het ongelooflijke en verdween de lichtstraal in noordelijke richting. Daisy bleef alleen achter.

Ze was nog niet buiten gevaar – in de omliggende straten wemelde het van de agenten die haar zochten. Maar voorlopig was ze in elk geval veilig.

105

18.49 uur

Opeens wilde iedereen iets van haar.

Emilia Garanita was bijna vergeten hoe het voelde om gewild te zijn. Al maanden wist ze niets te bereiken, had ze een veredelde stageplek bij een regionale krant. Ze wist dat ze snel op haar teentjes getrapt was, maar haar hele moeilijke leven had ze zich altijd brutaal en assertief gedragen. Deels was het bluf, deels was het oprecht, en het had gewerkt – over het algemeen vonden mensen dat ze een geducht persoon was. Maar de laatste tijd was ze eraan gewend geraakt toe te geven, terug te krabbelen. Enerzijds omdat ze wist dat ze zich in het verleden egoïstisch had gedragen – ze had voor zowel haar collega's als haar familie weinig respect getoond in het nastreven van haar carrière – maar anderzijds, besefte ze, omdat haar zelfvertrouwen een deuk had opgelopen door de ervaring door de landelijke schrijvende pers uitgekotst te worden.

Nu wilden ze weer met haar praten. Ze was niet alleen de beste getuige van het geweld van vandaag, maar had als gijzelaar ook tijd met de moordenaar doorgebracht en had haar geholpen een uitgebreide ontsnapping vanuit Meadow Hall School te creëren en een wegversperring te passeren. Dát was pas een verhaal dat het vertellen waard was, dus had ze de vele telefoontjes van Gardener genegeerd en in plaats daarvan een contactpersoon bij *Sky News* gebeld. Die waren nu onderweg naar haar huis. Het werd een kort interview, maar het zou goed betalen. Daar zorgde ze wel voor.

Terwijl ze op hen zat te wachten, had ze een paar details naar haar vroegere contacten bij *The Times* en *The Telegraph* gestuurd. Ze wilde haar belofte van exclusiviteit aan de televisiejournalisten niet verbreken, maar wilde wel wat andere media klaar hebben staan zodra het interview was uitgezonden. Haar contacten bij de kwaliteitskranten hadden direct teruggeschreven, maar ze had ze bewust genegeerd, net zoals ze haar mobiel negeerde die op de keukentafel lag en onophoudelijk bromde. Hoe langer ze niet van zich liet horen, hoe gretiger en – vrijgeviger – ze werden.

'Ga je nog opnemen?'

Haar zusje Claudia liep langs en pakte een biertje uit de koelkast.

'Nog niet, meid.'

Emilia had al besloten dat ze iets leuks voor haar familie wilde doen als dit allemaal voorbij was. Claudia had haar rol moeten overnemen toen zij naar Londen was vertrokken en Emilia wist dat dat haar niet in dank was afgenomen. Ze was vastbesloten het goed te maken – met allemaal – en ze droomde al van een gezamenlijke vakantie. Florida misschien? Los Angeles? Ze waren als gezin zelden op stap geweest en het was hoog tijd dat ze zichzelf verwenden.

Claudia zette haar biertje op tafel, ging naast haar zitten en legde een troostende hand op de hare. Emilia was er dankbaar voor, maar het was niet nodig. Ze was daarstraks erg van slag geweest, maar nu zag ze alleen de positieve dingen die zouden voortkomen uit de ongewone gebeurtenissen van vandaag: een rooskleurige toekomst, haar plaats aan de onderhandelingstafel terug en een plezierige avond terwijl haar telefoon op de keukentafel bromde.

106

18.52 uur

'Gaat het, Helen?'

Het was een stomme vraag, maar Charlie kon niets anders bedenken. Ze was direct na Helens noodoproep naar Ocean Village gereden en had haar meerdere in haar eentje midden op de weg aangetroffen, terwijl het ambulancepersoneel voor Joanne zorgde. Het leek afschuwelijk, maar als ze haar dood verklaarden, zou de technische recherche aan de slag gaan om bewijsmateriaal van de plaats delict te verzamelen. En dan zou het nog zeker een uur duren voordat Joannes lichaam eindelijk zou kunnen worden weggehaald.

Twee ambulancemedewerkers zaten in de politieauto en probeerden een hartslag te ontdekken in het koude, bleke lichaam. Charlie kon het niet aanzien en wendde haar blik af toen ze er zeker van was dat het echt Joanne was. Maar Helen kon haar ogen niet afwenden van het tafereel dat zich voor haar afspeelde en staarde naar de hopeloze pogingen van het ambulancepersoneel dat de politievrouw uit de dood wilde opwekken. Charlie kon zich voorstellen wat er nu door Helens gedachten ging. De recente problemen met haar brigadier, natuurlijk, maar ook oudere herinneringen, zoals Joanne die had geprobeerd Helen ervan te weerhouden een brandend gebouw binnen te gaan om Ruby

Sprackling te redden. Er waren talloze andere voorbeelden van momenten waarop beide vrouwen elkaar beschermd hadden tegen zowel professioneel als crimineel gevaar, maar op het moment dat het er het meeste toe deed, was Joanne alleen geweest. Onbeschermd neergeknald door een lafhartige moordenaar.

Ze was overleden tijdens het uitoefenen van haar werk, in een poging de ontsnappende moordenaar tegen te houden. Dat was tenminste iets. Iets waar haar ouders, vrienden en collega's zich aan konden vasthouden ondanks hun verdriet.

'Het is mijn schuld.'

Charlie keek geschrokken op. 'Het is de schuld van Daisy Anderson en niemand anders,' zei ze snel.

'Ik ben te hard voor haar geweest. Ik was boos op haar, heb haar te veel onder druk gezet,' ging Helen verder, alsof ze niet had gehoord wat Charlie zei.

'Dit is absoluut niet jouw schuld, Helen. Daisy zou iemand vermoorden en jij hebt jouw mensen om assistentie gevraagd. Dat was de juiste beslissing en Joanne deed haar werk, ze sneed Daisy's vluchtroute af...'

'Ze had niet eens een wapen. Ze vormde geen bedreiging voor...'

'Denk je nou echt dat Daisy Anderson zich daarmee bezighoudt? Ze wilde gewoon weg. En in haar eigen verknipte wereld, was ze geoorloofd te doen wat nodig was; was ze geoorloofd een onschuldig mens in koelen bloede neer te schieten...' Charlies stem haperde, maar ze ging dapper verder. 'Het is haar verantwoordelijkheid, haar schuld. Niemand heeft haar gedwongen de trekker over te halen, dat was haar beslis...'

'Maar waarom was Joanne hier? Dat bedoel ik...'

'Omdat jij alle eenheden om assist...'

'Ze was hier omdat ze indruk op me wilde maken. Ik had haar

buitengesloten en zij wilde weer bij me in de gratie komen.'

'Dat weet je niet,' was Charlies weerwoord, ondanks het feit dat er meer dan een kern van waarheid in Helens woorden zat.

'Een gewapende eenheid móét de leiding nemen, Joanne wist dat. Maar ze wachtte niet op hen, zij wilde degene zijn die Daisy arresteerde...'

'Maak er nou niet iets van wat het niet is, Helen. Ze reageerde intuïtief. Ze zag dat de verdachte ontsnapte en greep in...'

'Dat is lief gezegd, Charlie, maar je hoeft het niet mooier te maken. Ik weet hoe ik haar heb behandeld, ik weet hoe ze zich voelde en ik weet wat ze probeerde te doen. Ik dreef haar tot het uiterste en vervolgens gaf ik haar een kans, een opsteker en dit is het gevolg...'

Helens ogen bleven op de auto gericht, maar Charlie weigerde haar blik te volgen en keek naar de overkant van de straat. Toen ze dat deed, zag ze dat enkele medewerkers van de technische recherche hun gesprek volgden. Ze waren allemaal te bang om hun meerdere te benaderen, zeker nu ze zo zichtbaar overstuur was. Charlie was blij dat ze was gekomen om steun te bieden, hoe moeilijk dit gesprek ook was.

'Ze had dit bij zich...' Helens toon werd rustiger, maar ook koeler. Ze haalde een vel papier uit haar zak en gaf het aan Charlie. 'Ik zag het in haar jaszak zitten toen ik haar wilde helpen.'

Charlie pakte het papier en zag dat het onder de bloedspetters zat. Geschrokken aarzelde ze even, maar vouwde het toen open en las de inhoud. Het was een verzoek tot overplaatsing, geschreven en ondertekend door Joanne. Charlie nam de woorden verbijsterd in zich op en gaf het papier toen terug aan Helen. Ze wist niet wat ze moest zeggen, maar Helen zei het voor haar.

'Dit is mijn schuld.'

107

19.18 uur

Daisy staarde naar zichzelf in de kapotte spiegel. Ze had het bloed van haar gezicht geveegd en gekeken hoe het gekleurde water door de afvoer verdween. Ze zag er weer iets fatsoenlijker uit. Haar neus was nog dik, hij stond een beetje scheef en begon paars te kleuren, maar mensen zouden niet meer direct omkijken.

Ze had nu wat meer tijd. Ze werd nog steeds gezocht, maar de politie had geen idee waar ze was. Ze was, zo lang ze had gedurfd, onder het viaduct blijven zitten in de hoop dat de sirenes zouden wegsterven en de opsporingspatrouilles zouden wegtrekken. Het had een eeuwigheid geleken, maar waarschijnlijk had het niet meer dan tien minuten geduurd. Na een tijdje had ze voetstappen in de richting van de rivier gehoord. Ze had geen idee of het een smeris was of een junkie die in alle rust wilde spuiten – ze was er gewoon vandoor gegaan, was de duisternis uit geslopen en hinkelend verder gelopen, zo veel mogelijk in de schaduw.

Op de weg boven haar was het een drukte van jewelste geweest en ze had verwacht dat er elk moment gewapende politiemensen op haar af zouden duiken, maar toch was ze doorgelopen. Ocean Village had chique buurten – torenflats met uitzicht op zee – maar zij was onderlangs gegaan: door de afwateringssystemen, achterafsteegjes en verwaarloosde percelen die wachtten op een ontwikkelaar. Langzamerhand had ze Bray Road steeds verder achter zich gelaten en toen ze weer terugliep in de richting van St. Mary's had ze iets gezien.

De Red Lion was een lugubere oudemannenpub waar ze een keer gestolen mobieltjes had geprobeerd te slijten. Destijds hadden ze haar snel de zaak uit gewerkt, maar misschien kon de pub nu iets voor haar betekenen.

Er zat niemand op het terras, daar was het te koud voor, dus was ze de weg over gerend en over het hek geklommen. Haar enkel had geprotesteerd, maar ze had doorgezet en was veilig aan de andere kant terechtgekomen. Vervolgens was ze via de achterdeur naar binnen gegaan. De toiletten lagen aan de achterkant en dankbaar was ze het damestoilet binnengeglipt. Zich in het openbaar begeven was een risico, maar geen fatsoenlijke vrouw die hierbinnen zou willen zijn, dus was ze er redelijk zeker van dat ze een paar minuten tijd had om zich op te knappen.

Het ging langzaam en moeilijk. Ze kon voelen dat haar neus gebroken was – ze werd misselijk zodra ze eraan zat – maar wist dat ze wel móést als ze er een beetje 'fatsoenlijk' uit wilde zien. Dus haalde ze een prop vochtig toiletpapier over haar gezicht, slikte haar misselijkheid in en veegde het bewijs van haar vechtpartij weg. Haar broek kon er wel mee door toen ze de glassplinters eraf had geklopt, maar haar donkergroene topje zat onder de bloedspetters. Of ze van de politievrouw waren of van haar wist ze niet – hoe dan ook, die moest niet iedereen zien. Met wilde bewegingen deed ze hem uit, keerde hem binnenste buiten en trok hem weer aan. Het was niet perfect, maar het moest maar.

Ze keek naar zichzelf in de spiegel, gleed met haar hand over haar stekeltjes en voelde opeens een golf van zelfvertrouwen. Ze was tevreden over haar nieuwe look – ze had nooit eerder stekeltjes gehad, maar nu vond ze het beter bij haar passen dan alle andere stijlen die ze in het verleden had gehad. Ze zag eruit als een strijder. Ze zag eruit als een amazone.

Ze zag eruit als de echte Daisy Anderson.

108

19.28 uur

'Rust er een vloek op mij, Charlie?'

Het was zo'n vreemde vraag dat Charlie even niet wist wat ze ermee aan moest. Ze had Helen uiteindelijk weten over te halen om terug te gaan naar het hoofdbureau; ze had geredeneerd dat ze daar nodig was om de zoektocht van het team te coördineren en het beschikbare bewijsmateriaal te onderzoeken op aanwijzingen voor Daisy's mogelijke verblijfplaats. In stilte waren ze teruggereden en zelfs toen ze door de vertrouwde gangen van de zevende verdieping waren gelopen, hadden ze geen woord gewisseld. Pas toen ze met z'n tweeën veilig teruggetrokken op Helens kamer zaten, had haar meerdere besloten iets te zeggen.

'Je weet dat ik er niet zo over denk,' antwoordde Charlie, die naar de deur liep en hem rustig dichtduwde.

'Ik soms wel,' ging Helen zacht verder. 'Soms heb ik het gevoel dat iedereen die bij me in de buurt komt – iedereen die ik probeer te helpen – iets overkomt.'

'Ik ben er nog steeds, of niet dan?' sprak Charlie haar uitdagend tegen.

'Jij hebt ook zo je momenten gehad. Dingen meegemaakt die niet hadden mogen gebeuren...'

Charlie staarde naar de grond, geschrokken van Helens stilzwijgende verwijzing naar de baby die ze jaren geleden in gevangenschap was verloren.

'Ik bedoel, waarom overkomt het mij nooit?' vroeg Helen zich hardop af. 'Ik weet dat het morbide klinkt, alsof ik zwelg in zelfmedelijden, maar waarom raakt de kogel mij nooit? Het lijkt wel... alsof ik onverwoestbaar ben en ik vind het afschuwelijk.'

'Ik zou niet klagen, als ik jou was. Joanne had dat wel kunnen gebruiken, vanavond.'

Het was niet vals bedoeld, het was maar een opmerking, maar Helen nam hem ter harte. 'Je hebt gelijk. Ik weet dat je gelijk hebt. Ik zou alleen willen... dat mensen niet hoefden te lijden door mij. Ik vraag te veel van ze...'

'Niet meer dan je van jezelf vraagt.'

'Maar waarom? Waarom zijn zíj degenen die geraakt worden?' wilde Helen weten, en ze verloor haar kalmte weer.

Charlie dacht zorgvuldig na over haar reactie. 'Omdat je naar het vuur toe loopt, Helen. Terwijl anderen om zich heen kijken, op zoek naar iemand die de leiding wil nemen, ben jij bereid naar het vuur tóé te lopen. En je doet het intuïtief. Omdat je levens wilt redden, omdat je je werk wilt doen. Ja, je inspireert anderen om jou te volgen, en ja, soms overkomt hun iets. Maar alleen omdat ze doen wat moet gebeuren. En daar moet je nooit mee stoppen, Helen. Nooit. Jij bent de enige die het kán...'

Helen knikte naar de vloer en bracht toen langzaam haar hoofd omhoog om Charlie aan te kijken. Ze had droge ogen, maar haar gezicht was nog steeds asgrauw.

'En dat moet je nu ook doen,' ging Charlie krachtig verder. 'Ik ga met Joannes moeder praten...' Helen wilde haar onderbreken, maar daar wilde Charlie niets van weten en ze liet haar baas niet uitpraten. 'Ik ga met Joannes moeder praten. Daar ben ik goed in en ik wil graag degene zijn die het haar vertelt. Jij moet doen waar jij goed in bent...'

Helen zweeg en keek Charlie aan.

'Ga Daisy oppakken...'

109

19.42 uur

'Brigadier Joanne Sanderson...' Helens stem trilde even, maar ze ging door. '... en Michael Anderson.' Ze bracht hun foto's op het scherm. 'Zij zijn slachtoffer vijf en zes.' Helen keek naar haar team.

Er zaten nu zo veel politiemensen op de zaak dat ze de briefingruimte hadden moeten verruilen voor de recherchekamer. Dat was het voordeel van het werken zonder baas – Helen had zelf getekend voor de nodige middelen om dit enorme team dag en nacht te laten werken. Ze wilde er alles tegenaan gooien. Aan de gezichten van de aanwezigen te zien, waren de boze, verdrietige agenten bereid om gehoor te geven aan haar oproep om de strijd aan te gaan.

Helen zag een saamhorigheid die ze eerder had gemist. Misschien had ze zich de breuk, het gebrek aan samenhang ingebeeld. Hoe het ook zij, het hele team Zware Misdrijven stond klaar om haar te volgen. En zij was klaar om het te leiden.

'De eerste is tijdens een incident aan Bray Road vermoord, de laatste is op zijn boerderij in Hedge End vermoord. Zijn lichaam wordt momenteel door Jim Grieves onderzocht, maar hij is Daisy Andersons eerste slachtoffer, dat is wel duidelijk.'

'Waarom heeft ze het gedaan?' vroeg Osbourne snel.

'Omdat hij haar had gevraagd te verhuizen. Hij mocht Jason Swift niet, vond het een stuk tuig. En hij vond dat de jongen tussen hem en zijn dochter was gekomen…'

'En zij was boos omdat haar vader zich tegen haar had gekeerd?' opperde Reed.

'Daar zijn haar voicemailberichten vrij duidelijk over. Er was wel liefde binnen het gezin. Op z'n eigen lukrake manier was Michael Anderson dol op zijn dochter. Daarom deed het zo'n pijn toen hij haar dwong een keuze te maken. Deze moorden gaan om afwijzing…'

'Dat kunnen we niet met zekerheid zeggen. Kijk eens naar Jason Swift en rechercheur Sanderson…'

'Daisy was niet van plan om Jason of Joanne te vermoorden,' was Helens weerwoord. 'Ze kon niet anders, omdat ze haar plan wil voltooien. We moeten ons blijven richten op de bron van de moordpartij. Daisy heeft geen emotionele veerkracht en reageert woedend als ze weggeduwd of afgewezen wordt…'

'Dus de vader is de bron, hij hield van haar, maar duwde haar weg…'

'Mogelijk, maar kijk ook naar haar strafblad. Haar gedragsproblemen zijn veel eerder begonnen…' Helen keek naar het schrijfbord. Daisy's strafblad vertoonde een waslijst aan misdrijven die ver voor haar strafrechtelijke meerderjarigheid waren begonnen. Het officiële bewijs van haar slechte gedrag leek niet overeen te komen met de schattige foto's van de jonge Daisy die Helen een paar uur eerder had gezien. 'Ze kreeg haar eerste waarschuwing toen ze tien was. Voor die tijd leek ze een redelijk normaal kind…'

'Dat moet zijn geweest rond de tijd dat haar moeder verdween,' merkte McAndrew plotseling op.

'Wat weten we over haar?'

'We hebben het rapport van Jeugdzorg uit die tijd doorgespit en de echtscheidingspapieren...'

'En?' onderbrak Helen haar omdat ze details wilde.

'Tja, het lijkt erop dat Karen Anderson een verhouding had. Ze raakte zwanger, de kloof binnen het huwelijk was te groot en vervolgens is ze vóór de geboorte van haar tweelingzoons bij haar man weggegaan...'

'En Daisy?'

'Daisy is op dezelfde school gebleven, is op hetzelfde adres geregistreerd blijven staan...'

'De moeder heeft haar achtergelaten,' zei Helen, die het opeens begreep. 'Karen Anderson heeft haar dochter in de steek gelaten en is gewoon vertrokken.'

'Daar lijkt het wel op. Er is geen bewijs dat Daisy ooit bij haar moeder heeft gewoond. Haar vader kreeg de volledige voogdij, de boerderij... Karen gaf alles op in ruil voor een nieuw leven.'

'En Daisy was tien toen dit gebeurde?'

'Nog maar net. Haar moeder vertrok twee weken na haar verjaardag.'

Verschillende teamleden hadden een hoorbare reactie. Helen voelde het ook; er drong zich een beeld aan haar op van een tienjarig meisje dat moest toezien hoe haar moeder het huis verliet omdat ze haar ongeboren tweeling verkoos boven haar eigen dochter. Wat was er toen door Daisy heen gegaan? Verwarring, verdriet, eenzaamheid... maar later ook boosheid en verbitterdheid? Helen dacht aan de boerderij in Hedge End en de totale afwezigheid van foto's van haar moeder. Het was alsof Karen Anderson uit het collectieve geheugen was gewist.

'Ze is het niet waard...'

'Sorry, chef?'

Helen besefte opeens dat ze het hardop had gezegd. '"Ze is het niet waard." Dat zei Daisy Anderson over Melissa Hill toen ze de jonge moeder en haar baby in de apotheek had gespaard. Ik dacht dat het beeld van een moeder die haar dochter beschermt Daisy uit haar evenwicht had gehaald, gevoelens van medelijden had opgeroepen... maar nu denk ik dat ze méénde wat ze zei. Wat betreft Daisy was de jonge moeder stront onder haar schoen, iemand op wie ze neerkeek, zeker geen kogel waard.'

'In dat geval kan het bijna niet anders of Karen Anderson is het volgende slachtoffer. Als dit allemaal om afwijzing gaat,' voegde Bentham eraan toe.

'Misschien, al weten we niet zeker of Daisy überhaupt weet waar haar moeder woont,' was Osbournes snelle reactie. 'Ze heeft nooit meer contact met haar gehad.'

'Bovendien zijn al haar slachtoffers tot nu toe mensen die haar onlangs hebben afgewezen,' vulde rechercheur Edwards aan.

'Maar vergeet niet waar het allemaal vandaan komt,' hield Bentham vol. 'Haar moeder kóós ervoor haar niet mee te nemen. Daar moet ze als tienjarige kapot van zijn geweest en daarom was haar vader waarschijnlijk altijd zo toegeeflijk. Alleen werkte het niet. Daisy's problemen op school en met de politie begonnen kort nadat haar moeder was vertrokken. Er is een duidelijk verband.'

Terwijl haar mensen de discussie voortzetten, zweeg Helen. Ze dacht aan Daisy, aan de kille woede die haar voortjoeg. Omdat haar moeder haar in de steek had gelaten, was ze onzeker, paranoïde en vijandig geworden en had ze een kort lontje als het ging om mensen die haar pijn of onrecht aandeden. Hoewel Helen het meisje verfoeide om wat ze vandaag had gedaan, had ze opeens het idee dat ze begreep wat haar dreef. Daisy had van haar moeder gehouden, had haar vertrouwen geschonken en vervolgens was haar moeder zonder achterom te kijken vertrokken. Hoe kon een kind dat ooit verwerken? Het moest afschuwelijk, verbijsterend en verwarrend zijn geweest, maar het kwam vaker voor. Helen had als kind iets soortgelijks meegemaakt, toen haar eigen moeder de ogen had gesloten voor het misbruik en geweld dat haar eigen kinderen ondergingen. En Helen had het pas nog gevoeld. Sandersons ontrouw had het vertrouwen tussen hen verwoest, waardoor Helen boos, wraakzuchtig en labiel was geworden. Dát was wat Daisy dreef: een verbitterd gevoel van verraad.

'Hebben we een adres van haar?'

De politiemensen werden stil en keken Helen aan.

'Waar woont Karen Anderson?' drong Helen aan.

'Nadat ze bij haar man is weggegaan, is ze bij een zekere Bryan Nash ingetrokken,' antwoordde McAndrew snel, toen ze door het dossier had gebladerd. 'Hij is de vader van de tweeling. Een paar ondernemingen van Nash zijn failliet gegaan en zo te zien is het gezin meerdere keren verhuisd... maar dit is het meest recente adres dat we hebben.' Ze schreef het op een papiertje en gaf het aan Helen.

Het lag aan de rand van Portsmouth, op nog geen half uur rijden van Southampton.

'Ik ga er nu naartoe,' zei Helen snel. 'Probeer ze te bereiken en zeg dat ze bij vrienden of buren moeten wachten tot ik er ben.' Dat laatste riep ze over haar schouder, want ze rende al naar de dubbele deuren en stormde erdoorheen. Eenmaal buiten liep ze in de richting van de parkeerplaats, met Portsmouth als doel. Ze wist niet zeker of ze op het juiste spoor zat, maar opeens kon ze het beeld in haar hoofd niet van zich afschudden: een jong gezin dat op het punt stond wreed uiteengereten te worden.

110

19.48 uur

De ijskoude wind raasde langs haar. Ze had kippenvel en de dunne zachte haartjes op haar armen stonden rechtovereind in een poging wat warmte vast te houden. Rillend hinkelde ze over straat. Ze had een hekel aan kou, maar wat moest ze anders? Ze moest door.

Wat had ze een spijt dat ze haar dikke overjas had weggegooid. Ze had hem bij de legerdump gekocht en hij was aangenaam dik, met een stevige voering die haar warm had gehouden. Op het moment zelf was het de juiste beslissing geweest – het had haar waarschijnlijk enkele kostbare minuten opgeleverd en had de mensen die haar achternazaten op het verkeerde been gezet – maar nu voelde ze zich kwetsbaar. Ze was haar wapenuitrusting, haar bescherming kwijt en had alleen een dun topje om zich te beschermen tegen de kou. Hopelijk zou iedereen die haar zag haar aanzien voor een studente zonder gezond verstand of geld om een goede jas te kopen, maar daar voelde ze zich niet beter door. Ze had het door en door koud.

Ze legde haar hand op de kolf van het geweer dat ze nog steeds in haar legerbroek had verstopt, maar hij bood weinig troost. Ze was moe, had honger en had het koud. Als Jason er was, zou hij haar even knuffelen. Wat verlangde ze daarnaar. Hij had het snel warm, schopte altijd het dekbed van zich af omdat hij het bloedheet had. Zij niet. Zij had het altijd koud, nu helemaal, en ze miste hem erg. Jason en zij hadden dit samen willen doen, wapenbroeders tot het einde. Ze was gewend geraakt aan zijn goede humeur, zijn rechtlijnige optimisme, zijn doorzettingsvermogen. En toch… op de een of andere manier had ze altijd geweten dat er een moment zou komen waarop zij de leiding zou nemen, waarop ze zich niet langer zou verlaten op zijn aanmoedigingen en standvastigheid, maar het heft in eigen handen zou nemen.

Dit was per slot van rekening haar plan – haar gevecht – dus als iemand in de strijd moest sneuvelen, was het Jason. Hij was al die tijd bij haar geweest, maar het was nooit om hem gegaan. Dit was haar verhaal, haar wraak en misschien was het passend dat ze op het allerlaatst haar vijanden alleen onder ogen kwam.

111

19.52 uur

Ze zaten samen in de woonkamer, opgesloten in een afschuwelijke stilte. Charlie had het vaak moeten doen – anderen vonden dat zij de hartelijkheid en tact had die nodig waren om het nieuws van een onverwachts overlijden te vertellen – maar dit was wel de ergste. Joanne Sanderson kende ze natuurlijk goed, maar ze kende haar moeder ook en dat maakte het nog erger. Ze had Nicola Sanderson meerdere malen ontmoet, dus toen deze de deur voor haar opendeed, had ze in eerste instantie onbezorgd en hartelijk gereageerd.

Charlies aarzeling om binnen te komen en haar ongemakkelijke houding hadden de zestigjarige vrouw duidelijk van slag gebracht. Charlie wist niet goed hoe ze verder moest – Nicola's man, Eddie, was ergens aan het kaarten – en toen Charlie opperde hem te vragen om thuis te komen, nam Nicola het heft in handen en wilde ze weten wat er aan de hand was. Charlie had geen andere keus dan haar het tragische nieuws te vertellen en had er de nadruk op gelegd dat haar dochter een heldendood was gestorven en dat ze niet had geleden. Het eerste was in elk geval waar.

Nicola had niet direct gereageerd. Ze had Charlie een paar seconden aangestaard, waarna ze had gevraagd of de politievrouw het allemaal wilde herhalen. Charlie had zo'n vermoeden dat geen van de details tot haar waren doorgedrongen en dat ze al snel niet meer naar Charlie had geluisterd om de afschuwelijke realiteit van wat ze te horen kreeg niet onder ogen te hoeven zien. Dus had Charlie het akelige nieuws herhaald. Kort daarna was er een familierechercheur gearriveerd en terwijl die een kop thee zette en troostende woorden sprak, had Charlie geprobeerd Eddie Sanderson te pakken te krijgen. Ze had direct de voicemail gekregen, waarna ze een kort bericht had ingesproken en hem vroeg zo snel mogelijk naar huis te komen. Het was niet afdoende en Charlie voelde zich afschuwelijk – het leek zo'n wrede gedachte dat hij ergens zat te lachen en te geinen met zijn vrienden zonder te beseffen wat voor onheil hem te wachten stond.

Toen ze na een half uur niets van hem had gehoord, stuurde Charlie de familierechercheur op pad om hem op te halen en beloofde bij Nicola te blijven tot ze terug waren. Charlie wist dat ze veel langer zou blijven, ondanks de dringende noodzaak om ergens anders te zijn. Er was een grote operatie gaande, maar Joanne was een trouwe vriendin geweest met wie Charlie veel goede en slechte tijden had meegemaakt. Ze dacht aan haar eigen moeder die zich altijd zorgen om haar maakte en intuïtief wist ze dat Joanne voor haar hetzelfde zou hebben gedaan. Joanne Sanderson had door de jaren heen vergissingen gemaakt, maar was een goede politievrouw met een goed hart geweest.

Charlie besefte dat dit nog maar het begin was. Nicola en Eddie moesten het lichaam van hun dochter identificeren, familie en vrienden informeren, een uitvaart organiseren en om zien te gaan met de onvermijdelijke belangstelling van de pers. Ongetwijfeld zou Joanne postuum een eervolle vermelding en een medaille voor betoonde moed krijgen, maar het zou voor haar ouders weinig betekenen. Ondanks hun zorgen om de carrièrekeus van hun dochter, wist Charlie dat ze erg trots op haar waren en zielsveel van haar hielden. De komende paar uur zouden de somberste van hun leven worden en daarom was Charlie meer dan bereid om hier in Nicola's bescheiden huis op de bank te blijven zitten en de hand vast te houden van een verdoofde moeder die worstelde met het leven dat zo rampzalig wreed kon zijn.

112

19.53 uur

De naald naderde honderdnegentig kilometer per uur, maar Helen nam geen gas terug. Elke seconde telde, maar de goden waren haar ongunstig gestemd. De eilandengroep van Portsmouth lag bijna tegen Hayling Island, maar zonder brug moesten mensen met die bestemming via de noordkant omrijden. Helen scheurde over de A27 in de richting van de brug bij Bridge Lake. Het was een onhandige omweg die haar kostbare tijd kostte.

Alles draaide nu om snelheid. Helen was ervan overtuigd dat Karen Anderson Daisy's laatste stop was en ze was vastbesloten bij de eindfase aanwezig te zijn. Daisy's moordtocht had maar één dag geduurd, maar voor Helen voelde hij als een eeuwigheid. Eindelijk wisten ze wat ten grondslag lag aan Daisy's woede en nu hadden ze een kans om haar te stoppen voordat de jonge vrouw haar wraakcyclus zou voltooien.

Met zwaailicht en gillende sirene gaf Helen vol gas. Haar motor zigzagde tussen het verkeer door dat er zelfs op dit tijdstip nog was. Normaal gesproken zou ze geduldig wachten tot vrachtwagens en auto's voor haar opzij gingen, maar de tijd drong en ze durfde zich niet in te houden. Daisy Anderson was een vrouw met een missie, vastbesloten om het gezin dat haar had buitengesloten te vernietigen, om wraak te nemen op de vrouw die ze haatte.

Helen had dat soort haat van dichtbij gezien bij haar zus Marianne. Haar oudere zus was gruwelijk mishandeld door hun vader. Ze had in stilte geleden, had niets durven zeggen uit schaamte en was vastbesloten om de pijn en vernederingen te dragen opdat haar zusje niet zou hoeven lijden. Uiteindelijk was die last te zwaar voor haar geworden, ze was door het lint gegaan en had hun moeder en vader vermoord. Daisy maakte iets soortgelijks mee en haalde met gruwelijk geweld uit naar degenen die haar het dichtstbij stonden. Helen kon het niet goedkeuren, maar ze begreep het wel. De verwondingen die je eigen vlees en bloed toebrachten, raakten je het diepst.

Zowel Marianne als Daisy was van een fatsoenlijke jeugd beroofd. Ze waren levensmoe en beschadigd geraakt, niet in staat de mogelijkheid van hoop te accepteren; in plaats van normale jonge volwassenen te worden, waren ze veranderd in engelen van wraak. Helen zag de overeenkomsten nu maar al te duidelijk en ze vond het heel erg dat ze die niet eerder had gezien.

Toen ze Hayling Island op reed, lag de weg voor haar open en opnieuw gaf ze gas. Het begon te regenen waardoor de weg glad werd en het zicht minder. Regendruppels streepten langs haar vizier, vingen de glans op van de straatverlichting en produceerden vreemde en bizarre effecten. Terwijl ze over de donkere weg reed, had Helen het idee dat ze personen voor zich zag, bekende gezichten: de afgeslachte vrouwen uit Holloway, Ella Matthews dood op dat gore bed, Ethan Harris met zijn armen en benen gespreid op het spoor… en boven hen hing Marianne. Altijd weer Marianne, die Helen aanstaarde met die merkwaardige mysterieuze glimlach.

Helen kneep haar ogen even dicht om deze demonische beelden van zich af te schudden. Ze had een klus te klaren, moest een gezin redden. Ze verminderde haar snelheid en probeerde haar hartslag tot rust te brengen, zich te vermannen. Ze mocht haar concentratie niet verliezen.

De visioenen trokken weg. Het bleef hard regenen, maar met hernieuwde energie en bezieling ging Helen verder. Het was nu een race naar de finish.

113

20.22 uur

Ze rilde en trok haar badjas wat strakker om zich heen. Door de tochtende ramen en onbetrouwbare radiatoren was het altijd koud op de slaapkamer, maar vanavond was het bijzonder ijzig. Was dat echt zo, vroeg ze zich af, of was het haar verbeelding? Was het de huilende wind buiten die de temperatuur deed kelderen, of kwam het door het nieuws op de radio waardoor ze tot op het bot koud was?

Karen Anderson zat op bed, gehuld in een akelige stilte. Ze luisterde altijd naar de radio als ze naar bed ging – daar had ze overdag zelden tijd voor – maar vanavond had ze hem vol afschuw uitgezet, verbijsterd door het nieuws. Ze was zich er wel bewust van geweest dat haar telefoon die middag was gegaan, maar ze had genoeg te doen met haar werk, het ophalen van de tweeling en ervoor zorgen dat ze hun huiswerk deden voordat ze gingen slapen, dus had ze niet opgenomen. Pas toen ze zelf zat te eten, had ze haar telefoon uit haar tas gevist en gezien dat verschillende vrienden hadden gebeld. Hun enigszins ongemakkelijke berichten maakten duidelijk dat ze haar dringend te pakken probeerden te krijgen.

Er waren vast veel Daisy Andersons. Dat had Karen zichzelf voorgehouden toen ze het laatste bericht had gewist. Het kon iedereen zijn, het hoefde niet háár dochter te zijn. Maar het feit dat de schietpartij had plaatsgevonden in Southampton was wel verontrustend en dus had Karen het incident snel gegoogeld. Er waren nog maar weinig details – de politie liet niet veel los – en gefrustreerd had Karen haar computer uitgezet en in plaats daarvan de radio aangedaan. De plaatselijke BBC-zender had de normale programmering laten varen, leek het wel, en had alle aandacht op deze plotselinge en onverwachte calamiteit gericht en terwijl Karen had zitten luisteren waren meer details duidelijk geworden. Daisy Anderson kwam inderdaad uit de omgeving, had tot voor kort op Meadow Hall School gezeten en woonde bij haar vader op een boerderij in de buurt van de Ramble.

Karen had verbijsterd geluisterd. De verslaggevers leken te suggereren dat de eigenaar van de boerderij een van Daisy's slachtoffers was. Maar dat was toch zeker onmogelijk? Michael was dol geweest op Daisy en Daisy op hem, zodanig dat een ander er bijna niet tussenkwam. Ze zou hem toch zeker niet hebben aangevallen?

Haar eerste reactie was geweest om haar mobieltje te pakken en hem op te bellen. Voor zover ze wist had hij zijn telefoonnummer nooit gewijzigd... Maar opeens durfde ze niet meer. Ze had hem in geen jaren gebeld en het leek op de een of andere manier verkeerd om het nu te doen, alleen omdat ze wat verontrustend nieuws op de radio had gehoord. Het leek walgelijk en vervelend, dus had ze de telefoon uitgezet uit angst voor de journalisten die straks ongetwijfeld zouden bellen en had ze ervoor gekozen om in plaats daarvan naar het akelige nieuws op de radio te luisteren.

Haar dochter werd gezocht door de politie. Daisy was voortvluchtig. Karen kon het nog steeds niet bevatten. Ze wist dat Daisy wel eens eerder in de problemen was geweest, verschillende kleine misdrijven had gepleegd, maar niets zoals dít. In een paar uur tijd was ze beroemd geworden... nee, berucht.

Karen had de radio uitgedaan; ze zat liever in stilte op de rand van het bed. De tweeling sliep gelukkig, maar Karen wist dat ze ze iets zou moeten zeggen als ze morgenochtend wakker werden. Hoe legde je twee kinderen van acht uit dat hun halfzus, die ze nooit zagen, zes mensen in koelen bloede had vermoord? Hoe moest ze daar in vredesnaam de woorden voor vinden? Was Bryan er maar. Het was verdomme echt iets voor hem om weg te zijn op het moment dat ze hem het hardst nodig had...

Opeens schrok Karen zich een rolberoerte. Ze hoorde beneden iets. Een akelig aanhoudend geluid. Snel liep ze naar de overloop en luisterde ingespannen. Daar was het weer – iemand bonsde op de voordeur, eiste binnengelaten te worden. Op haar tenen liep ze een paar treden omlaag en wierp een wantrouwige blik op de deur. Het bovenste deel was matglas en ze kon een donkere schaduw zien van iemand die bonsde, bonsde...

Haar eerste reactie was om zich om te draaien en hard weg te rennen; de politie te bellen en zichzelf en de kinderen in de badkamer op te sluiten. Maar er was iets waardoor ze bleef staan. De figuur achter de deur leek te lang, te ontzagwekkend om Daisy te zijn. Ze had een handlanger gehad, maar het gerucht ging dat die was doodgeschoten.

Het was Bryan. Het móést Bryan wel zijn. Waarschijnlijk had hij het nieuws gehoord en was snel naar huis gekomen. Misschien had hij wel geprobeerd te bellen, maar sufferd die zij was, had ze de telefoon uitgezet. Ja, hij was het vast...

Zonder verder te aarzelen rende Karen het laatste deel van de trap af en rukte de deur open. Maar het was Bryan niet. Het was Daisy ook niet.

Het was een lange vrouw in een motorpak.

114

20.29 uur

'Weet je het zeker, Karen? Weet je het absoluut zeker?'

Helen en Karen zaten dicht bij elkaar aan de keukentafel op gedempte toon te praten, zodat ze de jongens boven niet wakker zouden maken.

'Natuurlijk weet ik het zeker. Ik zou het heus wel gezien hebben als iemand graffiti op mijn huis had gespoten...'

Haar toon was scherp, de angst maakte haar schrikachtig en dus probeerde Helen, die nog buiten adem was, haar toon wat te verzachten.

'Geen graffiti? Helemaal niet? Niet op je auto, bij je werk, Bryans kantoor?'

'Nee, helemaal niet.'

'En je hebt geen grove berichten gekregen, hebt niemand zien rondhangen?'

'Nee, dan zouden we de politie wel hebben gebeld...'

'En je hebt de afgelopen tijd geen contact gehad met Daisy?'

'Nee, helemaal niet,' antwoordde Karen een beetje beschaamd.

Helen haalde diep adem en probeerde deze onverwachte ontwikkeling te bevatten. Zodra Karen haar had binnengelaten, had ze een rondje door het huis gemaakt en elke kamer gecontroleerd. Maar Karens kamer was leeg, evenals de logeerkamer en de badkamer. De tweeling lag rustig te slapen en met beide jongens was, net als met Karen, niets aan de hand.

'Goed, ik wil dat je binnen blijft. Doe voor niemand de deur open, alleen voor mij, zelfs niet voor je man. Ik ga de omgeving controleren. Daarna wil ik jou en de jongens ergens anders onderbrengen. Je krijgt bescherming totdat Daisy is opgepakt. Heb je dat begrepen?'

Karen knikte sprakeloos.

'Goed, ga naar boven en wacht daar op me.'

Karen deed wat haar gezegd was. Ondertussen liep Helen in de richting van de voordeur en haalde haar mobiel uit haar zak. Haar gedachten maakten overuren in een poging te bedenken wat ze had gemist. Alles had naar Karen gewezen. Ze kon onmogelijk opnieuw het verkeerde doelwit hebben.

Toch?

115

20.32 uur

McAndrew hing over zijn schouder en vroeg hem dringend om sneller te werken. Zodra Helen had gebeld, was ze naar de IT-afdeling gerend. Die werd door McAndrew en haar collega's liefkozend 'de kleedkamer' genoemd, omdat hij vol zat met mannen en omdat er een bepaalde lucht hing, maar als je iemands digitale verleden wilde uitpluizen, was dit de plek waar je moest zijn.

Het meeste bewijsmateriaal van de boerderij lag inmiddels op het hoofdbureau. Het had de jongens even gekost om het wachtwoord van Daisy's laptop te kraken, maar ze zaten er nu in en onderzochten nauwkeurig haar privédocumenten, internetgeschiedenis en social media, onder leiding van een ongeduldige rechercheur McAndrew.

'Negeer alles wat met het Britse leger, racistische groeperingen en de reclassering te maken heeft. Concentreer je op recente e-mails, recente zoekopdrachten...'

'Geef maar een gil als ik moet stoppen,' antwoordde de data-analist. Hij haalde Daisy's internetbrowser erbij en scrolde in omgekeerde chronologische volgorde door haar zoekopdrachten: websites over zelfgemaakte explosieven, over hoe je huurling werd en over schietpartijen in Amerika, evenals nieuwssiteartikelen over de moord op Jo Cox en de rechtszaak van Anders Breivik. Daartussen zaten meer alledaagse zoekopdrachten over forenzenroutes van en naar Ashurst en de openingstijden van Sansoms apotheek. 'Dat is van de afgelopen tien dagen. Moet ik verder terug?'

'En een Tor-browser? Iets waarmee ze het dark web op kon?'

'Nee, niets. Het is allemaal vrij basic.'

'Volgt ze iemand op Twitter?'

'Niemand die interessant is. Niemand die een realistisch doelwit is, in elk geval.'

'En Facebook?'

'Nee. Ze heeft een paar keer iets gepost, maar dat was maanden geleden, bovendien heeft ze geen vrienden, dus niemand las het.'

'Haar e-mail?'

Ze spitten de mail van enkele weken door, maar Daisy gebruikte het bijna niet en de meeste berichten in haar Inbox waren spam. Gefrustreerd staarde McAndrew naar het scherm, wenste dat het haar iets zou geven – wat dan ook. Zelfs als ze Daisy Andersons volgende doelwit verkeerd hadden ingeschat, was ze er van overtuigd dat de laptop belangrijke aanwijzingen bevatte. Het was Daisy's enige kostbare bezit en ze gebruikte hem bijna elke dag.

'En zoekopdrachten?' vroeg ze opeens.

'We hebben haar webgegevens al...'

'Ik bedoel haar zoekopdrachten op Facebook.'

'Nou ja, ze heeft geen vrienden, dus ik zie niet in...'

'Kijk toch even.'

Schouderophalend opende de analist Facebook. 'Zoals je kunt zien, heeft ze niet veel op haar pagina staan, dus...' Hij zette de cursor in het zoekvenster.

'Typ KAREN ANDERSON.'

Dit deed de analist, maar hij hoefde maar K-A-R in te typen of het venster vulde het automatisch aan tot KAREN ANDERSON. McAndrew hield haar adem in toen de profielfoto van Karen Andersons Facebook-pagina in beeld kwam. Het was een vakantiekiekje van Karen, Bryan en de jongens die lachend naar de camera keken.

'Verder dan de profielpagina kunnen we niet komen omdat Daisy op Facebook niet bevriend is met Karen,' voegde de analist eraan toe.

'Kunnen we zien hoe vaak ze deze profielpagina heeft opgezocht?'

'Ja hoor, als je een paar minuten hebt,' antwoordde hij, en hij typte weer verder.

McAndrew kreeg haar antwoord in minder dan een minuut en werd er niet vrolijk van. Daisy had Karen Andersons profiel regelmatig opgezocht – de afgelopen paar jaar zo'n twee tot drie keer per week. Karen was een enthousiast Facebook-gebruiker en had haar profielfoto in die tijd regelmatig verwisseld. Ook al kon Daisy niet alles op haar pagina zien, door de jaren heen had ze zich toch verdiept in vakantiekiekjes en persoonlijke foto's van Karen en haar nieuwe gezin – een gezin waar zíj nadrukkelijk niet bij hoorde.

116

20.37 uur

Karen staarde naar zichzelf in de spiegel. Na haar gesprek met inspecteur Grace was ze naar boven gegaan om voor een tweede en derde keer te kijken of alles goed was met de jongens, waarna ze naar haar slaapkamer was gegaan. Het was er nog steeds ijskoud en snel was ze naar het heiligdom van haar gezellige aangrenzende badkamer gegaan.

Dit was altijd haar ruimte geweest. Bryan maakte meestal gebruik van de gezinsbadkamer, zodoende had zij deze badkamer voor zich alleen. Ze hadden het altijd zo druk – ze werkten allebei en aan de kinderen hadden ze hun handen vol – dat Karen ervan genoot om zich hier terug te trekken, crème en lotion te gebruiken en wat tijd voor zichzelf te hebben. Toch bood hij vanavond geen rust. Toen ze naar haar spiegelbeeld keek, zag ze alleen een angstige, schuldbewuste vrouw terug staren.

Ze trok haar badjas uit en legde haar hand op de warme kraan. Ze aarzelde en liet haar hand stil liggen. Ze stond nu in haar nachtjapon, met blote armen en schouders en onmiddellijk gleden haar ogen naar de tatoeages die een onaangename herinnering waren aan haar wilde jeugd. Haar relatie met Michael Anderson was begonnen toen ze nog een tiener was – jong, opstandig en met een wanhopig verlangen om bij haar ouders weg te zijn. Hij had haar laten kennismaken met drank en drugs, en een tijdlang hadden ze erop los geleefd… tot Daisy. Dat had álles veranderd – ze was niet gepland en had hen niet dichter bij elkaar gebracht – waardoor de tatoeages die ze samen hadden laten zetten kinderachtig leken en zelfs een beetje onfatsoenlijk. Nu maakten de tatoeages haar misselijk – vooral die van de slang op haar onderarm die zichzelf opat.

Zodra inspecteur Grace over de slanggraffiti was begonnen, had Karen zich afgevraagd of dit de afbeelding was die ze bedoelde. Ze had niet aangedrongen op details – ze wilde het niet echt weten – maar Daisy had die tatoeage als klein meisje geweldig gevonden. Ze had er zelf ook een gewild en had haar moeder gesmeekt haar mee te nemen naar de tattooshop, maar dat had Karen nooit goedgevonden.

Was dit dan allemaal haar schuld? Was de graffitihandtekening Daisy's manier om de wereld te laten weten dat zíj verantwoordelijk was? Dat er door háár zes mensen dood waren? Ze had Daisy meer dan acht jaar niet gezien of gesproken en had geen idee wie – of wat – ze was geworden. Ze kon zich op de een of andere manier niet voorstellen dat het lieve meisje met de vlechtjes een gewetenloze moordenaar was geworden, maar hoe kon ze het wéten?

Karen voelde dat haar wereld verschoof, dat de zonden uit het verleden haar inhaalden. Om zichzelf maakte ze zich geen zorgen – inspecteur Grace deed buiten de ronde en over niet al te lange tijd zouden ze in beschermende bewaring zitten – maar ze piekerde over de jongens. Hun levens zouden ontwricht worden, hun rooskleurige beeld van de wereld zou vernietigd worden en mogelijk waren ze zelfs in gevaar – door een wraakzuchtige halfzus die ze nog nooit hadden gezien. Die gedachte maakte Karen kotsmisselijk. Hoe had ze het zo fout kunnen doen? Hoe had ze zich zo kunnen vergissen in het leven?

Ze leunde naar voren en draaide de kraan open. Ze was duizelig en moe en toen het water warm werd, bracht ze handenvol naar haar gezicht en genoot van de rustgevende streling. Even voelde ze zich wat rustiger, gaf ze zich over aan deze eenvoudige luxe, voordat de realiteit haar gedachten weer binnendrong en ze de kraan dichtdraaide.

Op de tast pakte ze een handdoek en ging rechtop staan. Onmiddellijk verstijfde ze. Toen ze in de spiegel keek, besefte ze dat ze niet alleen was. Er stond iemand pal achter haar.

De indringer was schriel en kaalgeschoren en had blauwe plekken rond een dikke, bloederige neus. Het duurde even voordat Karen in de gaten had dat het een vrouw was en nog iets langer voordat ze de lichtbruine ogen, de lange wimpers en het kuiltje in haar kin herkende. Het was Daisy, maar niet de dochter die zij zich herinnerde. De graatmagere schim die naar haar staarde was heel iemand anders.

Ze leek wel een beeld uit haar ergste nachtmerrie en toen Daisy eindelijk iets zei, had Karen het gevoel dat haar hart stopte.

'Dag, mama.'

117

20.41 uur

Helen sloop door de duisternis en zocht in de schaduw naar mogelijk gevaar. Ze was in gedachten nog steeds bezig met de merkwaardige samenloop van omstandigheden, maar was vastbesloten niet te rusten voordat ze het zéker wist. Ze had de voorkant van het huis gecontroleerd en liep nu langs de zijmuur naar de achterkant van het perceel. Het huis had een grote tuin: de achtertuin was zo'n dertig meter diep en het huis van de dichtstbijzijnde buren lag nog een eind verder. Normaal gesproken was deze afzondering aantrekkelijk, maar vanavond, met dit sombere weer, leek het perceel zo geïsoleerd dat Helen er de rillingen van kreeg.

Ze liep zachtjes over het betonnen pad naar de achterkant en rende naar de achterdeur. Ook die zat dicht – van binnenuit op slot en vergrendeld – dus ging ze verder. Maar er was niets alarmerends te zien. Geen Daisy, geen spoor van de slanggraffiti... gewoon niets. Helen haalde scherp adem, draaide zich snel om en liep naar de erfgrens. Ze sloop langs het hek op zoek naar tekenen dat iemand erdoorheen was gegaan, maar het was nog heel. Ook de poort aan de achterkant zat netjes op slot, hoewel iemand er wel vrij gemakkelijk overheen zou kunnen klimmen.

Helen liep terug naar het huis. Er zat niets anders op dan te wachten op de hulptroepen, om daarna terug te gaan naar het hoofdbureau en nieuwe zoektochten naar Daisy in gang te zetten. Toch aarzelde Helen. Ze was er zo van overtuigd geweest dat Daisy hiernaartoe zou komen. Het had de logische conclusie van haar geweldscampagne geleken. Had ze het mis? Had ze haar eigen gevoelens, haar eigen emoties op de waanzin van een ander geprojecteerd?

De psychoanalyse zou moeten wachten. Helen rukte zich los uit haar gedachten en begon te joggen; ze wilde iets nuttigs doen. Maar toen ze dichter bij de achterkant van het huis kwam, vertraagde ze haar pas. Er klopte iets niet. Het duurde even voordat ze doorhad wat het was, maar toen zag ze het. Een van de ramen van de ouderslaapkamer stond open – op een kiertje, maar toch open. Het was een koude, winderige avond om het raam open te hebben en snel liep Helen dichterbij en keek omhoog.

Het raam zat niet op een haak en klepperde een beetje toen de bries toenam. Dat vond Helen nog zorgwekkender. Was iemand erdoorheen gekropen? Ze kneep haar ogen samen en keek of ze vlekken op de muur of vensterbank zag, maar op deze afstand was dat niet te zien. Er was wel een regenpijp waar iemand langs omhoog zou kunnen klimmen en toen Helen hem onderzocht, zag ze dat er verse modder op zat. Op zich bewees dat niets, maar Helen dacht koortsachtig na en toen ze zich omdraaide, viel haar blik op iets wat haar ergste angsten bevestigde.

Op de vensterbank van de begane grond, recht onder de ouderslaapkamer, lag een druppeltje bloed.

118

20.43 uur

'Moet je naar de dokter, lieverd? Heb je pijn?'

Daisy had nog vrijwel niets gezegd sinds haar onverwachte komst. Ze leek te genieten van haar moeders doodsbange gekwebbel.

'Daisy, lieverd, kom even zitten. Je hebt een bloedneus... Laat me wat ijs pakken voor die kneuzing en je gezicht een beetje opfrissen...'

'Lieverd,' was Daisy's reactie na een tijdje, en ze proefde het woord. 'Geen woord dat ik je vaak heb horen zeggen. Weet je eigenlijk wel wat het betekent?'

'Doe... doe... nou niet zo,' zei Karen kalmerend, ook al stotterde ze een beetje. 'Ik wil je alleen maar helpen. Ik weet wat er aan de hand is, wat je vandaag hebt meegemaakt. Het gaat niet goed met je.'

'Dat lijkt me nogal een understatement, vind je niet?' Daisy lachte hard. 'Het understatement van het jaar, goddomme.'

Karens natuurlijke reactie was om Daisy te zeggen dat ze niet zo hard moest praten, dat ze de jongens niet wakker moest maken, maar die gedachte slikte ze in. Haar oudste kind had een geweer bij zich dat ze langs haar zij hield. Karen kon de verandering nog steeds niet bevatten – van het kleine meisje dat ze had gekend tot dit kaalgeschoren monster – maar het leed geen twijfel dat deze agressievere belichaming van haar dochter de touwtjes in handen had. Ze zag er vijandig, beheerst en volkomen onbevreesd uit.

'Moet je luisteren, ik weet dat je boos op me bent,' ging Karen verder, en ze slaagde er ternauwernood in om haar toon rustig te houden. 'En ik begrijp waarom...'

'O, echt?' was Daisy's weerwoord. 'Vertel me eens, mama, waarom denk jij dat ik "boos" ben.'

Karen haperde even, geschrokken door de felheid van Daisy's vraag.

'Omdat ik er niet voor je was,' antwoordde ze uiteindelijk, en haar stem trilde van emotie. 'Omdat ik je bij hém achterliet...'

'Waag het niet om over papa te beginnen. Hij was een goede vader, hij zorgde voor me...'

'Hij was een alcoholist, Daisy.' Opeens werd Karen boos. 'Je kunt zeggen wat je wilt over mij, maar doe niet alsof die man een heilige was. Hij was grof, gewelddadig...'

'Hou je kutkop dicht,' snauwde Daisy terug, en ze deed een stap in de richting van haar moeder.

'Ik weet dat je denkt dat hij voor je zorgde, maar kijk dan, Daisy, zie wat er van je geworden is.'

'Hij gaf me een dak boven mijn hoofd, eten en kleren...'

'O ja? Hoe vaak moest je vroeger je eigen ontbijt klaarmaken? Zorgen dat je voldoende kleren had? Hoe vaak moest je hem aankleden als hij weer eens te dronken was om het zelf te doen?'

Daisy zweeg.

Karen kon zien dat haar dochter geraakt was door wat ze zei. 'Hoor eens, lieverd, ik zie dat je een hekel aan me hebt... dat je denkt dat je me haat... maar begrijp alsjeblieft dat ik niet bij jóú ben weggegaan.'

'Gelul.'

'Ik kon er niet meer tegen. Het drinken, het schelden...'

'Je was zwanger, stom wijf. Lieg niet tegen me.'

'Ja, ik had een verhouding, ja, ik was zwanger, maar waarom denk je dat dat allemaal gebeurde? Omdat mijn man geen zin meer in me had, geen zin meer in het leven had, alleen nog wilde weten hoe hij aan zijn volgende fles drank kon komen, terwijl de boerderij langzaam om ons heen instortte.'

'Je liegt.'

'Bryan bood me liefde, een uitweg...'

'Waarom nam je mij dan niet mee?'

Hierop aarzelde Karen. Ze werd opeens verpletterd door schuldgevoelens, overmand door schaamte en jaren van onderdrukt verdriet. 'Ik... ik wilde het wel, geloof me, ik wilde het wel...'

Daisy staarde haar boos en niet overtuigd aan.

'Maar Bryan... wilde geen kind van een ander. Ik was al zwanger van een tweeling en hij had het op dat moment niet breed. Hij had maar een tweekamerflatje, terwijl jij op de boerderij alle ruimte had, gesetteld was.'

'Je hebt me in de steek gelaten.'

'Dat weet ik, dat weet ik,' antwoordde Karen, en tranen rolden over haar gezicht. 'En ik zou willen dat het niet zo was, ik zou willen dat ik de kracht had gehad om tegen hem in te gaan, maar het ging niet goed met me. Ik moest daar weg en op dat moment...'

'... was ik de prijs die je er wel voor over had.'

Daisy's opmerking was verbitterd en boos en Karen liet haar hoofd hangen. 'Ja,' mompelde ze uiteindelijk. 'Maar ik heb er altijd spijt van gehad. Ik zou dolgraag willen dat ik de klok kon terugdraaien, dat ik de moeder kon zijn die ik had moeten zijn.'

'Maak jij jezelf dat maar wijs. Jij en ik kennen de waarheid. Ik heb je zien vertrekken, ik heb je nagekeken tot het eind van het pad. En je hebt niet één keer omgekeken. Niet één keer.'

'Toe lieverd, probeer het te begrijpen...'

'Je gaf geen reet om mij, alleen om jezelf.'

'Dat is niet waar.'

'Je deed alsof ik niet eens bestond. Ik was jouw geheimpje.'

'Nee, nee, ik heb vaak aan je gedacht...'

'Maar op jouw Facebook-profiel kom ik niet voor. *Moeder van twee prachtige jongens*, staat er.'

Opnieuw keek Karen beschaamd. 'Dat was Bryans idee, hij dacht dat het verwarrend zou zijn...'

'Bryan, Bryan, Bryan. Wanneer dringt tot je door dat dit allemaal om jóú gaat, Karen. Je kunt hem de schuld wel geven, maar jouw zwarte hart is het probleem.'

'Alsjeblieft, Daisy, doe dit niet.'

'Wat grappig dat je nu met me wilt praten, vind je niet? Daisy dit, Daisy dat. Hoe vaak heb je mijn naam genoemd, de afgelopen tien jaar?'

'Heel vaak. Ik heb heel vaak over je gesproken, voor je gebeden en...'

Daisy grinnikte en schudde ongelovig haar hoofd.

'En ik ben altijd van je blijven houden. Altijd...' Karens toon was bedroefd maar volhardend. 'Ik heb je geschreven.'

'Echt niet.'

'Ik heb je elke verjaardag, elke Kerstmis geschreven. Bryan wilde niet dat ik bij je op bezoek ging, maar ik wilde je laten weten dat ik aan je dacht...'

'Ik heb nooit één kaart gezien.'

'En ik heb je geld gestuurd. Ik wist dat de boerderij noodlijdend was en ik wilde niet dat jij tekortkwam, dus stuurde ik elke week vijftig pond voor kleren, boeken...'

'Lieg niet.'

'Wij hadden zo veel en jij zo weinig, maar ik denk dat je vader er drank van kocht, in plaats van het aan jou te geven...'

'Hou je kop, kutwijf! Hou je kop!' Woedend bracht Daisy haar geweer omhoog en richtte het op Karen. Maar toen ze de trekker wilde overhalen...

'Doe het niet, Daisy.'

De jonge vrouw draaide zich razendsnel om en zag Helen buiten adem in de slaapkamer staan. Onmiddellijk rende ze de badkamer uit en liep naar de onwelkome indringer. 'Ik had je gelijk de eerste keer moeten vermoorden,' snauwde ze, en ze bracht het geweer omhoog.

'Je hebt je kans gehad, nu is het voorbij. Het is afgelopen, Daisy.'

'Vergeet het maar.'

'Kom naar mij toe, Karen,' zei Helen resoluut, en ze richtte zich op de doodsbange moeder.

Karen wilde de slaapkamer in rennen, maar verstijfde toen Daisy's geweer terugzwaaide.

'Dit is zinloos, Daisy. Je kunt geen kant op, dus geef me alsjeblieft het geweer.'

Alsof op commando werden sirenes hoorbaar. Ze klonken steeds luider, kwamen dichterbij.

'Gelul. Ik vermoord jullie allebei en ben al weg voordat ze zelfs maar een glimp van me opvangen.'

'Dat zal nog moeilijk worden, zeker aangezien je nog maar één schot kunt afvuren.'

Voor het eerst aarzelde Daisy.

'Je hebt de rest van je patronen in Bray Road laten liggen en je hebt al een keer geschoten, dus...'

Daisy's ogen flitsten van de politievrouw naar haar moeder en weer terug. 'Tja, dan zal ik moeten kiezen, hè?' Terwijl ze dit zei, bracht ze het geweer omhoog en richtte het op Helens gezicht. 'Iene...'

Ze richtte het geweer met een zwaai weer op haar moeder. 'Miene...'

En toen weer terug op Helen. 'Mutte...'

Karen Anderson dook ineen toen de lopen opnieuw haar kant op zwaaiden.

'Tien pond grutten...'

Helen verroerde geen vin toen het geweer haar kant op ging.

'Tien pond... o, stik ook maar...'

Daisy richtte op haar moeders hoofd. Maar terwijl ze dat deed, sprintte Helen opeens de kamer door en ging tussen moeder en dochter in staan.

'Ga opzij.'

'Dat kan ik niet doen, Daisy.'

'Dit gaat om haar, niet om jou. Ze verdient het om dood te gaan...'

'Nee, dat verdient ze niet.'

'Ze verdient het om te lijden, om te smeken voor haar leven en dan dood te gaan. Ik wil dat ze weet wat ze me heeft aangedaan...'

'Dat weet ze, Daisy, geloof me, dat weet ze, je hoeft haar niet nog meer te straffen.'

'Iemand moet boeten. Voor mijn kutleven, voor alle keren dat ik geschopt en geschopt en nog meer geschopt ben...'

'Schiet mij dan dood.'

'Ga opzij...'

'Ik meen het. Schiet míj maar dood.'

119

20.53 uur

De gillende sirene sneed door haar heen. Charlie was gespannen, haar bezorgdheid nam toe en het indringende gegil maakte alles alleen maar erger. Vroeger had ze ervan genoten om zwaailicht en sirene aan te zetten – de flitsen en dat afschuwelijke, aanhoudende lawaai dat andere weggebruikers opzij joeg – maar vanavond huiverde ze bij het horen van dat bekende gegil. Het klonk angstig, treurig zelfs, alsof het een slecht voorteken was.

Ze racete verder en kwam, ondanks de slechte rijomstandigheden, vrijwel geen moment onder de honderddertig kilometer per uur. Ze reed aan het hoofd van een konvooi van politievoertuigen naar het huis van Karen Anderson. Rechercheur McAndrews ontdekkingen waren voldoende om Charlie ervan te overtuigen dat Helen gelijk had gehad wat betreft Daisy's laatste doel, dus had ze alle beschikbare voertuigen naar de afgelegen locatie gestuurd. Ze had het gevoel dat het einde nabij was en wilde niet dat Helen het in haar eentje moest opnemen tegen een meedogenloze moordenaar.

Tot nu toe schoten ze aardig op, maar Charlie zag in de verte de achterlichten van een tractor. Ze had landweggetjes verkozen boven B-wegen omdat het op papier de kortste weg naar het huis van Anderson had geleken – maar niet als ze achter een voortkachelend landbouwvoertuig zat. Charlie sloeg met haar vuist op de claxon en droeg bij aan het lawaai.

De chauffeur hief zijn hand op om aan te geven dat hij het had gehoord en ging iets sneller rijden. Het was te langzaam – veel te langzaam – maar ondanks haar boosheid besefte Charlie dat de chauffeur weinig kon doen. Hij kon nergens aan de kant, dus moest hij wel doorrijden en zijn oude tractor tot de grenzen van zijn kunnen brengen, terwijl de politievoertuigen achter hem een file vormden.

Charlie vloekte heftig en sloeg uit frustratie op het stuur. Stel dat Daisy al bij Karen was. Het lag niet in Helens aard om zich gedeisd te houden en te wachten tot er hulp kwam. Als Karen en de jongens gevaar liepen, zou haar baas alles doen om ze te beschermen. Ze zou in haar eentje en ongewapend de strijd met de jonge moordenaar aangaan. En dan?

De tractor reed hotsend verder, maar een wanhopige Charlie zag een kans. Even verderop liep een smal pad naar een omheind weiland. Het was een kort modderspoor, maar even werd het pad wat breder. Charlie liet de motor razen, wachtte en wachtte, en gaf toen plankgas, dook naar rechts en scheurde langs de tractor. Het scheelde maar een paar centimeter en de geschrokken boer kreeg een golf van modder en steentjes over zich heen.

Charlie zou durven zweren dat ze hem haar rijkunsten en haar sekse hoorde vervloeken, maar het kon haar niets schelen. Eindelijk was de weg vrij en scheurde ze verder op weg naar Helen.

120

20.54 uur

'Ik meen het, verdomme. Ik doe het...' Daisy pookte met het geweer in de richting van Helens gezicht.

Zonder met haar ogen te knipperen, bleef Helen Daisy recht aankijken. Er lag een merkwaardige rust over haar. 'Goed zo,' antwoordde ze. 'Ik wil dat je het doet.'

'Dat is gelul. Je wilt niet dat ik je verm...'

'Jawel.'

'Doe normaal.'

'Je denkt dat ik bluf, maar... je hebt géén idee hoe mijn leven is geweest...' Helens gezicht trilde toen ze dit zei.

Daisy staarde haar aan, geschokt door deze onverwachte uiting van emotie.

'... en misschien kan het je ook niet schelen. Maar mijn leven heeft naar dit moment geleid. Naar jou.'

'Ben je gestoord? Je kent me niet eens...'

'Ik heb dingen gezien die jij je niet kunt voorstellen. Ik heb dingen gedaan waar je ziel zwart van zou worden. En ik ben er ziek van, Daisy. Ziek in mijn hoofd. Ziek in mijn ziel. Doe me alsjeblieft een lol. Haal die trekker over.'

Daisy wierp een blik op haar moeder en keek toen weer naar Helen. Langzaam gleed haar vinger om de trekker.

‘Ik verdien het. Ik verdien het om gestraft te worden voor wat ik heb gedaan,’ ging Helen snel verder. ‘En ik wíl ook gestraft worden. Het is genoeg geweest. Ik kan mezelf niet in de spiegel aankijken, ik heb... rust nodig. Ik vraag het je niet, Daisy, ik smeek je.’

‘Zelf weten,’ snauwde de jonge vrouw.

‘Het is mijn kéús,’ antwoordde Helen zacht. ‘Doe het.’

Daisy kneep haar ogen samen en voerde de druk op de trekker op.

‘DOE HET!’ brulde Helen.

121

20.56 uur

Charlie scheurde met tachtig kilometer per uur de hoek om en ging slippend door de berm voordat ze met een ruk aan het stuur weer op het pad terugkwam. Karen Andersons huis lag iets verderop; de laatste honderd meter reed ze plankgas waarna ze aan het eind van de oprit op de rem trapte.

Ze smeet het portier open, sprong uit de auto en rende in de richting van het huis. Helen had al een tijd niets van zich laten horen en toen ze het huis naderde, zag Charlie dat de deur openstond.

Intuïtief wist ze dat er iets heel erg mis was, maar net toen ze het huis wilde binnensprinten, hoorde ze een geluid waar ze doodstil van bleef staan.

Een geweerschot.

122

20.57 uur

De explosie vulde de kamer en weerkaatste tegen de muren. Maar nu klonk een nieuw geluid – een langgerekte wanhoopskreet. Karen Anderson struikelde naar achteren en greep naar de muur om overeind te blijven. Ze was doodsbang, in shock en haar gezicht en lichaam zaten onder een dikke laag bloedspetters. Ze klapte tegen een ladekast en hield zich er krampachtig aan vast, niet in staat het gruwelijke tafereel te bevatten.

Helen zat nog geen anderhalve meter bij haar vandaan op de vloer. Haar gezicht was verwrongen, ze zat onder het bloed en met haar handen duwde ze tegen een gapend gat in Daisy's hals.

Helen had zich schrap gezet voor de inslag en de tijd leek stil te staan toen hun overmeesteraar op het punt stond de trekker over te halen. Maar op het laatste moment had Daisy de lopen met een ruk naar boven gebracht en tegen de zachte huid onder haar kin geduwd. Helen was naar voren gedoken in een wanhopige poging de jonge vrouw te redden, maar ze was een seconde te laat. Het geweer was afgegaan en Daisy was op de grond in elkaar gezakt.

Even was Helen gedesoriënteerd en duizelig en ze was door de klap en het lawaai van het schot naar achteren gevlogen. Maar ze had zich hersteld, was naar voren gekropen en naast de gewonde vrouw gaan zitten. Bloed sijpelde uit de wond, de opengereten huid was verschroeid door de inslag en Helen drukte met haar handen op de wond in een radeloze poging het bloeden te stelpen. Maar toen ze naar het verwoeste lichaam voor zich keek, viel haar blik op de uitgangswond aan de bovenkant van Daisy's hoofd. De helft van haar schedel en een fiks deel van de hersenen waren naar de andere kant van de kamer geschoten.

Helen bleef druk uitoefenen en weigerde het op te geven ook al was het zinloos. De jonge vrouw was niet meer te redden – waarschijnlijk was ze al dood geweest voordat ze de grond had geraakt.

Daisy had in haar dagboek vaak gesproken over haar verlangen naar zelfopoffering, haar behoefte om een eind te maken aan haar pijnlijke, liefdeloze bestaan. Nu had ze wat ze wilde.

123

21.02 uur

Helen liep het huis uit. Op de bescheiden oprit wemelde het van de politieagenten en ambulancemedewerkers die op haar afrenden om haar te helpen. Haar oren suisden nog, haar hoofd bonkte en ze wist dat ze er beroerd uitzag, maar ze joeg ze allemaal weg. Charlie had er niet op aangedrongen dat ze zich zou laten nakijken, dus zouden al die anderen haar al helemaal niet kunnen overtuigen.

Helen wilde geen seconde langer blijven dan nodig was. Ze zou doen wat nodig was en praten met de aanwezige agenten, maar haar werk zat erop. Karen Anderson werd behandeld voor shock, de jongens werden herenigd met hun vader en Charlie kon de rest afhandelen. Helen wilde niet blijven rondhangen – ze wilde zich opfrissen en Daisy's bloed van zich af wassen, ook al wist ze dat ze de smet van deze avond nog jaren met zich mee zou dragen.

Ze had Karen Anderson gered, maar had niet kunnen voorkomen dat Daisy haar korte, moeilijke leven tot een rampzalig einde had gebracht. Was Daisy niet meer te redden, niet meer te helpen geweest? Helen weigerde dat te geloven en had Daisy een kans willen geven om boete te doen, misschien zelfs te helen. Maar in die fractie van een seconde had Daisy een besluit genomen, had ze gekozen voor vernietiging boven een arrestatie. En daarmee had ze Helen gespaard.

Had ze gemeend wat ze tegen Daisy zei? Op dat laatste moment waren de woorden zo gemakkelijk gekomen en het had beslist goed gevoeld. Ze had zich ergens anders gewaand – ze was teruggevoerd naar een tijd, jaren geleden, toen iemand anders een wapen op haar hoofd had gericht; deze keer had ze een andere uitkomst verwacht. Ze had echt verwacht dat Daisy zou schieten en had met een tartende en vastberaden blik onverbiddelijk naar de lopen gestaard, maar had ze werkelijk gewild dat Daisy de trekker zou overhalen?

Misschien was die vraag onmogelijk te beantwoorden. Misschien zou ze het nooit zeker weten. Daisy had het besluit voor haar genomen. En Helen zou met de gevolgen moeten leven.

124

10.02 uur

Het was een ijskoude dag. De herfst had zich overgegeven aan de winter, de bladeren waren dood en verdwenen en de temperatuur was gekelderd. Helen stond te koukleumen op de hoek van de straat en trok ongemakkelijk aan haar rok. Ze droeg normaal altijd broeken, maar een werkoutfit was vandaag niet geschikt, dus had ze een uitzondering gemaakt, ook al vroeg ze zich af hoe ze eruitzag. Om haar make-up maakte ze zich nog meer zorgen; ze haalde een poederdoos uit haar tas en bekeek haar gezicht in het spiegeltje.

Die afschuwelijke dag was nu twee weken geleden en de meeste krassen en schrammen waren verdwenen. De kneuzingen in haar gezicht waren moeilijker te verbergen, ook al had ze haar best gedaan. Gelaten keek Helen naar haar spiegelbeeld. Ze had er wat beter uit willen zien voor Joannes begrafenis.

Deze dag was onvermijdelijk, maar toch zag ze ertegen op. Ze had direct weer aan het werk gewild, wilde met de nasleep van het onderzoek helpen, maar de hoofdcommissaris had zich erin gemengd en Helen bevolen een paar weken vrij te nemen. Hierdoor had Helen het team nauwelijks meer gezien sinds Joannes dood en ze had geen kans gehad hun reactie op de traumatische gebeurtenissen van die dag in te schatten. Charlie was natuurlijk regelmatig langsgekomen en had haar verzekerd dat het team wel erg geschokt was, maar er ook op gebrand was hun goede werk in Joannes naam voort te zetten. Helen was Charlie erg dankbaar geweest voor haar steun. Ze had besloten een tijdje geen motor te rijden en had gevraagd of haar oude vriendin haar wilde ophalen. Die kwam er nu net aan.

'Wat zie je er leuk uit,' merkte Charlie op, toen Helen was ingestapt.

'Je hoeft niet te liegen, Charlie. Ik zie eruit als een bokser in een rok.'

'Een goed geklede bokser,' zei Charlie goedmoedig, en ze reed weg.

Onderweg naar de kerk kletsten ze wat; Charlie vroeg Helen hoe het met haar ging en werd op haar beurt voorzichtig ondervraagd over de vorderingen in het onderzoek. Helen luisterde naar de antwoorden, maar ze drongen niet echt tot haar door omdat ze in gedachten bezig was met wat ging komen. Zonder aarzelen had ze ingestemd om iets te zeggen tijdens de begrafenis, maar ze vroeg zich nu af of ze daar wel goed aan had gedaan. Ze was Joannes meerdere, dus werd het van haar verwacht, maar wat zouden Joannes familie, vrienden en collega's van haar grafrede vinden? De meesten van hen waren op de hoogte van de recente problemen tussen hen. Zouden ze haar hypocriet vinden? Huichelachtig? Ze kon nu niet terugkrabbelen – dat zou meer dan erg zijn – maar Helen vroeg zich af waarom ze Charlie niet had gevraagd het te doen. Charlie had Joanne veel beter gekend dan zij.

Het gesprek viel stil toen ze de kerk naderden. Mensen stonden drie rijen dik op het trottoir te wachten tot de kist langskwam om Joanne de laatste eer te bewijzen. Helen herkende sommige gezichten – administratief en ondersteunend personeel van het hoofdbureau – maar veel anderen waren gewone burgers die hier kwamen om een gesneuvelde politievrouw te eren. Helen voelde zich even heel nietig en had het gevoel dat Charlie er net zozeer door geraakt werd.

Ze zetten de auto op een nabijgelegen parkeerplaats en liepen doelbewust naar de kerk. Helen wist uit ervaring dat je ongemakkelijke situaties het beste direct kon aanpakken, dus hielden ze het tempo hoog, tot ze bij de trap naar de kerk kwamen. Charlie legde even een hand op Helens arm en deed toen een stap naar achteren zodat haar baas door kon lopen.

Helen nam een kopie van de orde van dienst mee en liep de indrukwekkende gotische kerk binnen. Ze had een hekel aan godsdienst, dat was bekend, maar zelfs zij was onder de indruk van de schoonheid van de kerk. De aanwezigen droegen fleurige kleding (op verzoek van de familie), er brandden allemaal kaarsen en overal stonden roze en witte lelies. Het waren Joannes lievelingsbloemen en hun geur en pracht hadden een rustgevend effect op Helen. Toen ze naar haar plaats voor in de kerk liep, zag ze tot haar verbazing een aantal vriendelijke gezichten die haar aankeken. Vrijwel iedereen van het hoofdbureau van politie was gekomen, evenals de burgemeester en andere plaatselijke hoogwaardigheidsbekleders. Ze zag zelfs Emilia Garanita, die er ernstig en eerbiedig bij zat in haar donkere mantelpakje en ongetwijfeld overpeinsde hoe dicht ze bij de dood was geweest.

Verrast zag Helen dat de verzamelde aanwezigen haar niet vijandig aankeken, maar opgelucht en zelfs vrolijk. Zo te zien waren ze blij dat ze aan het herstellen was van haar verwondingen en in staat was om het eerbetoon aan haar gevallen collega te leiden. Deze hartelijkheid reikte zelfs tot aan de familie van Joanne: haar vader knikte vriendelijk naar Helen toen ze op de tweede rij ging zitten. Het ontroerde Helen meer dan ze kon zeggen en ze glimlachte even terug, voordat ze zich verdiepte in de orde van dienst.

Tussen de traditionele hymnen en gebeden door waren er talloze sprekers, omdat veel vrienden, collega's en familieleden van Joanne graag een leven vol hartstocht, wilskracht en vastberadenheid wilden vieren. Terwijl Helen luisterde en naar de rijen van bedroefde, maar onwrikbare mensen keek, moest ze onwillekeurig denken aan de liefde en genegenheid die Joanne opriep. Op sombere momenten vroeg Helen zich wel eens af hoe haar eigen uitvaart eruit zou zien. Als ook maar de helft van de mensen die hier waren bij haar zouden zijn, zou ze intens dankbaar zijn, want er waren geen staanplaatsen meer over in de overvolle kerk. Dat was het bewijs, als dat al nodig was, van de enorme bijdrage die Joanne had geleverd in haar relatief korte leven. Dit was een vrouw die geleefd, liefgehad, gevochten en geleden had zonder ooit haar doel in het leven te verliezen.

Dit was een vrouw die iets had betekend.

125

10.48 uur

De eenzame figuur stond bij het graf en keek naar de kisten die daarin lagen. De begraafplaats van Botley lag op steenworp afstand van de boerderij waar Daisy en Michael hadden gewoond en deze locatie was iedereen goed uitgekomen omdat hij klein, discreet en afgelegen was. De dominee had aanvankelijk verontwaardigd gereageerd bij het idee om een massamoordenaar en een van haar slachtoffers samen te begraven, maar Karen Andersons bezielde smeekbedes hadden hem uiteindelijk overgehaald. Van vergeving van Daisy of het vergoelijken van haar misdaden was geen sprake, maar Karen had met klem betoogd dat de weinige liefde die Daisy had gekregen, vrijwel uitsluitend van haar vader afkomstig was geweest en dat het gepast was dat ze samen te ruste zouden worden gelegd. De rol die Jason Swift al dan niet in het leven van haar dochter had gespeeld, negeerde ze daarbij; ze wilde niet eens aan hem dénken. In haar ogen was hij andermans probleem.

De tweeling zat op school en was zich niet bewust van de teraardebestelling vandaag. Zij wisten weinig over Daisy – ze waren de afgelopen weken door de media meer over hun halfzus te weten gekomen dan in de afgelopen acht jaar – en trouwens, Karen wilde geen toeschouwers bij deze privéplicht. Ze wist dat veel mensen haar haatten, vonden dat de hele tragedie haar schuld was. Voor een groot deel was ze het met hen eens en ze was geneigd geweest haar plicht te verzaken, omdat ze zich er pijnlijk van bewust was dat het hypocriet was om nu nog de liefhebbende echtgenote en moeder te spelen. Maar uiteindelijk was dat de reden dat ze er juist wel bij moest zijn. Haar nalatigheid, haar afwezigheid in het gezin was de katalysator geweest voor deze afschuwelijke gebeurtenissen en dus was het haar verantwoordelijkheid om de overledenen te eren. Ook haar dochter.

Ze had gekozen voor een gezamenlijke grafsteen met alleen hun namen, geboorte- en sterfdata erop, om vandalisme te voorkomen. Geen bijbelcitaten, geen boodschap, alleen een simpele herinnering aan twee mensen die hadden geleefd en waren overleden.

De dienst was kort geweest, op het ongevoelige af, maar de dominee was niet onwelwillend. Karen was hem bijzonder dankbaar voor zijn geheimhouding wat betreft de tijd en de plaats van de dienst en voor de manier waarop hij resoluut was omgegaan met het handjevol verslaggevers dat onuitgenodigd was komen opdagen. Die stonden nu op haar te wachten bij het hek en Karen wist dat ze hen zo dadelijk onder ogen zou moeten komen. Ze konden nog wel even wachten.

Vooralsnog was ze hier nodig om te bidden voor haar man en dochter die beter hadden verdiend.

126

11.16 uur

'Brigadier Joanne Sanderson gaf haar leven om anderen te redden.'

Helen sprak rustig en duidelijk, zich bewust van de vele gezichten die haar aankeken. Ze was haar rede begonnen met een persoonlijke boodschap aan de familie van Joanne, maar hield haar blik achter in de kerk gericht nu ze aan het einde kwam.

'Niet ter meerdere glorie van zichzelf, maar omdat het haar plicht was. Joanne was ambitieus – wie van ons kan dat zeggen? – maar ze werd er niet door gedreven. Voor haar was het belangrijk dat ze haar werk deed. Ze was een perfectionist en trad elke crisis, elk gevaar zonder aarzelen tegemoet om het leven en de vrijheid te beschermen van de mensen die aan haar waren toevertrouwd. Ze onttrok zich nooit aan haar plicht, stelde haar eigen belangen nooit voorop, ze was onbaatzuchtig, moedig en toegewijd. Ze vertegenwoordigde het beste in ons allemaal en hoewel we haar intens missen, blijft ze ons inspireren en helpt ze ons eraan herinneren dat onze eerste verantwoordelijkheid altijd uitgaat naar anderen, niet naar onszelf.'

Helen dacht over deze woorden na toen ze korte tijd later met de anderen bij Joannes graf stond. De laatste paar maanden waren de somberste uit haar leven geweest en op de een of andere manier was ze wantrouwig, achterdochtig en boos geworden. Als gevolg daarvan had ze Joanne tekortgedaan en misschien had het haar wel het leven gekost. Daar was niemand anders het mee eens, maar voor Helen was Joannes nalatenschap duidelijk. Als zij háár plicht wilde blijven doen als politievrouw en als mens, dan zou ze weer moeten leren vertrouwen. Alleen op die manier zou ze weer een echte leider worden.

Het was tijd om de duisternis de rug toe te keren en het licht tegemoet te treden, om al het goede in anderen én haarzelf te omarmen. Iets anders zou het grootste verraad van alles zijn en dus had Helen zich voorgenomen een beter mens te worden, zich opnieuw te wijden aan het dienen van anderen en te strijden voor het goede.

Ze zou naar het vuur blijven lopen.

LEES MEER VAN

M.J. Arlidge

Chicago wordt opgeschrikt door de moord op twee jonge twintigers, beiden zijn gruwelijk verminkt. Er wordt al snel gedacht aan een seriemoordenaar. De politie heeft grote moeite om erachter te komen wie de dader is. Hij is berekenend en gaat erg zorgvuldig te werk. Het enige verband tussen de twee moorden is een jonge vrouw, Kassie. Zij beweert dat ze voorafgaand aan de moorden al wist wanneer deze zouden plaatsvinden.

Vanaf het moment dat Adam Brandt Kassie op het politiebureau ontmoet, is hij door haar gefascineerd. Alles wat zij hem vertelt, maakt dat hij twijfelt aan zijn deskundigheid. Dan loopt Kassie naar buiten, knoopt een sjaal voor haar ogen en steekt blind de straat over, dwars door het verkeer. Als hij haar na afloop vraagt waarom ze niet bang was te verongelukken, antwoordt ze: ‘Omdat jij mij zal doden.’